Asesinato
en la
librería

Asesinato
en la
librería

SUE MINIX

Editado por HarperCollins Ibérica, S. A.
Avenida de Burgos, 8B - Planta 18
28036 Madrid

Asesinato en la librería
Título original: Murder at the Bookstore
© Sue Minix 2023
© 2023, 2024 para esta edición HarperCollins Ibérica, S. A.
Publicado por HarperCollins Publishers Limited, UK (Avon)
© De la traducción del inglés, Isabel Murillo

Diseño de cubierta: © HarperCollinsPublishers Ltd 2023
Ilustración de cubierta: © Kelley McMorris/Shannon Associates

ISBN: 978-84-19809-50-6
Depósito legal: M-23322-2024
Impreso en España por: BLACK PRINT

Para aquel que nunca me abandonó
y nunca perdió la fe

Observar a la gente es una actividad necesaria para todo escritor. Y por eso miraba a través del cristal del escaparate de la librería y estudiaba a los transeúntes. Sus movimientos, sus interacciones. La expresión de sus caras. ¿Son personajes en potencia? ¿Víctimas, quizá? Mejor aún, ¿asesinos?

Fuera como fuese, el caso es que después de dos horas pegada a la silla, empecé a retorcerme como un parvulito con necesidad de echarse la siesta. El hormigueo, consecuencia de la inmovilidad, era un castigo cruel e inhumano, un sacrificio apropiado para los dioses de la escritura. Lástima que hoy no consiguiera apaciguarlos ni con eso. Tampoco ayer, de hecho.

Las letras de la pantalla del portátil se fundieron entre sí, se separaron a continuación y volvieron a fundirse. El cursor parpadeaba al final de la última palabra, burlándose de mí. Las escurridizas palabras se esfumaban de mi empantanado cerebro con la rapidez de un fuego fatuo.

El reloj de péndulo dio las doce cuando los gemelos Davenport fijaron su mirada en las extremidades retorcidas y en la cabeza inclinada en un extraño ángulo de su padre, que yacía bocabajo sobre la alfombra oriental del salón.

Todo el mundo se había enamorado de los gemelos en *Problema doble,* y ahora no me quedaba otro remedio que idear una secuela de

9

aquel bombazo. Escribir una primera novela de éxito no tenía ningún sentido si luego eras incapaz de escribir una segunda. Pero a diferencia de lo que me sucedía con este, aquel primer libro se había escrito solo. En cuanto mis dedos rozaban el teclado, un volcán de palabras entraba en erupción. Los puntos de inflexión y los giros inesperados de la trama fluían como lava por la ladera de una montaña. Los personajes se arremolinaban en el aire como cenizas y se asentaban en proporciones perfectas. Todo lo cual tuvo como consecuencia la aparición en mi vida de un agente y un contrato para un segundo libro que ahora se negaba a dejarse escribir.

¿Y ahora qué? ¿Cómo iba a reaccionar cada uno de mis detectives adolescentes? Dana, fuerte y reservada, y Daniel, ingenioso y siempre el alma de la fiesta, viajaban a menudo en direcciones emocionales opuestas. Sería una conmoción para los dos, eso estaba claro. ¿Pero reaccionaría Dana con rabia y Daniel con lágrimas? Quizá. Sería decantarse en exceso por los estereotipos. ¿Y si Daniel corría a pedir ayuda mientras Dana comprobaba las pulsaciones? No, porque Victor ya tenía la mirada perdida de la muerte. De acuerdo, llamar a la policía, nada de comprobar las pulsaciones. Hecho. ¿Y después qué?

—¡Jennifer Marie Dawson!

Volví la cabeza hacia la voz. La piel oscura e impecable de Aletha resaltaba una sonrisa blanca y perfecta.

—¿Qué pasa? Dios, vaya susto me has dado. Y que sepas que si un día te dije mi segundo nombre fue porque me lo preguntaste, no para que lo utilizaras, Aletha Looo-eeez Cunningham.

Con una exhibición de coordinación que yo no había experimentado ni siquiera en sueños, tomó asiento delante de mí con la elegancia de una bailarina y depositó sobre la mesa una taza de cartón desechable de café.

—Aquí tienes otra ronda. Con leche, dos azucarillos, tal y como a ti te gusta.

Me llevé la taza a los labios, y me vino a la cabeza la imagen que siempre me hacía sonreír. Aletha en un sillón orejero con un gatito atigrado en el regazo y un ejemplar de *Matar un ruiseñor* abierto en las manos. «Lectores Voraces» en letras de nube flotaba por encima de su cabeza, y abajo:

Los libros son los mejores amigos.

—Gracias, eres mi salvavidas.

El vapor me hizo cosquillas en la nariz y el pequeño sorbo que di me calentó el cuerpo al instante. Perfecto.

Aletha señaló mi ordenador.

—¿Qué tal va?

—No va. Mi cerebro está afectado por una parálisis.

—Oh, por favor, Jen, no digas eso. Si solo tienes veintiocho años.

—Puede, pero son años de perro.

Moví las cejas, junto con un puro imaginario.

—¿Qué se supone que es eso?

Me quedé boquiabierta.

—No me digas que no conoces a los Hermanos Marx.

Aletha dio un sorbo a su café.

—¿Son una de esas bandas de chicos?

—Son actores de comedia de los años treinta. Siempre que daban alguna de sus películas en TCM, Gary me obligaba a verla con él.

Aletha arrugó la nariz.

—Qué mal suena eso. Soy diez años mayor que tú y no he oído hablar nunca de ellos. Tu padrastro era malvado.

—No era tan malo como imaginas. Simplemente, un poco mafiosillo. Con el paso de los años, empecé a cogerles cariño a esas películas. Además, el tiempo positivo que pasábamos juntos hacía que mereciese la pena.

Sus ojos castaños siempre en atención recorrieron la tienda y volvieron a fijarse en mí.

—¿No has avanzado nada?

—Qué quieres que te diga. Tres frases enteras. Podría incluso ser un récord.

—Mmm…, tres frases en dos horas. Sí, podría serlo.

Le saqué la lengua, me levanté y estiré los brazos por encima de mi cabeza. La suave música clásica que salía de los altavoces instalados cerca del techo fluyó sobre mí. Russell Jeffcoat —simpático e inteligente, con un toque de oscuridad— rellenó la cafetera comunitaria. El aroma a café recién hecho resultaba tan tentador como sus ojos de color caoba. Mis dedos ansiaban acariciar su pelo castaño ondulado. Aparté la vista.

Una mujer de unos cuarenta, ataviada con un vestido amplio de color rosa con estampado de orquídeas, hojeaba un libro en la sección de Escritura.

«Lárgate. ¡Corre antes de que te engulla como un agujero negro!».

Aletha le había puesto Lectores Voraces a su librería con la esperanza de que en Riddleton hubiera alguno. Había revestido las paredes con estanterías rústicas de color cereza, lo cual hacía que el establecimiento pareciese la biblioteca privada de una mansión. Placas talladas en madera identificaban los géneros en orden alfabético, desde «Arte» hasta «Viajes», pasando por «Escritura». Una idea estupenda, aunque tal vez debería haber prescindido de la sección de Escritura. Solo un sádico animaría a alguien a someterse a ese tipo de tortura. Y Aletha no tenía nada que ver con un sádico.

En la zona central de la tienda, Aletha había dispuesto mesas, rodeadas por sillones tapizados con capitoné, y desde allí se accedía a una zona de cafetería en la parte posterior, abastecida con infusiones normales, cortesía de la casa, junto con una variedad de capuchinos y expresos a precios de gente normal. Me comí con los ojos la bandeja de pastelitos con galletas de chocolate, magdalenas y *croissants*, gentileza de Bob's Bakery, la pastelería situada justo enfrente. No, hoy no. Solo a modo de recompensa si había avances. En la parte delantera de la tienda, más mesas, un confortable sofá y un par de sillones orejeros tapizados con una discreta tela a rayas marrones y doradas tentaban a la clientela a entrar y disfrutar de una larga y relajada lectura.

—Me encanta este lugar. —Recuperada la circulación sanguínea, mi trasero se reencontró con el asiento acolchado—. Le has dado un toque personal, no tiene nada que ver con una de esas cadenas de tiendas. —Hice girar sobre la mesa mi pluma de la escasa suerte, grabada con mis iniciales—. Tienes un don especial para crear una atmósfera y no me imagino escribir en otro lugar que no sea este. Excepto tal vez en casa, en pijama.

—Gracias, Jen. Confío en que algún día haya más gente que piense igual que tú.

La mujer que había estado pululando por la sección de Escritura pasó, con las manos vacías, a la de Novela Romántica.

Aletha la siguió con la mirada.

—Siempre fue mi sueño. En el barrio no había ni siquiera biblioteca. Con solo que un niño se enganchara a la lectura, ya lo consideraría un éxito. La Hora del Cuento empieza a atraer la atención. Esta mañana hemos tenido cuatro niños. El récord hasta la fecha.

—Tres más que el día que te sustituí. —Miré hacia la sección infantil. Mesas de tamaño pequeño y zonas para actividades, junto con centenares de títulos seleccionados para satisfacer los distintos niveles de lectura, creaban un refugio para que la imaginación fluyera libremente. Y todo ello bajo la mirada protectora de un par de jirafas del tamaño de una persona que sujetaban un cartel con la frase «Niños Voraces» pintado en la pared con los colores del arcoíris. Si de pequeña hubiera tenido un lugar como este adonde poder ir, a estas alturas ya habría terminado mi décimo libro—. Y vendrán más en cuanto empiece a correr la voz. La gente de las ciudades pequeñas a veces es un poco extraña. Necesitan un tiempo de calentamiento para apuntarse a las novedades, pero en cuanto lo hacen, ya no puedes librarte de ellos. Es uno de los motivos por los que me fui.

Aletha se relajó en su sillón. Sus dedos jugaron con la gargantilla de perlas que llevaba al cuello.

—Quizá, pero solo hace seis meses que volviste. Las cosas pueden haber cambiado durante los diez años que viviste en Blackburn. A veces me pregunto si he cometido un error.

—No creo.

—Lo dices solo porque eres mi amiga. Elegí esta ciudad porque pensaba que aquí, en el quinto pino, la gente valoraría una de las ventajas de la vida urbana, pero sin las molestias de la gran ciudad. Tal vez fue una locura creer que la gente de por aquí seguía amando los libros. —Envolvió la taza de café entre ambas manos—. Al haberme criado pobre, la lectura me dio una vía de escape. Una esperanza para un futuro mejor. Y debo darle las gracias a mi madre por ello. De pequeña, leíamos juntas todas las noches —dijo con ojos brillantes.

—No ha sido una locura, ni mucho menos. —Extendí el brazo por encima de la mesa para darle unos golpecitos cariñosos en la mano—. El negocio funcionará. Solo tienes que darle tiempo.

Aletha esbozó una media sonrisa y examinó su manicura impecable.

—No sé muy bien de cuánto tiempo dispongo. Es posible que el negocio no nos dé para llegar hasta el pago del año próximo.

«El pago del año próximo».

—A mí no me importaría en absoluto ganar un concurso de escritura donde pagaran lo que te pagaron en ese.

Lo bastante como para poder abrir una librería y mantenerla durante cinco años, hasta que fuera autosuficiente. Bebí un buen trago de café. Con un poco de suerte, la cafeína viajaría directa hasta mi cerebro.

—En realidad, el concurso *Tu vida* no era un concurso de escritura. No del tipo en el que tú participarías. Era un concurso de no ficción.

Descansé los antebrazos a ambos lados del portátil y aparté el libro que me acompañaba, un manual titulado *Cómo escribir algo que la gente quiera leer*.

—La selección se basa en lo que quieres hacer con el dinero que ganas. Jamás lo habría ganado si hubiesen juzgado mis dotes para la escritura. —Le dio un delicado sorbo al café—. Esa gente me cambió la vida. Años de gestionar negocios de los demás y ahora aquí estoy, haciendo por fin lo que siempre quise hacer. Algo que de ninguna manera habría sucedido sin ese concurso.

—Tal vez, pero no quieras renunciar a tu sueño tan rápidamente. Si lograste convencer a los jueces del concurso de lo mucho que esto significaba para ti, también lograrás convencer a Riddleton. —Le ofrecía una sonrisa torcida—. Bien que me has conquistado a mí, ¿no?

Impulsó la barbilla en dirección a mi ordenador.

—Buen consejo. Y quizá tú deberías oírte también a ti misma de vez en cuando. Cuento con que la firma de tu libro atraiga manadas de lectores.

—Lo siento, pero no es que tenga una cantidad enorme de amistades o parientes. Ni dinero para sobornar a nadie.

—La sesión de firmas de *Problema doble* atrajo a mucha gente.

—Cierto. Gané diez dólares con esas ventas. Y pagué la comida, ¿lo recuerdas? Bueno, la mía. —Esbocé mi mejor sonrisa.

Aletha me guiñó un ojo, se levantó, y su falda gris le envolvió las rodillas.

—Tienes más amigos de lo que piensas.

Lo dudaba mucho. Pero no podía ponerme ahora a pensar en eso. Tenía delante de mí un libro que necesitaba escribir.

Mi último intento de plasmar la reacción de Daniel a la muerte de su padre acababa de caer presa de la tecla suprimir de mi ordenador cuando sonó la campanilla de la puerta. Eric O'Malley se materializó, resplandeciente en su uniforme azul marino de la policía de Riddleton. Saludó a Aletha, se dirigió tranquilamente a la cafetera y se sirvió una taza.

Eric, un par de años mayor que yo, era pelirrojo, y sus claras mejillas estaban cubiertas de pecas. Parecía un niño de primaria. Si le quitaras el chaleco antibalas reglamentario, que le otorgaba cierta corpulencia, se parecería a Opie Taylor, el niño de *The Andy Griffith Show,* la serie de los años sesenta, disfrazado con el uniforme de su tío policía, Barney Fife. Porque se hacía complicado creer que el pequeño Opie hubiera llegado a policía. Sin embargo, Eric se había graduado en la academia de policía, por lo que o bien la academia funcionaba como una escuela Montessori, o bien Eric había escondido estupendamente su fortaleza.

No había vuelto a confiar en las fuerzas del orden desde que los investigadores de la Administración Federal de Aviación determinaron que el accidente aéreo de mi padre se debió a un «error del piloto». Mi madre siempre decía que Jack Dawson habría sido capaz de hacer volar un abejorro si sus alas hubieran sido lo bastante grandes como para poder transportarlo. Que era imposible que hubiera cometido un error. Tenía que haber pasado otra cosa y yo, algún día, lo averiguaría.

Pero Eric era un buen tío. Nos habíamos hecho amigos el día que me paró porque el silenciador de mi coche rugía como un alce macho en época de apareamiento. No me multó, sino que simplemente me hizo una advertencia. Incluso me ayudó a solucionar el problema al día siguiente. «Pon cinta americana, funcionará», me dijo cuando se presentó inesperadamente en la puerta de mi casa con un rollo grande de cinta de color gris.

Contuve la respiración y me encogí en la silla, parapetándome detrás de mi ordenador, para evitar una repetición de nuestra última conversación: quince minutos de Eric decidido a convencerme de que ir a correr solucionaría mi problema de bloqueo como escritora. Aunque fuera solo por una vez, me encantaría conocer a un hombre que no diera por sentado que sabía lo que yo necesitaba.

Eric bebió su café y clavó su mirada en mí. Sin duda alguna, sus cálculos incluían cómo retenerme, sin tener que utilizar una táser, mientras me calzaba las zapatillas deportivas.

Sentí un cosquilleo en la nuca. Intenté concentrarme en mi trabajo, mientras escuchaba de fondo la voz melodiosa de Russell —suave, intensa y reconfortante como la miel—, que estaba charlando con alguien.

¿Quién era la persona que estaba en el mostrador? Desde donde estaba yo sentada no podía verla. Tampoco es que fuera asunto mío. Mi relación con Russell hasta la fecha había consistido en unas pocas conversaciones casuales, un choque de manos cuando ambos habíamos ido a coger la cafetera al mismo tiempo y un montón de miradas disimuladas por mi parte.

Cuando Eric depositó su taza vacía en la papelera que había junto a la puerta, dijo adiós con la mano y reanudó sus labores de patrulla, mis pulmones se pusieron de nuevo en funcionamiento. Me sequé mentalmente el sudor de la frente. ¡Uf! Conversación esquivada por hoy.

Volví a concentrarme en Russell, pero la grácil figura de Aletha se interpuso entre nosotros.

—Está coladito por ti.

—¿Qué?

Aletha movió la cabeza en dirección a la puerta.

—Ya me has oído.

Arrugué la nariz.

—¿Eric? ¡Qué va! Solo somos amigos.

Aletha arqueó una ceja.

—Además, lo único que quiere es que vaya a correr con él. Con su grupo, de hecho. Dice que me ayudaría a escribir.

Eric me había invitado a sumarme a los Corredores de Riddleton, tres amigos que se estaban entrenando para participar el año siguiente en la carrera de diez kilómetros de la ciudad. Incluso se veía capaz de ganar. Algo que seguramente solo conseguiría si sus colegas de la policía paraban por exceso de velocidad a todos los que fueran por delante de él en la carrera.

—¿Y?

—Y no voy a ir. No soy corredora.

La última vez que fui a correr tenía demasiada cafeína en un estómago vacío. Mis piernas tardaron dos días en recuperarse. Además, Eric quería salir a correr a las ocho de la mañana de los sábados. Tal vez si me persiguiera un psicópata. Tal vez así, sí que me pondría a trotar.

Los ojos de Aletha se iluminaron.

—Tu falta de interés no tendrá quizá que ver con un chico que ronda la cafetera y que ambas conocemos, ¿verdad?

Russell pasó un *croissant* de jamón y queso a una rubia veinteañera cuya melena brillante caía hasta la cintura. Su sonrisa le llegaba hasta unas pestañas que se veían a kilómetros de distancia mientras ella reía como una tonta por lo que fuera que él acababa de decir.

—Quizá. —Hice un mohín. Si alguien me presionara para hacerlo, describiría a Russell como un encantador de serpientes ingenioso, ajeno al efecto que ejercía sobre la gente de su alrededor. Su atractivo físico (más de estibador que de camarero) y su sonrisa pícara me recordaban todo lo que me había perdido desde que Scott, mi exnovio, me abandonó para irse a trabajar a París. La soledad podría parecer una sensación extraña en alguien como yo, que se había pasado prácticamente toda la vida sola o deseando estarlo—. Pero ¿para qué tomarse la molestia? No está interesado.

—¿Estás segura? Además, a lo mejor, si salieras con él, se daría por vencido conmigo.

Levanté las cejas.

—¿Qué quieres decir?

—Olvídalo. Seguro que no son más que imaginaciones mías. —Aletha cogió la pluma que había dejado yo en la mesa—. A lo mejor le regalo una así a mi marido para Navidad. ¿Dónde la compraste?

—Me la regaló Scott cuando publiqué *Problema doble*. Para que me trajera suerte con el segundo libro.

No me sorprendería que mi exnovio me hubiese regalado un amuleto de la suerte defectuoso. Porque, para el caso, podría haberme comprado una caja de cereales de desayuno de la marca Lucky Charms. Al menos con el malvavisco habría disfrutado un poco.

Aletha me devolvió la pluma.

—¿Te importa si le hago una foto? A lo mejor la encuentro por Internet.

—Ningún problema. Adelante.

Coloqué la pluma en el centro de la mesa.

Aletha le hizo una foto con el móvil. La campanilla de la entrada volvió a sonar. Era un hombre de pelo canoso que llegaba de la mano de una niña con coletas, de seis o siete años.

Cuando Aletha se agachó para hablar con la niña, sujeté la pluma en la cubierta de *Cómo escribir algo que la gente quiera leer*. El cursor de la pantalla del ordenador me llamó a reemprender el trabajo.

¿Qué podría decir Daniel? A lo mejor la que debería de empezar a hablar tendría que ser Dana. Funcionaría mejor.

El reloj de péndulo dio las doce cuando los gemelos Davenport fijaron su mirada en las extremidades retorcidas y en la cabeza inclinada en un extraño ángulo de su padre, que yacía bocabajo sobre la alfombra oriental del salón.

—¡Oh, Dios mío, Daniel, es papá! ¿Qué le ha pasado?

Uf. Seleccionar, suprimir. Hora de dejarlo en reposo.

«Ponedme en la lista de estrellas efímeras con un solo éxito».

Descansé la barbilla sobre la mano y miré el exterior a través del cristal del escaparate. Los viernes por la tarde nunca había mucha gente por las calles. Riddleton —el secreto mejor guardado de la costa de Lake Dester— se había convertido en una ciudad dormitorio debido a que cada vez había más jóvenes que se mudaban de la ciudad al campo. Irónicamente, esos jóvenes que se habían criado aquí, y que luego se habían marchado a estudiar a la universidad y jurado que no volverían nunca, habían empezado a volver a medida que habían tenido hijos. Pero, independientemente de lo grande que acabara haciéndose aquella antigua parada de diligencias en medio de la nada, la mentalidad cerrada y pueblerina de aquel lugar seguía asfixiándome. Tenía que volver a la gran ciudad, donde podría volar sin tener que preocuparme de las opiniones negativas de los demás.

Aunque el lugar tampoco es que estuviera tan mal. La mentalidad pueblerina incluía también la creencia de que una persona necesitada era responsabilidad de todo el mundo. De modo que, aunque el hecho de que la gente estuviera al corriente de todo lo que me pasaba en la vida ponía en riesgo mi cordura, siempre que necesitaba cualquier cosa, la ayuda estaba al alcance de mi mano. Y si estaba tan al alcance de mi mano, era porque podían escuchar todos los chismes.

Guardé el portátil en el maletín y recogí las tazas vacías repartidas por la mesa. El equivalente a vasos de chupito en un bar para perdedores. Mi objetivo habitual era de una página escrita por taza. ¿Pero hoy? Había sido más bien una palabra por taza.

Le dije adiós a Aletha, tiré la basura y emergí al infierno conocido como el otoño de Carolina del Sur con el maletín colgado en bandolera al hombro, un pesado recordatorio de otro día perdido.

Un grito a mi espalda me llevó a detenerme delante de la comisaría, el edificio contiguo a la librería.

—¡Jen! ¡Espera!

Me giré mientras mis pulmones hacían horas extras para aspirar el aire cargado de humedad.

Russell se acercó corriendo hacia mí con un libro. Sus bíceps se tensaban contra las mangas de su polo, atrayendo mi atención.

—Te has dejado esto.

Mi libro, *Cómo escribir algo que la gente quiera leer*.

«Lo mejor de lo mejor para causar buena impresión, Jen».

—Gracias, me lo he olvidado.

Su sonrisa ladeada resplandeció bajo el sol.

—No pasa nada.

El calor me subió a las mejillas. ¿Por qué me transformaba en una niña de doce años cada vez que él aparecía? Con una respuesta atorada en la garganta, me limité a asentir y a continuar mi camino de vuelta a casa. La acera estaba tan caliente que pensé que acabaría fundiendo las suelas de mis zapatillas. Un día perfecto para disfrutar del lago. O para pasear por los centros comerciales de Blackburn o Sutton, las dos ciudades más cercanas a Riddleton, para estudiar personajes. Y comprar cosas caras que en realidad no necesitaba para nada.

Recorrí a toda velocidad las tres manzanas y subí por la escalera hasta la segunda planta de mi edificio. Había dejado mi apartamento en tal estado que me recordó las imágenes de las secuelas del huracán Hugo. Dejé caer el maletín en el sofá y tiré con desgana aquel libro inútil sobre la mesita de centro. El libro rebotó sobre el desorden de la mesa y cayó al suelo. Al abrirse, se desprendió de su interior un papel.

Reúnete conmigo en Antonio's esta noche a las 08:15.
Russell

Vaya. Al final resultará que tengo motivos para seguir por aquí.

Capítulo dos

El trozo de papel tembló entre mis dedos. ¿Me estaba pidiendo Russell una cita? Se me quedó la boca seca. ¿Por qué no lo había hecho en persona? ¿Resultaba que era una persona extremadamente tímida? ¡Pero si flirteaba con cualquier mujer menor de sesenta años! Y con algunas mayores incluso, si llevaban bien la edad. ¿Sería aquella fachada afable y caballerosa solo de cara a la galería? A ver si resultaba que, en el fondo, teníamos más en común de lo que me imaginaba.

Las imágenes de mi llegada al restaurante, de una cena perfecta con una conversación aguda y que echaba chispas, y luego de Russell desapareciendo por completo del mapa desfilaron ante mis ojos en rápida sucesión. Una película muda en mi cabeza. Y con eso bastó. No quería que una distracción atractiva e ingeniosa me apartase de la escritura. Sí, le diría eso. No tenía por qué decirle que cada vez que compartía un espacio con él, el terror me envolvía el corazón.

De hecho, no tenía por qué decirle nada. La nota podría haber caído de camino a casa. O podría no haberla visto.

«No, no voy».

Con la nota arrugada, hice canasta en la papelera al primer intento. Problema solucionado. Ningún hombre volvería a hacerme el daño que me hizo Scott, jamás.

Aunque era imposible olvidar la sonrisa descarada de Russell cuando me entregó el libro. Aquellas arruguitas en las comisuras de los ojos, el modo en que reflejaban la luz. La pelota que se me formaba en la boca del estómago cuando lo veía hablando con otra mujer.

«¿A quién pretendo engañar?». Pues claro que acudiría a la cita. O no.

Dejé caer los hombros, me pesaban los párpados. Una siesta me iría muy bien. Mi cerebro sobrecargado necesitaba un descanso.

Me tumbé en el sofá y mis pensamientos flotaron como plumas arrastradas por la brisa. Di vueltas y más vueltas, con demasiado calor o demasiado frío, pero fui capaz de caer en un sopor irregular repleto de sueños. Mis ojos se abrieron de par en par en medio de una bronca con mi madre, pero sus palabras se evaporaron en la luz del atardecer de mediados de septiembre que bañaba mi sala de estar. Lo cual era bueno. En sueños, mi madre nunca me decía nada que valiera la pena.

Las seis y media. Hora de prepararme para la cita. Por lo visto, había decidido acudir. Una sencilla cena con alguien nuevo tal vez serviría para reconectarme con el mundo social, lo cual me ayudaría a revivir. Y reviviría también mi trabajo.

Aunque también podría darse el caso de que Russell rompiera mi corazón en mil pedazos.

En la ducha, dejé correr el agua caliente por mi espalda para acabar con tanta insensatez. Una relación con Russell sería algo propio de una kamikaze emocional. Se trataba de compartir una cena, no de planificar nuestra boda. ¿Qué tenía yo que perder? Aparte de mi lugar favorito donde escribir.

Tonterías. Jamás renunciaría a aquel refugio ni a mi amistad con Aletha por el simple hecho de que la cita con Russell saliera mal. Tal vez podría convencer a Aletha de que lo despidiera. Después de que acabara de reírse a carcajadas de la idea, claro.

Después de cepillarme los dientes, me peleé con mi pelo, negro y lacio, que se negó a cooperar. Incluso mis remolinos tenían remolinos. Parecía Alf. Mi reflejo en el espejo —ojos azules, nariz fina, mejillas sonrosadas— se quedó mirándome durante tres segundos. Todo un récord personal. El doctor Margolis, mi psiquiatra, insistía en que me mirara a los ojos para reconocer y validar a la persona que vivía dentro de mí. Mi madre me había dicho que contemplarse de esa manera era pura vanidad y que solo había que mirarse al espejo lo justo y necesario. Veintiocho años de adoctrinamiento me habían llevado hasta aquí. «Gracias, mamá».

Muy bien, ¿y la ropa, qué? Russell iría vestido con el pantalón de algodón y el polo que llevaba en el trabajo excepto que, puesto que la tienda cerraba a las ocho, le diera tiempo a cambiarse. Pero la invitación parecía haber sido algo improvisado. ¿Tendría en la tienda ropa para cambiarse? Seguramente no. Algo informal, por lo tanto. ¿Para una cita en un buen restaurante? No, él esperaría más de mí. De todos modos, me había visto en vaqueros o pantalón corto y camiseta la mayoría de los días y aun así me había invitado a salir. Tal vez daba por sentado que yo siempre vestía con estilo informal. O tal vez no.

Ya basta. Tenía que estar a la altura. La velada exigía un vestido negro. Al que le sumaría tacones y un bolso negro de piel, donde cabía poco más que las llaves de casa, y así tendría el conjunto completo. Ojalá pudiera recomponerme igual de bien por dentro.

Necesité tres intentos para cerrar la puerta a mis espaldas. Mi corazón galopaba acelerado en un pecho constreñido.

«Olvídate de esto».

Me vino entonces a la cabeza un mantra que me había enseñado el doctor Margolis: «Inspira hondo, suelta lentamente el aire».

La entrada de oxígeno me sosegó los nervios. Y con varias inspiraciones profundas más, conseguí llegar al portal y estar preparada para recorrer a pie, en aquel ambiente húmedo que finalmente empezaba a enfriarse, las tres manzanas que me separaban de Antonio's.

La ferretería, la panadería y la farmacia ya habían cerrado, razón por la cual Main Street estaba casi desierta. Solo el supermercado Piggly Wiggly y Antonio's mostraban indicios de vida. El resto de los establecimientos estaban a oscuras, excepto Lectores Voraces, que los viernes permanecía abierto hasta tarde y acababa de cerrar.

A pesar de estar andando sola por la calle y ser de noche, no tenía ningún miedo. Mi experiencia como escritora de novelas de misterio me había enseñado que la gente tenía capacidad para hacer prácticamente cualquier cosa, pero la tasa de criminalidad de Riddleton se situaba casi en cero, animada tan solo por adolescentes aburridos que cometían de vez en cuando actos de vandalismo o algún que otro ladrón de tiendas. Cuando los ingenieros construyeron la presa para la creación de Lake Dester, la población creció mucho menos de lo esperado y Riddleton siguió siendo una pequeña ciudad relativamente dormida. Además, Blackburn y Sutton estaban lo bastante lejos como para no exportar hacia aquí la mayor parte de sus problemas.

Aunque hubo una excepción. Hace tres años, un tipo golpeó a su vecino con un bate de béisbol porque el perro del pobre hombre había hecho sus necesidades en su jardín. Solucionaron el tema sin la intervención de los tribunales, con un apretón de manos y el acuerdo de que el hombre del bate se haría cargo de los gastos médicos. El perro, sin embargo, acabó condenado a cadena perpetua dentro de un jardín con nuevo vallado y sin posibilidad de conseguir la libertad condicional.

Cuando llegué al restaurante, vi que Russell, que salía entonces de la librería, sujetaba la puerta para que pudiera entrar en ella un hombre alto y delgado. Russell lo saludó con un gesto, hundió las manos en los bolsillos de su pantalón y echó a andar hacia mí.

El corazón se me aceleró como un loco y presioné el casi bolso hasta casi abollarlo.

La sonrisa arrogante que esbozó en cuanto pisó la acera vino a demostrarme que sabía lo deseable que parecía.

Me examinó de la cabeza a los pies.

—Te has puesto muy guapa.

—Gracias. Bonita chaqueta.

Se había puesto una americana de color marrón chocolate encima del polo de Lectores Voraces. Se sacudió del hombro una pelusilla imaginaria.

—¿Este vejestorio? La tengo de toda la vida.

—Seguro.

Acabábamos de mantener la conversación oficialmente más larga hasta la fecha. ¿Y ahora qué?

Después de un momento de silencio, dijo él:

—Veo que has encontrado mi nota.

—¿Qué nota?

Sonrió, y mi corazón empezó a dar saltos mortales. Podría sobrevivir a la noche, seguro. Señalé hacia la calle.

—¿Era Tim el que ha entrado en la librería?

Russell miró por encima del hombro.

—Sí, lo que no deja de ser sorprendente.

—Cierto. Solo he coincidido con él dos veces, y ninguna de ellas en la librería. No pasa muy a menudo por allí, que yo sepa. Supongo que no es lo suyo. —Recorrimos los escasos metros que nos separaban de la puerta—. ¿Te ha contado ya lo de la fiesta sorpresa?

—¿Qué fiesta sorpresa?

¡Ups!

—Piensa celebrar una fiesta el mes que viene con motivo del cumpleaños de Aletha. Supongo que esperará a que tengamos todos los detalles organizados antes de empezar a invitar a la gente. Parece un buen tipo. Sé que quiere mucho a Aletha, eso queda fuera de toda duda.

Russell me abrió la puerta.

—Parece un buen tipo. Aunque un poco cansino. Solo sabe hablar de su velero.

Pasamos al comedor de Antonio's y el aroma a pan recién horneado me transportó a la panadería a la que me llevaba a menudo mi padre antes de morir. A la última vez que disfruté de una *cookie* de chocolate blanco y chocolate negro. Tragué el nudo que se me había formado en la garganta y me sumergí en el suave murmullo de las parejas, las familias y del nonagésimo cumpleaños de Nana, según indicaba una pancarta colgada en el fondo de la sala.

Con música italiana de fondo, se acercó a nosotros la recepcionista, vestida con chaleco negro con el anagrama de Antonio's bordado en rojo. Bajo el resplandor romántico de unas lámparas de techo estilo Tiffany, nos acompañó hasta una mesa para dos. Me alegré de haber elegido mi vestido negro.

Dejé el bolso sobre un mantel de verdad —nada que ver con los manteles a cuadros blancos y rojos de plástico del local de Tony

Scavuto—, y tomamos asiento. Un jarroncito de cristal con bocas de dragón recién cortadas descansaba entre nosotros, flanqueado por dos vasos de agua. No había cenado en un restaurante con clase desde que Scott y yo celebráramos el quinto aniversario de nuestra primera cita, justo un mes antes de que él aceptara aquel trabajo en París.

La recepcionista nos entregó la carta, encuadernada en piel, y se marchó en busca del vino que Russell había pedido. La carta temblaba en mis manos, de modo que la apoyé en la mesa.

Una mujer, cuyo vestido ceñido de lentejuelas era mil veces más apropiado para Montecarlo que para Riddleton, se acercó a nuestra mesa.

—Hola, Jen. Tu libro me encantó, de verdad.

El calor me subió a las mejillas. ¿Me acostumbraría algún día a estas situaciones?

—Gracias.

—Me muero de ganas de leer el siguiente. Los gemelos son maravillosos. ¿Cuándo crees que estará listo?

«Entre la semana que viene y jamás».

—Estoy en ello. Son procesos que llevan su tiempo.

—Sí, me lo imagino. Pero date prisa, ¿vale?

Me mostró todas y cada una de sus treinta y dos resplandecientes piezas dentales y se marchó.

Sonreí a Russell y apreté los dientes para que la tensión no se tradujera en una mueca extraña. ¿Qué me había dicho? Oh, sí, algo relacionado con Tim y su velero. Abrí la boca y la mandíbula me crujió.

—Entiendo, entonces, que lo de la vela no te interesa.

—No es eso. Sino que Tim está obsesionado con el tema. Una tarde, se pasó una hora explicándome las propiedades de un nuevo tejido que se ve que ha salido para fabricar cabos, lo bien que cede cuando se humedece, que no es sintético… Me entraron ganas de colgarme. Y él ni siquiera se dio cuenta de las caras que yo iba poniendo. —Russell bebió un poco de agua—. Como mínimo, tendría que haberme concedido una medalla al mérito como premio por haber aguantado todo su discurso.

—Supongo que sí. —Debía de haber sido una escena espantosa si Russell, que disfrutaba charlando con todo el mundo, se quejaba. La noche que yo había cenado con la pareja, Tim se había mostrado muy atento y cariñoso con Aletha, apoyándola en todo lo relacionado con la librería y procurando que nunca se le quedara vacía la copa de vino. Luego, el día que habíamos estado hablando en la zona de cafetería sobre la fiesta de Aletha, se había centrado totalmente en la idea de hacerla feliz. Pero era evidente que Russell y Tim no compartían intereses—. ¿Y qué te parecerían dos medallas? ¿Una por seguridad naval y otra por aprender a atar cabos?

Su sonrisa hizo que sus ojos titilaran a la luz de la lámpara.

—¡Totalmente de acuerdo! ¿Sabías que Tim insistió en utilizar parte del dinero del premio de Aletha para comprar el velero y la casa? En teoría, todo el dinero debía invertirse en la librería. Y un día que le pregunté a Aletha si le gustaba navegar, sus ojos se pusieron redondos como los de un cachorrito de pequinés. Decidí cambiar de tema antes de que se le salieran por completo de las órbitas.

Aletha guardaba bien sus secretos. Imaginé que era fácil deducir que Russell no acompañaría a Tim al baile de graduación de este año, de haberse dado ese caso. Y que Tim tampoco invitaría nunca a Russell a navegar con él. Entendía que Russell quisiese mostrarse protector con Aletha. Pero ¿quién de nosotros dos estaría equivocado con respecto a Tim?

—Nunca me ha comentado nada al respecto —dije.

Un camarero nos sirvió el vino y pedimos: espaguetis con pollo a la parmesana para mí y *linguini* con salsa de almejas para él. Bebí un poquito de moscatel blanco, un vino que no había probado nunca. Una elección excelente. Lo suficientemente dulce, pero sin ser un vino de supermercado. Levanté la copa y brindé en silencio por mi nuevo vino favorito. El alcohol disminuyó el temblor de mis manos, que pasó de 6,8 a 4,3 en la escala de Richter.

Russell bebió de su copa.

—Aletha me contó que, bajo el punto de vista de Tim, el concurso giraba en torno a los deseos, y que por eso también él quería ver su deseo cumplido. Me dijo que había intentado hacerle entender que el premio de ciento cincuenta mil dólares anuales tenía que destinarse al negocio en su totalidad. Pero que él se había puesto a hacer pucheros como un niño de tres años y que al final había claudicado. Que habían dado una entrada tanto para la casa como para el barco, calculando que les quedara la cantidad necesaria para poner en marcha la tienda.

Bebí un poco más de vino. Al parecer, Aletha no era tan sincera conmigo como yo lo era con ella.

—Es una lástima. Aletha nunca me ha comentado ni una palabra de esto.

—A mí me lo contó un día que se derrumbó, después de que tuvieran una pelea importante. De lo contrario, tampoco lo sabría. —Sonrió—. Aunque viéndolo por el lado positivo, si Tim no se hubiese comprado ese velero, yo no tendría mis dos medallas al mérito.

—Cierto. Y si le das tanta importancia a las medallas, ¿será porque fuiste *boy scout?*

Frunció los labios.

—No. Mi padre no creía en esas cosas. Además, por culpa de su carrera como alto ejecutivo, vivimos en muchos lugares distintos.

Scott también había vivido en muchos lugares por ser hijo de militar. Y, en consecuencia, el compromiso no era lo suyo. Una lección que había tenido que aprender a las duras. El siguiente trago de vino ya no me supo tan dulce.

—¿Y cómo es que has venido a parar aquí?

Dobló de nuevo la servilleta en su regazo y apretó la mandíbula.

—Necesitaba alejarme de mi padre. Vivir mi vida sin que él intentara controlar todos y cada uno de sus aspectos.

Russell volvió a llenarme la copa de vino y bebí otro trago, que me dio un mazazo en la garganta. Esperaba que empezasen a traer pronto la comida. Decidí cambiar y beber un poco de agua, cogí el vaso por el borde y a punto estuve de derramar el contenido.

Russell me estudió por encima del borde de su copa. Tal vez calculando la dificultad de tener que arrastrarme borracha hasta su coche. Pobre chico, en los últimos meses había engordado un poquito.

Por suerte, el camarero hizo acto de presencia con las ensaladas y el pan.

Untamos el pan con mantequilla, aliñamos la ensalada con la vinagreta, y comimos en silencio hasta que Russell se quedó mirándome cuando se llevaba a la boca el tenedor con el último trozo de lechuga.

—He estado hablando yo todo el rato. Hablemos ahora un poco de ti.

«Mejor que no».

—No hay mucho que contar.

—Empezaré con una pregunta fácil. ¿Cómo es que te hiciste escritora?

El agua me bajó por el conducto equivocado y empecé a toser. Una tos seca y desgarradora.

El camarero trajo entonces los platos, pero los retuvo hasta que recuperé el control.

Me ardían las mejillas, también las orejas. Me pasó por la cabeza la posibilidad de escabullirme por debajo de la mesa. Bebí un poco más de agua y le indiqué con un gesto al camarero que ya podía servirnos.

El camarero dejó los platos en la mesa.

—¿Estás bien?

—Sí, gracias.

Apostaría lo que fuese a que Russell no querría volver a verme nunca más, y sería comprensible. Me sorprendía que aún no se hubiera levantado para marcharse. Scott lo habría hecho hacia el final de nuestra relación, cuando siempre estaba tan irritable. Se había dado por vencido con nosotros meses antes de irse. Fue todo un detalle que al menos me lo dijese.

—Me alegro —dijo el camarero—. Porque no me acordaba ni de un solo detalle de ese cartel con los pasos de la maniobra de Heimlich que tenemos colgado en la cocina.

La risa inducida por el alcohol hizo que me dolieran las costillas y mi respiración acabó transformándose en hipo. Russell se quedó mirándome un momento, pero enseguida se sumó a mis carcajadas hasta que las lágrimas empezaron a rodar por sus mejillas. La gente que ocupaba las mesas a nuestro alrededor, incluyendo el jefe de policía, Tobias Vick, y su esposa Anne-Marie, rieron también, aun sin saber por qué. «Confiemos en que no llamen a los de la bata blanca para que se me lleven de aquí». Incluso parte del personal de cocina asomó la cabeza por las puertas batientes para ver a qué venía tanto escándalo.

La alegría se disipó de la misma forma que había empezado: mesa por mesa. Miré el plato y deseé que el calor de mi rostro se esfumara. Russell se recostó en su asiento, se cruzó de brazos y sus labios carnosos esbozaron una media sonrisa.

¿Y ahora qué hago? ¿Inventar alguna excusa barata? ¿Hacer como si no hubiera pasado nada? Tal vez funcionara.

—Pues bien, ¿de qué estábamos hablando?

—Creo que estábamos hablando de ti.

No era la respuesta que me esperaba. Scott habría dicho cualquier cosa desagradable sobre mi conducta. Quizá una relación con Russell podría funcionar mejor, a saber. Aunque tampoco es que estuviera preparada para siquiera pensar en eso, por el momento.

Bebí un gigantesco trago de vino y le hablé sobre la muerte de mi padre y el posterior matrimonio de mi madre. Después, le comenté por encima los años con Gary, mi padrastro, explicación que Russell interrumpió con comentarios y preguntas que esquivé como el atleta que corre con la mirada fija en la meta. Ya habría tiempo más adelante para todo eso.

Comimos, bebimos y reímos. Pasaron dos horas que me parecieron solo quince minutos. Bebí muchísimo vino, y Russell bebió a la par que yo, copa tras copa. Pero a diferencia de lo que me estaba pasando a mí, el vino no parecía tener en él efectos nocivos. Las lámparas Tiffany giraban por encima de mi cabeza y ordené a mi estómago revuelto que mantuviese el control. Funcionó, por el momento. Aunque era imposible saber qué nos depararían cinco minutos más.

Mientras el restaurante se vaciaba, los ayudantes de camarero empezaron a colocar las sillas sobre las mesas. Russell pagó la cuenta y emergimos al frescor de la noche iluminada por la luz de la luna. Insistió en acompañarme a casa y eché a andar acomodando el brazo en su codo. Se inclinó entonces para besarme. Me aparté y lo alejé de mí de un empujón.

Russell se tambaleó, pero logró mantener el equilibrio. Se ruborizó.

—Lo siento. Es demasiado pronto. Yo solo…

—No pasa nada, lo siento. No sé qué me ha pasado.

Lo cual no era cierto. El daño que Scott me había causado tenía bastante que ver con ello.

Russell se pasó la mano por el pelo ondulado.

—Es culpa mía.

—No, de verdad. No debería haberte empujado.

Me volví para evitar su mirada. Por encima del hombro de Russell, vi que las luces de Lectores Voraces seguían encendidas. Dentro, Aletha y Tim estaban sentados en una mesa próxima al escaparate. La tienda había cerrado hacía ya horas; ¿por qué seguirían aún allí?

Russell se volvió para ver qué había captado mi atención. Aletha fruncía el entrecejo y apuntaba con un dedo a Tim. Cuando él fue a cogerle la mano, ella la apartó con brusquedad, se levantó tumbando la silla y se metió en su despacho. Por lo visto, la que estaba equivocada con respecto a Tim era yo.

Capítulo tres

Mi vejiga me despertó a las seis de la mañana; era sábado y tenía la lengua pegada al paladar. Lo cual no era nada en comparación con la tempestad que bullía en mi cabeza. ¿Cuánto habría bebido anoche? Lo bastante como para que me fallara la memoria. La sensación de una bola caliente en el estómago me sugería que lo mejor que podía hacer era apostar por la amnesia. La última vez que había bebido tanto fue en una fiesta universitaria y había acabado echándome por encima una jarra de cerveza, con lo que gané un concurso de camisetas mojadas en el que no había participado nadie más. O eso me habían contado. Me llevó meses superar la vergüenza.

Caminé a tientas hasta el cuarto de baño con una caja de paraceta-mol en una mano y un tubo de dentífrico en la otra. Fragmentos de la cena con Russell empezaron a emerger a la superficie. Destellos de Tim, Scott, Aletha, y muchísimo vino. ¿Y risas? Aletha había discutido con Tim. ¿Por qué motivo? ¿Debería preguntárselo? No, jamás me lo diría.

El resto flotaba fuera de mi alcance, adherido al lodazal en el que estaba sumergido mi cerebro. Vacilaba entre la necesidad de saber qué había hecho y el alivio de no tener ni idea de ello. Por el momento, el alivio superaba por la mínima a la necesidad.

Engullí varios analgésicos con una botella de agua, lo cual sirvió para situar el dolor de cabeza en niveles tolerables. Cargué la cafetera y encendí el ordenador para iniciar otra ronda de la ruleta de la escritu-ra, por mucho que las probabilidades de sacar un número ganador se situaran cerca del uno entre un millón. Decidí que trabajar un poco en mi novela policiaca me ayudaría a distraerme del misterio de lo que había hecho o dejado de hacer la noche anterior.

Cuando los gemelos Davenport reaparecieron en pantalla, el optimismo se había convertido en mi palabra del día. Mi bloqueo como escritora acabaría derrumbándose bajo mi poderoso mazo mental. Tenía que ser así. Porque si no rompía pronto con aquella situación, mi viejo patrón se reafirmaría. Había llegado demasiado lejos como para ahora desanimarme y rendirme.

El reloj de péndulo dio las doce cuando los gemelos Davenport fijaron su mirada en las extremidades retorcidas y en la cabeza inclinada en un extraño ángulo de su padre, que yacía bocabajo sobre la alfombra oriental del salón.

Mis dedos se cernieron sobre el teclado, preparados, a la espera de que la genialidad hiciera su aparición. Y dos minutos más tarde… seguían esperando. Pensamientos aleatorios flotaban por mi cabeza como burbujas de jabón que chocaban entre sí, estallaban y dejaban de existir, creando un ciclo interminable. ¿Por qué habría firmado aquel contrato estúpido? Este segundo libro acabaría siendo un billete solo de ida al loquero.

¿Qué era aquel ruido en la cocina? ¿Un ratón? Qué va, era el dispensador de hielo de la nevera.

«Concéntrate».

Cinco minutos más…

¿Cómo llegué a casa anoche? ¿Andando? ¿Me acompañó Russell en coche? ¿Entró en casa? ¿Hicimos…? No, de haber hecho algo ya me habría acordado. ¿O no?

Cafeína.

La espera para el café fue como esperar en la cola para ir al baño con la vejiga llena de refresco tamaño gigante. Me serví el café hirviendo en la taza con el lema «La creatividad empieza con un café» y volví a mi mesa para dedicarme un rato más a la contemplación de la pantalla.

¿Dónde habría dejado mi pluma? Seguro que eso lo solucionaría todo.

La busqué por la mesa de trabajo, por la mesita de centro, por el suelo y en el maletín. Sin éxito. La pluma había desaparecido. Igual que el tío que me la regaló.

Olvídalo. Tampoco es que hubiera ayudado mucho.

Ponte a trabajar.

¿Era una mosca eso que andaba revoloteando por la ventana? No, era un mosquito. En el piso de abajo se había instalado un vecino nuevo. Luego iría a presentarme. Brittany había dicho que era banquero, o abogado, o algo por el estilo.

«¡CONCÉNTRATE!».

Una hora y tres tazas de café más tarde, miré furiosa la pantalla mientras mi pierna derecha no paraba de moverse. Era evidente que la creatividad no empezaba con un café. Al menos, hoy. Había llegado la hora de reconocer la derrota. Eran casi las siete y media y cualquier avance que hubiera hecho tenía que ver con mi dolor de cabeza, que, después de otra botella de agua, casi había desaparecido. Pero ¿qué hacer con aquel exceso de energía?

Podría ponerme a limpiar el apartamento.

«No. Eso no va a pasar».

Empecé a deambular de la sala de estar al dormitorio, viajes de ida y vuelta. Las respiraciones profundas forzaron la entrada de oxígeno en mi cerebro y mi niebla mental se diluyó hasta quedarse en neblina.

Más respiraciones profundas…

¿Y si Eric tuviera razón con lo de hacer deporte?

De ninguna manera. Yo no corría. Y no correría jamás. Era patosa a más no poder. A buen seguro me caería y me rompería algo. O le haría daño a alguien al caerme. Plantearme esa posibilidad era de locos.

«¿Más de locos que pasarme la mañana entera mirando una pantalla de ordenador?».

Sí, bueno…, quizá. ¡Por el amor de Dios!

Necesitaría llevar encima una jeringuilla inyectable de epinefrina para cuando me diera la alergia al deporte al aire libre. Lo que era evidente, de todos modos, era que mi plan de trabajo no funcionaba.

Aunque, ¡qué demonios! Peor no podía ir, ¿o sí?

A las ocho menos cuarto, mis pies me arrastraron escaleras abajo para recorrer dos manzanas e ir a ver a Eric, junto con el resto de su secta. Creo que había perdido la puta cabeza.

Una pareja estaba mirando el escaparate de Bob's Bakery, establecimiento famoso por sus *croissants* de huevo y queso y sus dónuts sobrecargados. Eran las únicas dos personas presentes en Main Street mientras el sol fundía la neblina de la mañana. La temperatura era tolerable, pero la humedad le sumaba varios grados y el sudor empezó a cubrirme la frente. Se apoderó de mí el impulso de girar a la izquierda. De ir hacia Russell.

Russell. Sus ojos entrecerrados.

¡Dios! ¡Pero si lo había empujado! Había intentado besarme y yo lo había apartado de un empujón. La mejor primera cita de toda mi vida, y ahora quizá también la última.

¿Cuándo aprendería? Tal vez mi alergia a las relaciones fuera peor que mi alergia al deporte al aire libre.

«Concéntrate en otra cosa».

El estómago me dio un vuelco cuando pasé por delante de las casas con tejado a dos aguas de la década de los cuarenta que flanqueaban Park Street. Había pasado la infancia en un barrio similar, en el lado opuesto de la ciudad.

Alejé de mi cabeza aquel recuerdo. Había huido de allí y nunca volvería.

A un centenar de metros de Second Street había un arco de hierro forjado. Riddleton Park. Dos personas hacían ejercicios de calentamiento junto a una valla.

Última oportunidad de dar media vuelta.

Eric me saludó con la mano.

—¡Hola, Jen! No esperaba verte por aquí.

Demasiado tarde.

Su holgado pantalón corto de color verde y su camiseta roja de tirantes de los Riddleton Jackrabbits colgaban de su cuerpo de palillo. A lo mejor algún día conseguiría llenar esas prendas.

Eric señaló al hombre bajo y regordete que estaba a su lado, vestido con pantalón de chándal gris y una sudadera del mismo color que le iba tan larga que podría servirle de vestido de noche.

—¿Conoces a Angus?

—Te he visto por la cafetería de la librería. —Le tendí la mano—. Jen Dawson.

En vez de estrecharme la mano, simplemente la sostuvo entre la suya, caliente y húmeda.

—Nuestra escritora residente. Me gustó tanto su libro que me lo leí tres veces.

E inclinó la cabeza a modo de saludo.

Me ruboricé. Por un segundo casi esperé que me besara la mano. O el anillo. Por suerte, no llevaba ninguno.

—Angus Halliburton, propietario del Dandy Diner, a su servicio, señora.

Noté el burbujeo de una risilla, pero la seriedad de su mirada me obligó a morderme el labio e intentar devolver el saludo con una pequeña reverencia, que se vio frustrada cuando mi pie se tropezó con la pantorrilla opuesta. La pierna me flaqueó. Traté de agarrarme a su sudadera para mantener el equilibrio, fallé y acabé dándome contra la barriga de Angus, que se dobló de dolor y me hizo caer sin querer sobre el banco de piedra que había al lado. El aire salió de mis pulmones con un gruñido del que se habría sentido orgulloso el cerdito Porky y sentí una fuerte punzada de dolor en las costillas. «De lo más elegante, Jen».

Eric corrió para ayudarme a incorporarme. Un caballero en pantalón corto de gimnasia. Cogí aire con cautela y me masajeé el costado.

Sir Eric se quedó mirándome.

—¿Estás bien?

Hice un gesto de asentimiento, desesperada por evitar su cara de preocupación.

—Lo siento, soy una torpe. Muy típico de mí.

Angus se enderezó, rio entre dientes y el rojo desapareció de su cara.

—Me alegro de que hayas venido. ¿Qué te ha hecho cambiar de idea?

—Pensé que no tenía nada que perder excepto mi dignidad, y de eso ya me he encargado, de modo que puedo tacharlo de la lista. Pero que haya venido no significa que vaya a quedarme.

Eric esbozó su sonrisa de Opie.

—Claro que te quedarás, ya lo verás. Te va a encantar.

«Tanto como una visita al dentista».

—Me conformo simplemente con sobrevivir a la experiencia.

Angus se echó a reír.

—Yo pensaba lo mismo cuando empecé. —Dio unos golpecitos a su generosa barriga—. Y mírame ahora. ¿No te recuerdo a Usain Bolt?

Me recordaba más a un tentetieso que a un velocista olímpico. Tiré con nerviosismo del cuello de mi camiseta negra.

—¿Qué demonios llevas en los pies? —dijo Eric, llegando al galope para salvarme del aprieto. Una vez más.

Bajé la vista hacia mis queridas y gastadas Nikes.

—¿Qué pasa?

—Esas cosas que llevas te matarán. Tienes que comprarte unas zapatillas de correr decentes.

Levantó una de sus flacas, aunque musculosas, piernas para enseñarme una zapatilla roja y blanca. No vi ningún logotipo llamativo, pero a buen seguro que se había gastado un montón de dinero en ellas.

—¿Ves estas? Son zapatillas de correr de primera calidad. Reebok Floatride Run Fast, diseñadas para la velocidad.

Puse mi pie de lado.

—¿Ves estas? Nike, no tengo ni idea de qué modelo, diseñadas para la comodidad.

—Deberías dejar que te eligiera unas zapatillas. —Angus se señaló los pies—. A mí me recomendó estas, y estoy enamorado de ellas.

Nike, igual que las mías.

—¿Y qué tienen de especial? Son iguales que las que yo llevo.

—No exactamente —dijo Eric—. Las suyas son zapatillas de correr. Las tuyas…, bueno, la verdad es que no sé lo que son las tuyas. O lo que fueron en su día.

Un caballero pretencioso. Quizá esta idea debería haber acabado en la basura. Mi frágil ego había recibido ya dos golpes, y llegarían más, sin lugar a dudas. Además, ¿para qué necesitaba yo unas zapatillas nuevas si solo iba a utilizarlas una vez?

Angus se agachó para atarse mejor la zapatilla.

—¿Fuiste tú la que vi anoche en Antonio's con Russell, el de la librería?

Aparté la vista y me alisé el pelo por los dos lados.

—Era yo. Un local muy agradable.

Se incorporó y bajó la voz para decir:

—Deberías ir con cuidado con ese chico.

—¿Por qué?

—Porque no es lo que parece.

Me aparté un poco.

—Pero ¿qué dices?

—Es asquerosamente rico. O como mínimo, su padre lo es, y por lo visto quería casar a Russell con la hija de su socio. Russell se negó y su padre lo dejó sin un céntimo. Por eso está trabajando en la librería.

Eric ladeó la cabeza.

—¿Y qué tiene eso de malo? —preguntó.

—Nada. Pero no me gustaría que Jen lo pasase mal cuando papá cambie de idea y Russell vuelva corriendo con él.

Me pareció gracioso que Russell no me mencionara nada de todo eso anoche.

—Gracias por tu preocupación, Angus —dije—. Pero solo ha sido esa cita. No creo que tengas nada de lo que preocuparte.

Angus se acarició el lóbulo de la oreja.

—Tal vez tengas razón. Al fin y al cabo, el otro día salvó al perrito de Jimmy Peterson de ser atropellado. Ese *beagle* es tan tonto que salió corriendo a recibir a Jimmy cuando llegaba en el autobús escolar y Russell lo sacó de debajo de las ruedas cuando el autobús arrancaba. Un chico rico y egoísta nunca habría hecho eso.

Eric dio una palmada. La última brisa que sentiría a lo largo del día.

—¿Listos para empezar?

—¿Y Lacey? —preguntó Angus.

—Tiene que trabajar.

Apoyé el pie en el banco para volver a atarme la zapatilla. Si llevaba mal atados los cordones aumentaría las probabilidades de acabar de bruces en el suelo en cualquier momento. Y era una manera estupenda de retrasar lo inevitable.

—¿Quién es Lacey?

Angus sacudió las piernas y empezó a hacer rotaciones con los brazos.

—Lacey Stanley, nuestra tercera mosquetera. Debes de haberla vista por la librería. Va a ayudar de vez en cuando.

La que rivalizaba con Aletha en cuanto a conocimientos sobre libros. Era una suerte que se hubiese tomado el día libre. Porque a buen seguro me habría preguntado sobre cómo llevaba mi nuevo libro. Además, así sería la única de los Riddleton Runners a la que todavía podría mirar a los ojos el lunes.

Eric señaló en dirección al parque.

—Venga, a calentar.

Cruzamos la verja y empezamos con los estiramientos. Mis piernas demostraron ser tan flexibles como los pinos que poblaban el suelo de piñas. Inspiré el aire con aroma de pino, absorbí su serenidad e ignoré los gritos que lanzaba la parte inferior de mi cuerpo.

Angus y yo nos pusimos a correr por la pista de asfalto de kilómetro y medio de longitud que formaba el perímetro del parque, mientras Eric corría en círculos a nuestro alrededor como un buitre a la espera de que alguno de los dos acabara cayendo. Cuando vi que se disponía a trazar por quinta vez una órbita alrededor de nosotros, necesité de toda mi fuerza de voluntad para no estirar la pierna y hacerlo tropezar.

Con los pulmones llenos al máximo, me volví hacia Angus y le pregunté:

—¿Siempre hace esto?

Angus movió la cabeza hacia delante y hacia atrás. Los cuatro pelos que llevaba peinados de lado para taparse la calva se menearon como un ratón atrapado en una trampa.

—Está intentando no dejarnos solos y abandonados y a la vez hacer algo de ejercicio. Normalmente corre con Lacey, que fue una estrella de la velocidad en el instituto y empezó a correr distancias después de tener su segundo hijo. Están más o menos a la par, ellos dos.

Me concentré en acumular la cantidad de oxígeno suficiente para mantenerme consciente.

—Tener a alguien con quien correr resulta agradable —resopló Angus—. Sobre todo, si ese alguien es famoso.

«No por mucho tiempo», pensé.

—Gracias, pero exageras.

—No, qué va. Conozco mucha gente que ha leído tu libro. Y a todo el mundo le encantó.

—Eres muy amable. Gracias. —De repente fue como si me clavaran un cuchillo en las costillas y me convirtiera en la víctima de una novela de misterio escrita por alguien que no era yo. Me paré, doblé el cuerpo por la cintura para descansar las manos sobre las rodillas y dije, jadeante—: Tú sigue…, yo descanso… un minuto.

Eric se paró cuando estaba trazando uno de sus círculos y posó la mano en mi espalda.

—Es una punzada. Habrás tensado en exceso los ligamentos. —Colocó la mano debajo de mis costillas y ejerció presión sobre el lugar donde sentía la punzada—. Intenta respirar de forma regular. Inspira y espira, despacio.

Seguí sus órdenes como si me estuvieran haciendo la prueba de alcoholemia.

Eric respiró conmigo. Durante prácticamente un minuto, las gotas de sudor cayeron desde su frente hasta mi hombro. Asqueroso, pero efectivo.

El dolor disminuyó.

—Gracias.

—De nada.

Mi instinto me animaba a dejarlo ahora que me había quedado rezagada, pero tenía que continuar. Había dicho que intentaría cualquier cosa con tal de romper mi bloqueo como escritora. Y aunque esa no era precisamente la forma de conseguirlo que tenía en mente, tenía que funcionar, porque mi carrera como escritora dependía de ello. De todos modos, diez años sentada detrás de una mesa para poder tener algún día una carrera como escritora podría haber contribuido a las dificultades a las que me estaba enfrentando.

La punzada me atacó dos veces más y, siguiendo las lecciones aprendidas a partir de la invasión de mi espacio personal por parte de Eric, hundí la mano en mi grasa abdominal para aliviar el dolor y lo conseguí. A pesar de mis numerosas paradas técnicas, al final logré dar la vuelta completa al perímetro del parque. Una vez. Kilómetro y medio. Había llegado la hora de parar, si no quería correr el riesgo de ocasionar daños permanentes a mi cuerpo. Demasiado tarde para ponerse a pensar en la autoestima.

Vi que Eric y Angus seguían corriendo y me dijeron adiós.

Conseguí reunir la energía suficiente para levantar la mano y responder al saludo.

Tenía la huida a través del arco de acceso al parque prácticamente a mi alcance cuando oí la voz de Angus:

—¡Oye, Jen! ¿Cuándo va a salir el nuevo libro?

Clavé una sonrisa en mis facciones, levanté ambos dedos pulgares y me alejé como pude del parque. Me dolían los músculos de las piernas. Y los pies, pero nunca le diría a Eric que mis zapatillas me habían fallado. Mi cabeza empezó a divagar y distintas imágenes desfilaron caprichosamente por mi cerebro. Russell sonriéndome por encima de su copa de vino. Aletha burlándose de mi bloqueo mental. Yo mirando la pantalla del portátil durante horas interminables.

Mirando la pantalla del portátil.

«¡Eso es!».

Ideas, prosa, diálogos empezaron a fluir de repente. Tenía que volver a casa.

Aceleré como pude mi paso renqueante, llegué a mi edificio en pocos minutos y me arrastré escaleras arriba, apoyándome en la barandilla. El dolor me atravesaba los muslos a cada paso que daba.

Brittany Dunlop salía en aquel momento de su apartamento para ir a trabajar, ataviada con su vestido azul de bibliotecaria favorito, zapatos cómodos y gafas de gran tamaño. Una mezcla perfecta de inteligencia y sensibilidad. La suerte había creado una vacante en el apartamento de enfrente del de Brittany. Nos habíamos planteado por un momento la posibilidad de vivir juntas, pero la señorita Limpia como una Patena conviviendo en un apartamento con Daisy Desastre habría significado el fin de una amistad de toda la vida.

Brittany levantó las cejas.

—¿Quién te ha hecho esto?

Me derrumbé al llegar al último peldaño.

—¿Te lo creerás si te lo cuento? He estado corriendo por el parque.

Brittany se recogió detrás de la oreja varios mechones de su media melena rubia. El pelo siempre se le inflaba, como si acabara de salir de un túnel de viento.

—¿Y quién te perseguía?

—¡Nadie! Bueno, sí, había un poli que se esforzaba por no atraparme.

—Pues no te creo.

Su amplia sonrisa marcó arruguitas alrededor de sus ojos de color azul claro.

—Eric me sugirió correr para acabar con mi bloqueo como escritora y, créelo o no, me parece que ha funcionado. Mi ordenador me está llamando. Voy directa a por él.

Brittany pilló otro pelo suelto, que se le metió en la boca.

—Sigo sin creerte. No te he visto correr desde las clases de gimnasia en el instituto. E incluso entonces, te parabas siempre que la señorita Ferguson no estaba mirando.

—¿No vas a llegar tarde al trabajo?

—Los niños esperarán. Me adoran.

—No quiero entretenerte. Tengo un capítulo que terminar.

Me enderecé, a pesar de los alaridos de dolor de mis muslos, e introduje la llave en la cerradura.

—Anda, ve mientras aún lo tengas fresco en la cabeza. Acabo al mediodía, de modo que te recogeré hacia las doce y media.

Me volví hacia ella.

—¿Que me recogerás, dices?

—Para ir en coche a comer a casa de mis padres.

Los padres de Brittany vivían en una casita en una zona sin urbanizar de Lake Dester. Me esperaban largos caminos rurales, pinos y vistas espectaculares. No había otro lugar en el que me apeteciera más estar.

Excepto que me había olvidado por completo de que habíamos quedado.

—Claro, estaré lista.

Cerré la puerta y fui directa a mi mesa de trabajo para descargar mis ideas mientras las tuviera todavía frescas. Las teclas de mi portátil gruñeron bajo el peso de mil palabras, que brotaron de mí como lo habían hecho cuando escribí *Problema doble.* Los gemelos se habían unido de nuevo a mi equipo.

Y estaba a punto de escribir la palabra mil uno, cuando el viaje del mediodía se reiteró en mi cabeza.

«Vaya, ya se te ha vuelto a olvidar».

Las articulaciones me crujieron al levantarme. Caminando como un pato, realizando una brillante imitación del personaje de Festus en la serie *La ley del revólver,* me dirigí al cuarto de baño para ducharme. Mis extremidades inferiores estaban rígidas como columnas y necesité la ayuda de mis dos manos para levantar de una en una las piernas y entrar en la bañera. «¿Dónde se habrá metido Matt Dillon cuando más lo necesitas?».

Había superado el reto de los cordones de los zapatos segundos antes de que Brittany llamara a la puerta, a la hora exacta. De tener reloj, podría ponerlo en hora basándome en sus actos. Cogí las llaves y abrí la puerta.

—Aquí estoy.

Brittany se había cambiado y llevaba ahora una blusa floreada de seda y pantalón marrón. Mi polo y mis vaqueros chirriaban como un garabato al lado de la Mona Lisa. Era una suerte que este tipo de cosas no me importaran.

Brittany ladeó la cabeza.

—Qué sorpresa más agradable. Por una vez no tengo que esperarte.

—Sí. Aunque ya sabes que hay cosas por las que merece la pena esperar.

—Cierto, pero ¿qué tiene que ver eso contigo?

Me llevé la mano al pecho.

—¡Ay! Brittany Dunlop, a partir de este momento dejas de ser mi mejor amiga.

—Sí, lo dices como si tuvieras muchas más.

Y era cierto. Cuando nuestra maestra del parvulario organizó los asientos en orden alfabético y nos tocó sentarnos juntas, Dawson y Dunlop se convirtieron en amigas para siempre. Debido a mi carácter introvertido, no había hecho muchas más amigas desde entonces. Pero Aletha sí que era una de ellas.

Nos dirigimos hacia el aparcamiento, con mis piernas rígidas pero utilizables. La humedad ambiental absorbía el oxígeno de mis pulmones.

—¿Quieres que conduzca yo?

—De ninguna manera. Quiero vivir.

—¡Oye! Pero si soy una conductora excelente —dije, haciendo un mohín.

—Si tú lo dices… Aunque me parece que esa zarigüeya que estuviste a punto de atropellar el mes pasado no estaría muy de acuerdo.

—Pero al final la esquivé, ¿no? Ahí tienes la prueba de lo buena conductora que soy. —Le pasé el brazo por los hombros—. Además, nunca había visto uno de esos animales vivos. Me llevé un susto.

Nos montamos en el Chevy Cruze azul de Brittany y nos pusimos en marcha hacia la otra orilla del lago.

* * *

El viaje a la casa del lago de los padres de Brittany se convirtió en una larga y relajante tarde que incluyó una visita sorpresa de Russell. Al parecer, lo había invitado en algún momento de mi borrachera. Aunque no lo recordaba en absoluto. Se presentó con su sonrisa de niño y un ramo de pensamientos, violetas y crisantemos, y la brisa se llevó rápidamente todo mi malestar. Por el simple hecho de que era mi amigo, la familia Dunlop se mostró tan acogedora como siempre.

La jornada terminó en mi mesa de trabajo, delante de mi ordenador.

Llevaba tecleadas un par de miles de palabras cuando una llamada en la puerta interrumpió mi concentración. ¿Quién sería a aquellas horas de la noche?

Pero un momento. El sol se filtraba entre la abertura de las cortinas del balcón. El reloj de la parte inferior de la pantalla afirmaba que eran las ocho y dos minutos de la mañana. Mierda.

Me levanté de un salto de la silla y caminé tambaleante hasta la puerta, como si anduviera sobre zancos. Más le valía a Brittany que viniera acompañada de una cafetera si se atrevía a llamar a mi puerta tan temprano.

Miré por la mirilla por costumbre. Un hombre moreno con gafas con montura oscura me mostró una placa dorada. Una de verdad, por lo que logré vislumbrar a través del extremo erróneo de un telescopio. ¿Un policía en mi casa un domingo por la mañana? Seguro que se equivocaba de piso, a menos que ahora hubieran decidido enviar a agentes a cobrar multas de estacionamiento.

Me froté mis ojos legañosos, abrí la puerta y me encontré delante no de uno, sino de dos policías con cara muy seria.

La voz se me quebró.

—¿Stan Olinski? No pensé que volvería a verte otra vez en mi puerta.

Mi novio del instituto me odiaba porque me había ido a vivir a Blackburn para estudiar en la universidad en vez de quedarme aquí para jugar a la pequeña ama de casa y casarme con él. No le culpé por ello en aquel momento, puesto que habíamos estado saliendo cuatro años, pero habían pasado ya diez desde mi graduación y aún me guardaba rencor. Eso no estaba bien.

Una mujer más joven —tan almidonada y estirada que parecía una tabla de planchar humana— estaba plantada un metro por detrás de Olinski, cuya ropa arrugada demostraba que no sabía ni lo que era una plancha. Lo cual no me sorprendía en absoluto.

Olinski se subió las gafas.

—Se trata de un asunto policial. Tenemos que hablar contigo, Jen.

Mis músculos se tensaron debajo de mi camiseta de Pat Benatar.

—¿Qué sucede?

Señaló con un gesto la tabla de planchar.

—Te presento a la detective Havermayer. Queríamos hacerte unas preguntas. ¿Podemos pasar?

«Alguien ha sufrido algún daño». Tuve la sensación de que unos dedos gélidos me recorrían la espalda. Y me estremecí a pesar del aire caliente que entraba por la puerta.

—¿Unas preguntas sobre qué? —Me tembló la voz y mis ojos arenosos parpadearon en exceso. Una inspiración profunda me devolvió mi tono habitual—. ¿Qué ha pasado?

—Te robaremos solo unos minutos.

Entendido, estaba en plan profesional. No tenía sentido formular más preguntas. Me hice a un lado.

Havermayer patrulló la caja con particiones, conocida también como mi casa. Lo observó todo y no tocó nada, como un visitante del Guggenheim. Minúsculos martillos neumáticos empezaron a aporrearme el estómago. Intenté seguir a los dos detectives, pero deambulaban en direcciones opuestas.

—Tenemos que hablar contigo sobre Aletha Cunningham. —Olinski me clavó la mirada.

Mi cerebro se quedó congelado al instante.

—¿Sobre Aletha? —Era lo último que me esperaba. Algo relacionado con mi vecino Charlie, eso sí. Era capaz de todo. Vandalismo, hurtos en tiendas, incluso de desnudarse en público. Pero Aletha… Me llevé la mano al ojo izquierdo para detener un tic impulsado por la tensión—. ¿Está bien?

Reubiqué una montaña de toallas limpias en la mesita de centro para que Olinski pudiera sentarse en el sofá con estampado floral que se había salvado de una muerte segura por asfixia en el sótano de casa de mi madre. Pero él siguió de pie. Abrí las cortinas del balcón.

Havermayer carraspeó, un sonido que taladró el silencio como si unas uñas estuvieran rascando una pizarra en el interior de una hormigonera. Se apoyó en el marco de la puerta de mi habitación, cruzó los brazos sobre el pecho y levantó sus cejas oscuras sin que ni un pelo de su melena rubia quedara fuera de lugar.

¿Qué le pasaba a aquella mujer?

Mi mirada rebotó entre los dos detectives.

—¿Se ha metido Aletha en algún problema?

Una pregunta estúpida. Era imposible que Aletha tuviera problemas legales.

Olinski tomó la palabra.

—Creo que deberías sentarte, Jen.

Cerré los puños con fuerza.

—No quiero sentarme. Dime qué está pasando.

—Lamento informarte de que la señora Cunningham ha muerto.

Capítulo cuatro

Fue como si una mula me hubiera aplastado el pecho.

—No.

La voz de Olinski se suavizó, pero no apartó los ojos de mi cara.

—Lo siento mucho.

—Tienes que estar equivocado. —Me derrumbé en la butaca de cuero rajado que había adquirido en la tienda de artículos de segunda mano de la esquina—. La vi el viernes por la noche. Estaba bien.

Olinski dejó caer los brazos a ambos lados de su cuerpo y cambió el peso hacia la otra pierna.

Clavé las uñas en los brazos de la butaca, con tanta fuerza que mis nudillos se quedaron blancos.

—¿Qué pasó?

—Ayer por la tarde se produjo una explosión en el velero de su marido.

—¿Que el velero explotó? —Una niebla densa llenó de repente mi cabeza. Aletha había muerto. En un barco donde jamás ponía el pie. Y no estaría sola, seguro—. ¿Y su marido?

—Estaba en casa.

La cocina me ofrecía una vía de escape de un escenario que no podía ser cierto. Los músculos de mis muslos temblaban por culpa de unas rodillas que se esforzaban en mantenerme en pie. En la encimera había una taza de Lectores Voraces y la imagen de Aletha me sonrió. Sus ojos moteados bailaban de alegría.

Mi corazón quería salirse del pecho. Una punzada de dolor me ascendió por el cuello.

«Inspira hondo, suelta lentamente el aire».

Hablé por encima del murete que separaba las dos estancias.

—¿Os apetece un café?

Olinski hundió las manos en los bolsillos del pantalón.

—No, gracias. ¿Estás bien?

¿Desde cuándo le importaba cómo me sintiera yo?

«Inspira hondo, suelta lentamente el aire».

—Estoy bien.

Estaba cualquier cosa menos bien.

El ritmo cardiaco se ralentizó y la punzada de dolor se redujo a una molestia. Cuando fui a coger la cafetera, me di cuenta de que la había dejado enchufada toda la noche. El apagado automático había vuelto a fallar y un residuo quemado cubría el fondo. Saqué de la nevera una lata de Mountain Dew a modo de sustituto y limpié la condensación acumulada en el tejido de mi pantalón gris de chándal; me estremecí. No sé muy bien si era por el frío o por la noticia.

«Inspira hondo, suelta lentamente el aire».

Olinski interrumpió mi concentración.

—¿Jen? —Sacó del bolsillo de su chaqueta arrugada un bloc andrajoso y se sentó en la punta del sofá, como si el mueble pudiera contagiarle alguna enfermedad—. Empecemos.

Entré renqueante en el salón. Me flaquearon las piernas y me dejé caer en la butaca.

Sus palabras resonaron en mis oídos, pero no amortiguaron por completo los sonidos de Havermayer, que estaba matando el tiempo en mi baño.

¿Por qué estaría registrando mi apartamento?

—¿Puedo ayudarla en algo, detective Havermayer? —pregunté.

No hubo respuesta.

—¿Necesitas un minuto? —preguntó Olinski, para recuperar de nuevo mi atención. O tal vez para distraerme de la detective Almidonada.

Havermayer había pasado a la cocina, donde empezó a revolverlo todo. Armario abierto, armario cerrado. Armario abierto, armario cerrado.

¿Podía mirar todas esas cosas sin una orden de registro? Daba igual. No tenía nada que esconder.

—No, estoy bien.

—De acuerdo.

Anotó alguna cosa en el bloc.

Fijé la mirada en las copas de los árboles iluminadas por el sol, visibles a través de la puerta del balcón, para intentar disimular las lágrimas que se acumulaban en mis ojos. «Las chicas grandes no lloran».

Olinski me estudió con la mirada. Su frente arrugada parecía querer ponerse a la altura de las arrugas de su traje.

—Cuéntame cómo era tu relación con Aletha Cunningham.

—Nos conocimos cuando inauguró Lectores Voraces. —Mi voz se quedó en nada.

Olinski esperó.

Con mano temblorosa, cogí la lata, bebí un poco de refresco y derramé una gota sobre la nariz de Pat Benatar.

—Yo iba a la librería a escribir. A veces tomábamos juntas un café y charlábamos. Acabamos haciéndonos amigas.

«Inspira hondo, suelta lentamente el aire».

La detective Havermayer abandonó su búsqueda y negó con la cabeza una sola vez. Olinski asintió.

Podría haberle dicho de antemano que fuera lo que fuese que anduviera buscando no lo encontraría. Olinski carraspeó ligeramente antes de continuar.

—¿De qué tipo de cosas hablabais?

Me masajeé la nuca y, al ejercer presión, la tensión descendió hacia los hombros. ¿Y de qué no hablábamos? Aletha me llevó a revelar cosas que nunca le había contado a nadie. Confiaba en ella.

—De libros, básicamente. De nada importante.

Incluso con la relación que había mantenido antiguamente con él, no me fiaba ni de Olinski, ni de Havermayer. Él había cambiado y me hacía sentir como si la piel me quedara pequeña.

Entonces intervino Havermayer.

—Acudías allí prácticamente a diario. Debió de compartir contigo alguna historia personal de vez en cuando.

¿Cómo sabía esa mujer que yo iba a la librería casi a diario?

—Hablábamos de cosas normales. Sobre nuestra infancia, nuestra familia. El tiempo. El concurso. Sobre cualquier cosa que nos pasara por la cabeza.

—¿Y qué te contó sobre el concurso?

—Me contó que después de ganar fueron a verla muchos familiares y amigos. Que incluso reapareció un antiguo novio. Eso es todo.

¿Era eso lo que quería oír? Yo no sabía nada sobre la muerte de Aletha.

—Ese antiguo novio sería… —Olinski pasó varias hojas de su bloc—. ¿Marcus Jones?

—Ni idea. Aletha nunca me mencionó su nombre, solo me dijo que un antiguo novio le había enviado de pronto un mensaje después de verla por la tele.

—¿Cómo describirías su matrimonio? —preguntó Olinski.

Me crucé de brazos.

—Decía que Tim era lo mejor que le había pasado en la vida.

Aunque la otra noche Russell me había dejado claro que no compartía en absoluto esa opinión.

Olinski esbozó una media sonrisa.

—A veces, el dinero transforma las relaciones. No necesariamente para mejor.

Qué imbécil. Había cambiado, efectivamente.

—Aletha salía de la nada. Entendía muy bien que había cosas más importantes que el dinero.

—¿Y él? —Se quedó con la mirada fija en un punto situado por encima de mi cabeza—. ¿Alguna vez la señora Cunningham te insinuó que pudiera tener miedo de alguien?

—No, y de eso me acordaría. —Me moví con nerviosismo en mi asiento—. ¿No crees entonces que podría haber sido un accidente?

—No disponemos aún de información suficiente, pero las circunstancias que rodearon su muerte son preocupantes.

¿Preocupantes? ¿Y eso qué quería decir?

«Inspira hondo, suelta lentamente el aire».

Recogí las piernas debajo de mi cuerpo.

—¿Quién podría querer matar a Aletha?

—Por eso estamos hablando con todos sus conocidos. Y quizá podrías ayudarnos. —Olinski sacó el teléfono del bolsillo y pasó un par de pantallas. Lo giró entonces hacia mí—. ¿Puedes explicarme esto?

La pantalla mostraba una imagen de la portadilla de *Problema doble* con una dedicatoria escrita:

Tres cosas por las que mataría:
amor, dinero y una novela que fuera un éxito de ventas.
Con cariño, Jen

—Es lo que escribí en el ejemplar del libro que le dediqué a Aletha. Fue un día que estuvimos haciendo una tormenta de ideas sobre el segundo. Hablando de qué cosas serían capaces de convertirnos en asesinas. No significa nada.

Olinski se quedó mirándome.

—¿Te mencionó alguna vez la señora Cunningham que tuviera problemas en su matrimonio?

—No me dijo nada al respecto. Sí que sabía que lo del velero no le hacía mucha gracia. También es posible que la otra noche tuvieran una pelea, pero no podría afirmarlo con seguridad.

Aunque, de hecho, nunca había visto a Aletha tan enfadada. Antes de ver aquella pelea siempre había tenido la impresión de que su vida familiar era perfecta, de que su marido era quien la había salvado de una existencia tediosa. La existencia que llevaba antes de ganar el concurso, claro. Pero la interacción que había observado la otra noche no tenía nada que ver con la conversación entre un salvador y un salvado. Quizá Tim le había dicho que quería comprarse cualquier otro capricho que no podían permitirse.

Havermayer cruzó las piernas a la altura de los tobillos.

—¿Qué te lleva a pensar eso?

—Los vi en la librería el viernes por la noche, cuando salí de Antonio's. Me pareció que estaban discutiendo.

¿Cómo era posible que me acordara de eso cuando me había olvidado de casi todo lo demás?

Olinski se cruzó de brazos.

—¿Por qué te lo pareció?

Me pasé la mano por la cara.

—Estaban sentados en una mesa que hay justo al otro lado del cristal del escaparate y vi que Tim intentaba cogerle la mano. Pero ella se apartó. Y entonces se levantó y se encerró en su despacho.

Havermayer descansó los codos sobre los muslos.

—¿Peleaban a menudo?

Llegando tarde a la fiesta, como era habitual en mí, la escritora de novelas de misterio que llevaba dentro se sumó por fin a la conversación.

—¿Creéis que Tim mató a su esposa? —dije, puesto que el marido era siempre el primer sospechoso.

—¿Por qué lo dices?

—Porque en todas las series de policías que he visto la cosa funciona así.

Olinski volvió a subirse las gafas hasta el puente de la nariz.

—Responde a la pregunta, por favor. ¿Peleaban mucho?

De pronto puse la antena. ¿Estarían pensando en que los ayudaría a implicar por la vía rápida al marido de Aletha? Aquello tenía que haber sido un accidente. ¿Por qué querría Tim matar a Aletha?

—Nunca me lo mencionó, si se peleaban. Supongo que no fue más que una simple discusión de pareja. Mirad, os he contado todo lo que sé. No tengo ni idea de cómo funcionaba su relación de puertas para adentro.

El sol que se filtraban por el balcón me daba justo en la cabeza. El dolor que sentía en el pecho se recolocó en un punto situado detrás de mis ojos. Deseaba levantarme y cerrar las cortinas, pero una sensación de náuseas me hizo cambiar de idea.

54

—¿Conocías bien a Tim Cunningham? —preguntó Olinski.

—No muy bien. Coincidimos algunas veces, nada más.

Havermayer se quedó mirándome como si yo fuese la personificación de alguna especie de bicho que no había visto en su vida.

—¿Estás segura?

—Sí, estoy segura.

Se inclinó hacia delante.

—¿Te sorprendería entonces saber que hemos oído que el señor Cunningham y tú teníais una relación más estrecha de lo que nos estás dando a entender?

Me quedé boquiabierta.

—Esto es ridículo. Lo he visto alguna vez por la tienda y un día quedamos en la cafetería del establecimiento para hablar sobre una fiesta sorpresa que estaba organizando con motivo del cumpleaños de Aletha, que es el mes que viene. Ah, sí, y una vez cené en su casa y estaba él presente.

Havermayer sacó del bolsillo una bolsita de plástico, de esas que se utilizan para guardar pruebas.

—¿Reconoces esto?

En el fondo de la bolsa había una pieza de metal que había perdido por completo su forma original. Identifiqué el clip con las iniciales JMD grabadas. El ácido burbujeó en mi garganta.

—Creo que es mi estilográfica. ¿Dónde la habéis encontrado?

—En el suelo, en la escena del crimen. ¿Te importaría explicarnos cómo llegó hasta allí?

«¿Estaría alguien intentando hacerme una encerrona?».

—No tengo ni idea. Creí que la había perdido.

Havermayer se guardó de nuevo la bolsa.

—¿Podría corroborar alguien eso que dices?

—Lo dudo. Excepto, tal vez, la persona que la encontró y la dejó en el barco. Pero no tengo ni idea de quién podría ser. —Me incliné hacia ella—. ¿Necesito un abogado?

—¿Qué te hace pensar que necesitas un abogado?

—Vuestra actitud.

La miré a los ojos, puse los pies en el suelo y estiré el brazo para alcanzar mi Mountain Dew. Valentía en lata.

Olinski examinó sus raídos zapatos de policía con un atisbo de sonrisa. Se levantó.

—Muy bien, Jen, con esto basta por ahora. Más adelante tendremos más preguntas. —Sacó del bolsillo de la chaqueta una tarjeta de visita y me la entregó—. Si se te ocurre algo más, llámanos. Gracias por tu tiempo. Seguiremos en contacto.

Havermayer abrió la puerta y Olinski se volvió hacia mí.

—Y, por cierto, conozco tu forma de pensar. Sé que no eres de las que se sientan y esperan con los brazos cruzados a que los demás hagan el trabajo. No toleraré ninguna interferencia en esta investigación. No se te ocurra ni intentarlo. Querías ser una escritora famosa, así que escribe. Y deja todo este asunto en paz.

—Pero ¿qué dices?

Sacudió la cabeza y salió por la puerta.

Descansé la mejilla sobre la frialdad de la madera pintada.

¿Qué acababa de pasar?

Aquello tenía todos los visos de ser una pesadilla, o de que mi subconsciente me estuviera ofreciendo la trama de mi siguiente novela. No podía ser real. No podía serlo, era imposible.

Las lágrimas empezaron a formarse detrás de mis párpados cerrados. Las sequé, me dirigí a mi mesa de trabajo, cubierta de papeles, y descansé la mano sobre el ejemplar de *Problema doble* que siempre tenía allí a modo de inspiración. En aquel libro, los brillantes gemelos Davenport superaban todos los obstáculos, solucionaban todos los problemas. ¿Pero yo? Nada que ver.

Durante la hora siguiente me dediqué a recorrer en círculo los cuarenta metros cuadrados de mi apartamento. Competían por mi atención emociones de todo tipo, hasta que al final cada una se ubicó en el compartimento que le correspondía. Alguien me había robado a mi amiga. A mi bondadosa, cariñosa y servicial amiga. La pérdida era abrumadora.

Un nudo duro me ocupó el esófago. ¿Por qué le había pasado eso a Aletha? Nadie quería hacerle ningún daño. Tim la amaba. ¿Por qué tomarse la molestia de preparar una fiesta sorpresa para alguien que esperaba que estuviese muerto antes de que sonara el primer petardo? ¿Para evitar sospechas? Me parecía ridículo. La explosión había sido un accidente. No podía ni siquiera plantearme cualquier otra posibilidad.

Con la esperanza de que una tarea más prosaica me ayudara a poner en orden mis pensamientos, recogí mi vestuario entero del suelo y metí todo lo que pude en mi lavadora prehistórica. Hacer la colada, como pasar el aspirador, era una de esas ocupaciones que no exigía pensar y que me gustaba precisamente porque no exigía pensar. Había solucionado problemas, escrito miles de palabras, realizado incluso dolorosos autoanálisis mientras mi ropa interior daba vueltas inmersa en aire caliente. Tenía que encontrar la manera de lidiar con la muerte de Aletha, pero sabía que ni siquiera la madre de todas las secadoras me aportaría paz mental.

Llamé a Russell y saltó el contestador. Suspiré y le dejé un mensaje. Si la policía había dado conmigo, habrían hablado también con él. Russell se pasaba todo el día en la librería. A buen seguro lo habrían interrogado ya, ¿pero por qué no me habría llamado? Tal vez estaba tan superado por la situación que no quería hablar con nadie.

En la ducha, mientras me masajeaba el champú, un continuo de imágenes desfiló por mi cabeza. Aletha, optimista, rebosante de energía, dispuesta a comerse el mundo. Su sonrisa cuando yo cruzaba la puerta, su guiño para darme a entender que siempre la tendría a mi lado, su atención cuando yo necesitaba hablar. Si a alguien de su categoría podía pasarle algo así, quería decir que podía pasarle a cualquiera. Mis lágrimas se mezclaron con el agua.

«Inspira hondo, suelta lentamente el aire».

Cuando mi piel adquirió un tono rojo rabioso, cerré la ducha, hundí la cara en una toalla calentada por el vapor y aspiré su fragancia a jardín primaveral. Un respiro momentáneo. Pero mis hombros se tensaron de nuevo y me envolví en mi albornoz azul celeste para atrapar en su interior el calor y hacerme la ilusión de que estaba confortable y a salvo.

El retumbo de la secadora en el armario de la colada se detuvo. Saqué una sudadera y unos Wranglers, me vestí a toda velocidad para mantener el calor en el cuerpo y, con las prisas, a punto estuve de marcarme como una res con la cremallera caliente de los vaqueros.

La sensación de hambre se sumó a aquel condenado dolor de cabeza y los armarios estaban vacíos, como era habitual. Era normal que Havermayer no hubiera encontrado nada. Más me valía ir a comprar algo para comer para no sumar un motivo más a mi mudanza a Ciudad Migraña. Además, era probable que encontrara a alguien que conociera más detalles de lo que le había sucedido a Aletha. Olinski, sin embargo, me había dicho que me mantuviera apartada del tema. Pero la cafetería era la central de los chismorreos y yo tenía tanto derecho como cualquier otro habitante de la ciudad a estar al corriente de lo que contaba la gente. Además, como mi abuela solía decir, lo que no sabes nunca podrá hacerte daño.

En Dandy Diner, la cafetería de Angus, tuve que superar el reto de encontrar un casi inexistente asiento libre un domingo concurrido. La gente de la ciudad se reunía al salir de la iglesia para relacionarse con familiares y amigos o para superar la resaca después de un sábado por la noche en Bannisters Bar and Grill.

Angus estaba detrás del mostrador y agitaba las manos para dar órdenes a camareras, cocineros y ayudantes de camarero como si fuese el director de la Filarmónica de Nueva York. Su barriga asomaba por encima de un delantal que en su día debió de ser blanco y ahora lucía manchas en rojo, marrón y amarillo. Arte moderno, estilo cafetería.

Mesas con bancos corridos tapizados en color naranja se alineaban contra las paredes cubiertas de anuncios antiguos, una imagen que me llevó de regreso a lo que siempre me había parecido un mundo mucho más simple. Lo negro era negro y lo blanco era blanco. Pero hoy, mi universo parecía estar envuelto en gris.

Dos grandes grupos de feligreses habían empujado las mesas con encimera de formica hacia el centro del local y pude instalarme en un banco vacío de un rincón, con la mesa aún llena de migas. Cogí la carta bajo la atenta mirada de un hombre tocado con un sombrero de fieltro recostado contra un De Soto y con un Lucky Strike pinzado entre dos dedos. La cafetería bullía con la noticia de la muerte de Aletha y los chismosos de la ciudad estaban encantados con aquella inesperada cosecha.

—Ya sabes, la mujer de la librería…

—Oh, sí, he oído decir que intentó a matar a su marido y…

—Y que él saltó del barco en el último minuto. ¡Sí sí, yo también lo he oído!

El asesinato era una oportunidad de oro para los lenguaraces de la pequeña ciudad. En los seis meses que habían transcurrido desde mi regreso a Riddleton, los titulares más importantes los habían protagonizado tres adolescentes que habían sido sorprendidos robando en el Piggly Wiggly. Una noticia que había alimentado a los charlatanes durante dos semanas. El reciente suceso podía darles combustible para meses.

Angus, el chismoso jefe, se instaló como pudo en el asiento de delante de mí y su barriga empujó la mesa varios centímetros en mi dirección.

—¿Qué tal estás, Jen?

—Bien, dentro de lo que cabe, supongo.

—Sé que erais muy amigas.

«Erais». Tiempo pasado.

Inspiré hondo a pesar de la tensión que sentía en el pecho, asentí y le apreté la mano en vez de darle una respuesta.

—Pues has acudido al chico adecuado. Sé lo que necesitas.

¿Otro? Primero Eric, ahora Angus. Si otro hombre volvía a decirme aquello, pegaría un grito. Mental, claro está. O quizá incluso físico.

Examiné las grietas de la mesa de formica, a la espera de que me bendijera con su sabiduría.

Mi entrecejo fruncido debió de darle que pensar, puesto que me soltó la mano.

—Sé que necesitas comer. Algo reconfortante.

Abandonó el banco con sorprendente agilidad. Al final, igual resultaba que Usain Bolt sí que tenía motivos por los que preocuparse.

Cogí el teléfono y empecé a buscar noticias sobre Aletha, y cuando llegó de nuevo Angus y depositó una bandeja en mi mesa, había consultado ya todos los sitios de noticias que conocía. Y no había encontrado gran cosa, nada excepto un par de párrafos en la web del *Sutton Chronicle*. Angus miró la pantalla por encima de mi hombro y levanté el móvil para que pudiera verlo mejor.

Terminó de leer el artículo.

—¿Sabes qué pienso?

—¿Qué?

—Pienso que ha tenido algo que ver con el concurso que ganó.

Saqué las cosas de la bandeja. Un sándwich de queso a la plancha y un cuenco de sopa de tomate. ¿En serio? ¿Y por qué no un *brownie* con helado y chocolate caliente? Bueno, daba igual. Mi estómago aceptaría encantado cualquier cosa.

—¿Por qué lo dices?

—Porque siempre que hay dinero gratis de por medio acaban sucediendo cosas malas.

Sumergí la punta del sándwich caliente en la sopa y le di un mordisco. Los sabores se mezclaron en mi lengua y mi musculatura se destensó un poco. Efectivamente, sabía lo que necesitaba.

Angus me hizo compañía mientras comía. Habló de todo, de cualquier cosa que no fuera la muerte de Aletha. Y entre tanto, mastiqué, sorbí y escuché historias sobre el lumbago de la señora Wilson, el nuevo trabajo de Charlie Stevenson y la raspadura en la rodilla que había sufrido ayer Eric por hacerse el fanfarrón. Cuando acabé con la sopa que quedaba en el fondo del cuenco, mi perspectiva de la vida había mejorado y había acumulado mucha más información sobre mis vecinos de la que necesitaba o deseaba.

Angus levantó el brazo y llamó a Eric, que había llegado sin que yo me diera ni cuenta.

A lo mejor Eric podría contarme alguna cosa sobre la explosión. El corazón se me aceleró. Necesitaba averiguar qué sabía.

Señalé el espacio vacío que quedaba al lado de Angus.

—¿Nos acompañas?

Eric se acercó a nuestra mesa.

—Un minuto. He entrado solo para tomar un café.

—Me encargo de ello —dijo Angus.

Eric lo sustituyó en el banco.

—¿Qué tal estás? ¿Te has enterado de lo de Aletha?

Esbocé una mueca de dolor.

—Olinski y Havermayer me han interrogado esta mañana.

—Te acompaño en el sentimiento.

—Gracias. —Aunque no podía saber lo mucho que Aletha significaba para mí.

—¿Tienes las piernas recuperadas después del ejercicio?

—Más o menos. Al menos hoy puedo andar.

—La próxima vez irá mejor.

«¿La próxima vez? Lo veo poco probable».

—Me han dicho que ayer mordiste un poco el polvo, después de que me fuera.

Su cara ruborizada parecía querer hacer la competencia a su cabello pelirrojo.

—Sí, algo así.

Ya basta de cháchara. Inspiré hondo y fingí solo un leve interés por conocer cómo había muerto Aletha.

—¿Has oído alguna cosa sobre la explosión?

Eric frunció el entrecejo.

—Fue espantoso.

Eso no me servía de nada.

¿Cómo habría gestionado esta situación Daniel Davenport? Habría recurrido al tacto, una habilidad ausente en mi repertorio habitual.

—Sí. Imagino que la investigación será todo un desafío.

—Los detectives están trabajando en ello. Están hablando con todo el mundo que la conocía, intentando encontrar a alguien que tuviera un motivo.

—¿Qué pasó exactamente?

¿De verdad lo quería saber?

—Lo único que puedo decirte es que hubo una explosión y que Aletha murió. Lo siento. Sé que erais amigas.

Nada que no hubiera podido leer en Internet o nada de lo que no pudiera haberme enterado aguzando el oído para oír la conversación de la mesa de al lado. Aquel chico tenía que tener alguna información.

Inspiré hondo una vez más, solo un intento más.

—Aletha ha muerto. Pensaba que... que era también tu amiga.

Eric recogió unas migas de la mesa y las dejó en mi plato vacío.

—Lo era, pero ni siquiera así puedo hacer nada al respecto. Soy agente de policía, no detective.

Me incliné hacia él.

—Te debe de resultar difícil gestionar este tipo de cosas.

Esbozó una mueca.

—Nos han entrenado para hacerlo.

Angus reapareció con un café para llevar. El vapor salía por la minúscula abertura de la tapa. Se lo entregó a Eric, que se levantó.

—Gracias. Bueno, tengo que irme.

Me saludó con un gesto y echó a andar hacia la salida.

Angus lo siguió y se quedaron un momento hablando en la puerta mientras yo contenía la respiración. El sándwich y la sopa se peleaban para posicionarse en mi estómago.

En el instante en que Angus regresó a la mesa, le pregunté:

—¿Algo interesante?

—No está autorizado para hablar del tema.

Apoyé la espalda en el asiento tapizado.

—¿En serio?

Angus se encogió de hombros.

—Incluso Eric tiene que seguir las reglas.

—Imaginaba que hablaría contigo. Eres el camarero de guardia de la ciudad. Todo el mundo te cuenta sus problemas.

—Sí, me parece que sí, ¿verdad? —Sonrió—. Lo siento, pero todo lo que me dijo es que están seguros de que lo hizo el marido. Pero que aún no tienen las pruebas para poder demostrarlo.

Capítulo cinco

El lunes, la lluvia y el malestar dominaron mi mundo. Y lo mismo el martes y el miércoles. Había pasado los últimos tres días enfundada en chándales viejos e inmersa en actividades inútiles. Había deambulado de un lado a otro de mi apartamento, había mirado la tele y había comido lo que había podido encontrar. Cualquier cosa con tal de relegar la muerte de Aletha a un rincón de mi cabeza donde pudiera pasar inadvertida. Había ignorado el teléfono, y los gemelos Davenport dormían en mi mesa de trabajo, sin tocar y sin dedicarles ni un pensamiento. Y por lo que parecía, el día de hoy no pintaba en absoluto mejor.

A los pocos minutos de salir de la cama, me dejé caer en el sofá y me sumí en mi cómodo estado semivegetativo, dispuesta a una repetición del día de ayer. Pero una llamada en la puerta abrió mis ojos de golpe.

Antes de que me diera tiempo a llegar, Brittany cruzó la puerta, me hizo entrega de una taza de café, pasó por mi lado y entró en el salón.

—¿Estás preparada ya para hablar?

Ocupó el espacio que yo acababa de dejar libre en el sofá. Me senté a su lado y el volcán dormido entró en erupción.

Me abrazó mientras lloraba en su hombro. Una mancha en forma de Italia invertida fue tomando forma en su blusa de color rosa. El ritmo de mi respiración empezó a estabilizarse y cerré los ojos con fuerza. Finalmente, me aparté y me sequé la cara. Todo el dolor que sentía ascendió por mi garganta.

—Aletha ha muerto.

—Me he enterado. Te he dejado espacio para que lo digirieses. Y cuando vi que no respondías a mis llamadas, supe que estabas haciendo lo que siempre haces: esconderte del mundo.

Bebí un poco de café.

—El velero de su marido explotó cuando estaba ella dentro.

Brittany me cogió la taza y me acunó contra su pecho.

—Sé que significaba mucho para ti.

El latido de su corazón me tranquilizó como si yo fuera un cachorrillo ansioso.

—No tiene sentido, Britt. Russell me contó que ese barco la aterrorizaba. ¿Por qué estaría a bordo? ¿Y por qué su marido estaría en casa?

—No lo sé. A lo mejor, simplemente intentaba enfrentarse a sus miedos.

—Supongo que todo es posible. —¿Cómo era eso que decían? ¿Cuando las ranas críen pelo…?

Brittany me obligó a enderezar la espalda.

—¿Y ahora qué piensas hacer?

—¿A qué te refieres?

—Te conozco y sé que llevas días escondida aquí dentro. Es hora de que vuelvas a incorporarte a la raza humana.

—Aletha era mi amiga. Creo que tengo derecho a llorar su pérdida.

Me cogió la mano.

—Sí, tienes todo el derecho del mundo. Pero entre llorar una pérdida y derrumbarse existe cierta diferencia. Y tú tienes tendencia a lo último.

—Estoy bien, y recuerda que yo estuve a tu lado apoyándote cuando Frankie falleció en Afganistán.

Los ojos de Brittany se llenaron de lágrimas.

—Aletha era tu amiga y le tenías cariño, pero no entiendo la comparación. Frankie estaba a punto de convertirse en mi marido. Murió dos semanas antes de volver a casa. Tres semanas antes de la boda. —Se levantó—. Pero sabes de sobra que estaré contigo siempre que me necesites.

Me había pasado de la raya. ¿Pero qué me estaba pasando?

—Lo siento mucho, Britt. Perdóname, por favor. Soy una…

—Burra. Sí, lo sé. —Abrió la puerta—. Volveré a pasarme cuando salga del trabajo.

La puerta se cerró a sus espaldas. Me tapé la cara con las manos.

Y entonces sonó el teléfono.

Mi madre. El día anterior me había llamado seis veces. No pensaba pasar por lo mismo. Deslicé el dedo por la pantalla.

—Ya era hora. Llevo dos días llamándote.

¡Empezamos!

—Lo sé, mamá. No me encontraba muy bien. Lo siento.

¿Por qué le pedía disculpas?

—Oh.

Su tono se suavizó hasta parecer conciliador, pero al instante se reorganizó dispuesta a iniciar otro ataque.

Contuve la respiración.

—Todo el día por ahí, bebiendo y de fiesta, imagino. Ya sé que te fuiste por eso.

Intenté quitármela de encima.

—Mi amiga murió el sábado.

«Inspira hondo, suelta lentamente el aire».

—Umm... ¿Quién? ¿Brittany? —El tono de voz subió una octava.

—No, una persona que conocí aquí cuando volví.

—Oh, así que no la conocías desde hacía mucho tiempo.

Suspiré y pasé el teléfono del oído derecho al izquierdo, con la esperanza de que el zumbido que oía en el derecho se apaciguara.

—Pero, bueno, supongo que, aun así, debe de ser triste. Lo siento.

Caray, dos palabras que mi madre no pronunciaba jamás. Debía de estar de vacaciones de sí misma. Era la única explicación posible.

—¿Qué tal va tu búsqueda de trabajo?

«Ya está de vuelta».

«Inspira hondo, suelta lentamente el aire».

—Tengo trabajo, mamá. Soy una escritora con obra publicada y estoy trabajando en mi segundo libro.

Al que tenía que volver con urgencia, en cuanto pudiese alejar la muerte de Aletha de mi cabeza.

—Sí, claro, pero ¿cuándo fue la última vez que recibiste un ingreso?

Volví a cambiar de oreja y me masajeé la sien para aliviar el dolor de cabeza.

—¿De qué querías hablarme exactamente?

—Quería saber si piensas venir a mi fiesta de cumpleaños el sábado que viene, pero ahora ya no me importa si vienes o no.

Ojalá fuera cierto. Ignoré su tono sarcástico.

—Estaré allí. ¿A qué hora?

—No te preocupes. No tardaré mucho tiempo en irme. Y así ya no tendrás que pensar más en mí.

—No te pases. Vas a cumplir cuarenta y siete, no ochenta y siete. Vas a sobrevivirnos a todos, aunque sea solo para fastidiar.

—¿Desde cuándo te has vuelto tan malvada?

¿Malvada? ¿Yo?

—Haré todo lo posible por estar presente, así que dime. —Separé las uñas de la palma de la mano—. ¿A… qué… hora… empieza?

—La comida es a la una. No llegues tarde. Ya sabes que a nadie le gusta tener que esperar.

Con ese «nadie» se refería a mi padrastro. Para Gary era fácil ser puntual. Nunca iba a ningún lado.

—Haré lo posible.

—Tu padre estará encantado de verte. Hace mucho tiempo que no pasas por casa.

—Mi padre está muerto, por si no lo recuerdas. Murió en un accidente de avión cuando yo tenía seis años.

«Dios, hoy estoy en racha». Ojalá mis palabras estuvieran colgadas de un anzuelo para poder enrollar el carrete y recuperarlas. Porque lo único que había pescado en lo que iba de día era morralla.

La voz de mi madre ascendió hasta alcanzar la zona del grito.

—Gary ha sido un padre para ti desde que tenías ocho años, y lo único que has hecho tú ha sido rechazarlo. Jack Dawson no fue un buen padre. No sabía lo que era la disciplina. Gary te trata como si fueras suya.

¿Cómo si fuera su qué? ¿Su saco de boxeo emocional?

—¿Y eso tú cómo lo sabes? Si no estabas nunca.

—Sabes muy bien que tenía que trabajar. En todo lo relativo a él, siempre miras hacia el otro lado. Espero que llegue un día en que lo perdones por no ser el superhéroe que siempre has imaginado que fue tu padre.

Mis uñas volvieron a dibujar medias lunas en la palma de la mano opuesta.

—No tenía que ser un superhéroe. Me habría conformado con que fuese un ser humano.

Silencio.

¿Acaso no entendía cómo me había tratado Gary todos esos años, cuando dejó de trabajar? ¿Cómo era posible que no lo supiera? Aquel hombre me había aplastado el espíritu, el alma. ¿Qué pasó aquella vez que me dio un bofetón porque respondí con un «sí» en vez de con un «sí, señor» y me hizo saltar incluso un diente? No dijo ni palabra. Ni siquiera cuando me puse a gatear por el suelo para localizar el diente y podérselo dejar al Ratoncito Pérez. ¿Qué la empujaba a creer que me trataba mejor cuando no tenía ningún tipo de supervisión? Lo que sucedía es que nunca quiso saberlo. Que eligió no saberlo. Y la odiaba por ello.

«Aun así, sigue siendo mi madre…».

Me rasqué la nuca.

—Firmemos una tregua, ¿te parece? Cuando empezamos así nunca llegamos a ningún lado.

El ambiente era tan tenso que podía cortarse con un cuchillo.

—Le diré a tu padre que vienes. Se alegrará de saberlo.

Dejé el teléfono en mi regazo, me recosté en el sofá y cerré los ojos. Con un poco de suerte, cuando me despertara, descubriría que me había quedado atrapada en una pesadilla.

Mis párpados se abrieron de repente y mi cuerpo se estremeció. Un subidón de adrenalina. Luchar o salir huyendo. No podía hacer ninguna de esas dos cosas, pero tenía que encontrar la manera de quemar aquella explosión inesperada de energía. Podría limpiar mi mesa de trabajo. No lo había hecho desde mi primer año de universidad. Porque cuando me mudé aquí, lo único que hice fue sacar los cajones y volver a colocarlos tal y como estaban. Limpiar me daría algo constructivo que hacer.

Encontré el cajón superior izquierdo lleno de notas escritas a mano de mi primer borrador, bolígrafos y facturas antiguas. Examiné un fajo de papeles, entre los que descubrí dos facturas del gas, varias versiones de las primeras líneas de mi novela y una nota de Brittany diciéndome que la llamara. ¿Cuánto tiempo haría de eso? De pronto, me encontré la cara de Scott mirándome. Había dejado allí su tarjeta de identificación del *Sutton Chronicle*. Justo lo que necesitaba, otra patada en el estómago.

Lo guardé todo de nuevo en el cajón y lo cerré con tanta fuerza que a punto estuve de pillarme un dedo.

Pues muy bien, ¿y ahora qué? ¿Ir a correr? Uf. Era un concepto nuevo y anormal. Reí a carcajadas por primera vez desde el sábado por la tarde en el lago. Cinco días atrás.

Un paseo me iría bien. Y quizá también una comida decente.

El sol me abrasó el cuero cabelludo durante el recorrido por Main Street hasta la cafetería, donde tenía intención de regalarme un desayuno tardío. Un viejo manual de una máquina de escribir Remington expuesto en el escaparate de la tienda de artículos de segunda mano me llamó la atención. A lo mejor haría bien en comprármelo. Así tendría una buena excusa para escribir tres frases en dos horas. Mejor todavía, podría comprarme una pluma auténtica y un tintero. Sería perfecto.

—¡Señorita Jen! ¡Señorita Jen!

Me volví. La vieja señora Washington, noventa y cuatro años por fuera y sesenta y cinco por dentro, estaba delante del Piggly Wiggly, en la otra acera, esperando el autobús para Sutton para ir a visitar a su marido en la residencia. A la misma hora cada día, lloviera o brillara el sol.

—Señorita Jen, venga a ver qué le llevo hoy a mi Harry.

—¿Por qué no me deja que la acerque en coche, señora Washington? Hace mucho calor —dije en cuanto llegué a la otra acera.

—Oh, no, cariño. No podría permitirlo. Estás demasiado ocupada escribiendo tu libro. No me pasará nada. No te preocupes.

La misma respuesta de siempre, y nada podía convencerla de lo contrario.

—Pues bien, ¿qué tenemos hoy en el menú?

La señora Washington abrió la gigantesca bolsa de la compra que llevaba cada día.

—Tengo pollo asado, berzas y pan de maíz hecho por mí. Nada como una comida casera para subirle los ánimos y derrotar ese cáncer. Cualquier día de estos vuelve a casa, estoy segura.

Harry tenía un cáncer de páncreas en fase IV.

—Pues sí, señora Washington. Creo que tiene razón. Un día de estos, seguro.

La sonrisa intensificó las arrugas de uva pasa que cubrían la cara de la señora Washington.

El autobús se detuvo junto a la acera y la ayudé a subir.

—Salude a Harry de mi parte, ¿se acordará?

—Por supuesto que sí, cariño.

Desanduve mis pasos y los coches aparcados delante de Lectores Voraces me paralizaron en medio de Main Street. Y más en concreto, el Honda verde de Russell. Tenía ante mí una oportunidad para averiguar por qué no se había puesto en contacto conmigo desde la muerte de Aletha, pero se me revolvió el estómago solo de pensar en entrar en la librería. Demasiados recuerdos de Aletha y de los chistes malísimos que siempre contaba, como aquel sobre el caballo y el camarero del bar que dice: «¿A qué viene esa cara tan larga?». Eso sin mencionar cómo me animaba a compartir con ella cosas que jamás había revelado a nadie y el calor que inundaba mi pecho siempre que compartía espacio con ella.

Pero necesitaba saber por qué Russell no había devuelto ninguna de mis llamadas. Abrí la puerta y me quedé unos instantes en el umbral hasta que mis ojos se acostumbraron a la penumbra. El aroma de café mezclado con el de la tinta penetró en mi cuerpo con cada respiración. Incluso en aquella oscuridad, notaba que Aletha seguía viviendo allí. Sacaba el polvo de las estanterías, reponía libros, leía a los niños. Su esencia inundaba la atmósfera y penetraba en mis pulmones.

Oí voces en el almacén. Seguí el perfil de la pared y di unos golpecitos a la puerta abierta. Russell, que se movía con energía vestido con unos vaqueros desteñidos y camisa a rayas, se volvió a media frase y se quedó paralizado al verme.

—¿Interrumpo?

Russell carraspeó y bajó la vista hacia el caos que reinaba en el suelo. Me volví hacia Tim.

—Te acompaño en el sentimiento.

—Gracias. —La cara de Tim se había quedado sin color debajo de su bronceado veraniego y su pelo color canela estaba despeinado. El pantalón beis de algodón y la camisa blanca que llevaba estaban limpios, pero arrugados. Los círculos morados debajo de sus ojos verdes, junto con sus mejillas hundidas, subrayaban la tensión que había vivido los últimos días. ¿Un marido roto por el dolor o la conciencia culpable que le mantenía en vela por las noches?—. Russell se ha pasado por aquí para darme el pésame. ¿No te parece todo un detalle? —añadió, con sus labios tensándose hasta quedar reducidos a una fina línea.

La tensión entre ellos acechaba como un acosador.

—Sí, la verdad —dije.

Russell esquivó mi mirada.

—Ojalá pudiera hacer algo más —dijo, hablándole al suelo y con los puños apretados en sus costados.

Tim lo fulminó con una mirada gélida.

—Ya has hecho más que suficiente. Gracias por pasarte por aquí.

Cogió una escoba y se puso a barrer.

Russell pasó por mi lado y cruzó la tienda.

Mi cerebro se puso en marcha, no podía permitir que se fuera de aquella manera.

—Oye, Russell, espera.

Se detuvo ya en la puerta.

—¿Cómo estás? —le pregunté, entrecerrando los ojos para protegerme del sol.

—Bien. Ocupado.

Parecía más turbado por la muerte de Aletha de lo que cabía esperar. Sabía que la admiraba, pero nunca tuve la impresión de que tuvieran una relación muy estrecha. Aunque, claro está, quedarse inesperadamente en paro también podía afectar a su reacción.

—La policía vino a verme el domingo.

—Sí, a mí también. El sábado por la noche.

—¿Qué te dijeron?

—No quiero hablar del tema.

Frotó una zapatilla blanca impecable contra la parte posterior de su pantorrilla.

—Entiendo que estés triste. Yo también lo estoy. ¿Puedo ayudarte en algo?

—La verdad es que no. Simplemente necesito procesar las cosas a mi manera.

—Te entiendo. —Pero necesitaba comentar aquella escena del viernes por la noche que no había parado de obsesionarme. La discusión muda que habíamos presenciado a través del escaparate de la librería—. He estado pensando en lo que vimos cuando salimos de Antonio's. ¿Qué te parece si desayunamos juntos? Me dirigía a la cafetería cuando he visto tu coche aparcado.

—No puedo. —Lo dijo con la mirada fija en el frente—. Tengo que hacer una cosa. —Se volvió hacia mí, con el ceño fruncido—. Mira, te llamaré luego, si puedo. ¿Vale?

¿Tenía otra elección?

—De acuerdo, hasta luego.

Cuando me encaminé de nuevo hacia el almacén, una respiración profunda no llenó ni mucho menos el nuevo vacío que había empezado a sentir detrás del esternón.

Capítulo seis

El suelo estaba cubierto de cajas y libros, como si acabara de pasar un ciclón que hubiera dejado las paredes y el tejado intactos. Tim cogió una caja y la depositó en una estantería vacía.

—¿Puedo ayudarte en algo? —dijo pasándose la mano por el pelo, que le llegaba hasta los hombros.

—Siento mucho lo de Aletha.

Tim, con labios temblorosos, hizo un gesto de asentimiento. De pronto, un brillo iluminó sus ojos.

—Me contó lo de aquella vez que te tiró encima una taza de café llena. Y que del susto, saltaste y derramaste entonces la taza que tú tenías en la mesa. Me dijo que se sintió fatal, pero que fue muy gracioso. Nos reímos muchísimo…

Se presionó el puente de la nariz y su sonrisa se desvaneció.

—Fue un día interesante. Y fue una suerte que mi portátil no saliera perjudicado. —Esbocé una media sonrisa—. Solo venía a preguntarte si necesitabas alguna cosa.

—Gracias, pero estoy bien. —Arrugó la frente y cargó con otra caja llena. Una exhibición de una fortaleza física que su aspecto frágil ocultaba—. Espero que no te importe si sigo trabajando. Tengo que hacer limpieza.

Cogí un libro de la pila que había en el suelo. *Lo que el viento se llevó*. Uno de mis favoritos.

—¿Qué ha pasado aquí?

—La policía estuvo registrando la tienda. En busca de pistas.

—Lo siento.

Habían dejado trastos por todas partes, sin la consideración de volver a poner las cosas donde estaban. Aletha habría estallado de indignación, por mucho que hubieran creado aquel caos en su nombre, o debido a ella.

—Gracias.

Se limpió las manos en el pantalón, agregándole unas rayas de suciedad.

Tim se comportaba como un hombre inocente. Aunque también era posible que se estuviera ganando un Óscar de la Academia. ¿Acabaría algún día conociendo la verdad? Con la cara ardiendo, bajé la vista para estudiar las arrugas de la parte superior de cuero de mis Nike. Y lágrimas no derramadas me irritaron de nuevo los ojos.

—¿Quieres que te ayude en algo?

Dejé la novela en una caja vacía mientras Tim se serenaba. Su rostro se desmoronó, una expresión entre la gratitud y la agonía.

—No es que necesite ayuda, pero no me importaría un poco de compañía. Estar aquí se me está haciendo más duro de lo que me imaginaba.

Noté una punzada de dolor en el pecho al verlo de aquella manera, pero debía seguir concentrada. Aquel hombre podía haber matado a su esposa, la realidad seguía siendo esa.

—No puedo evitar esperar que Aletha aparezca corriendo en cualquier momento con un catálogo de libros que quiere enseñarme. O con algún cachivache nuevo que le gustaría poder vender.

Me dirigió una sonrisa triste.

—Le encantaban los cachivaches. Siempre intentaba tener cosas nuevas en la tienda. Hubo un momento en el que pensé que nunca iba a separarse de aquel *spinner.*

—Lo recuerdo. Se pasó semanas jugando con esa cosa.

Tim cogió varios libros, les sacó el polvo con un trapo que guardaba en el bolsillo posterior del pantalón y los metió en una caja.

—Tengo que mantenerme ocupado. De lo contrario, lo único que hago es pensar.

—Pues a mí también me iría muy bien mantenerme ocupada. ¿Por dónde empiezo?

Tim repasó con la mirada aquel caos y me lanzó un trapo.

—Por donde quieras.

Trabajamos en silencio, perdidos ambos en nuestros pensamientos. ¿Los míos? Lo mucho que Aletha había enriquecido mi vida. Lo mucho que ya la echaba de menos. Lo mucho que necesitaba entender qué le había pasado y por qué.

A pesar de lo que me había dicho en el interrogatorio, Olinski creía que Aletha había sido asesinada. El rictus de determinación de su boca lo había delatado. Y la mirada, que era la misma que tenía el día que le dije que me habían concedido una beca para estudiar en la universidad y que había decidido vivir en el campus en lugar de ir y venir a diario. El día que me había pedido que me casara con él.

Pero yo seguía aferrándome a la posibilidad de que un accidente trágico se hubiera llevado a mi amiga. Mi cerebro se negaba a aceptar que una persona conocida de Aletha, alguien a quien ella amaba, pudiera haberla matado. Alguien, quizá, a quien yo también conocía.

¿Y a quién conocía yo que fuera capaz de cometer un asesinato?

Coloqué una caja llena de libros en una estantería vacía y miré a Tim. Tenía en sus manos un ejemplar de *Matar un ruiseñor* que hojeaba con cariño mientras una lágrima rodaba por su mejilla.

—¿Estás bien?

Cerró el libro y lo presionó contra su pecho.

—A Aletha le encantaba este libro. Decía que mostraba el mundo tal y como era en realidad. Y yo siempre le decía que se equivocaba. Que el mundo había cambiado. —Lo guardó en una caja que tenía a los pies—. Y entonces me sonreía como si yo fuese un niño caprichoso y me decía: «¿Tú crees? ¿Estás seguro de eso?». Creía estar seguro, pero ya no. —Se volvió hacia mí. Tenía la aflicción grabada en la cara—. ¿Quién puede haberle hecho esto? —Las lágrimas se deslizaban hacia el interior del cuello de su camisa y el dolor emanaba de él como las olas de calor de un radiador.

—¿Sabes si la policía sabe ya algo sobre la causa de la explosión? ¿Sobre si pudo ser un accidente?

Tim contuvo la respiración y empezó a hablar precipitadamente, como si quisiera sacar las palabras de su cuerpo antes de que se auto-destruyesen. O las destruyese él.

—No me han dicho gran cosa. Pero sé que a bordo no había nada que pudiese explotar por sí solo. O en esa escala, al menos.

Mis entrañas se volvieron líquidas y la teoría del accidente chapoteó en ellas.

—Lo siento mucho, Tim. Ojalá pudiera hacer alguna cosa para que todo fuera más fácil para ti.

Y para mí, de hecho.

—Lo sé. Gracias. —Me miró con ojos entrecerrados—. Tú también la querías, ¿verdad?

Asentí, con el ceño fruncido.

Tim se deslizó por la pared hasta dejarse caer en el suelo y hundió la cara entre las manos.

—Pues, entonces, debes de odiarme tanto como yo me odio a mí mismo.

Enarqué de repente las cejas.

—¿Qué quieres decir?

—Que de no haber sido por mí Aletha no habría estado en el barco.

Sus palabras eran como globos de helio que se negaban a asentarse en algo que tuviera sentido.

—¿Qué quieres decir?

Tim dirigió la voz a sus manos, como si tuvieran una vida aparte de su cuerpo.

—El viernes tuvimos una discusión. Más fuerte de lo normal, una auténtica pelea. Pensé que iba a pedirme que me marchara, y al final lo hizo. Fue por una estupidez. Quería que yo mostrara más interés por la tienda. Que pasara más tiempo aquí. A mí me apetecía más navegar, antes de que empiece a cambiar el tiempo. Me acusó de no apoyarla. De no estar ahí para ella. —Miró el techo—. Y tenía razón.

Se quedó dudando.

¿Debería decir alguna cosa? No tenía ni idea de qué. Mis habilidades sociales se habían quedado momificadas en mi habitación de adolescente. ¿Qué haría Daniel, siempre tan sociable, en mi lugar? ¿Provocar a Tim para que se explicara? No, Daniel esperaría y escucharía. Tim tenía algo que necesitaba decir.

—Cuando Aletha se puso a meter mis cosas en una maleta, me di cuenta de hasta qué punto la había pifiado —dijo Tim en voz baja—. Le supliqué que cambiara de idea. La convencí de que, si venía a navegar conmigo, podríamos hablar sin que nada ni nadie nos molestara, como hacíamos al principio de nuestro matrimonio. Cuando pasábamos los domingos por la mañana sentados en el porche, tomando café e intercambiándonos las distintas partes del periódico. Hablando sobre todo y sobre nada.

Se pasó la mano por los ojos, y las lágrimas dejaron un rastro de limpieza en la suciedad que impregnaba su mejilla izquierda.

Busqué en el fondo del bolsillo un pañuelo de papel arrugado y se lo pasé. Se quedó mirándolo, como si nunca hubiera visto nada similar.

—La convencí para que dejase a Lacey al cargo de la tienda mientras salíamos a navegar el sábado por la tarde. Pensando que a lo mejor podríamos recomponer nuestra relación. —Le temblaban las manos—. Hicimos un trato. Yo pasaría más tiempo en la tienda con ella y ella pasaría más tiempo en el barco conmigo.

Las palabras volaron, por voluntad propia, más allá de mis labios.

—Pero si ella odiaba ese barco. —Me tapé la boca con la mano—. Perdón, no debería haber dicho eso.

Tim esbozó una mueca.

—¿Por qué no? Es la verdad.

—Pero aun así…

—No siempre le tuvo miedo al agua. Fue por mi culpa.

Mientras hablaba, fue rompiendo el pañuelo de papel en pedacitos, que flotaron hasta el suelo.

—¿Cómo es eso?

Maldita sea, se suponía que no tenía que formular ninguna pregunta. Había un exceso de Dana en mí, y una carencia de Daniel.

Tim bajó la voz.

—Cuando empezamos a salir, fuimos un día a navegar en la lancha de un amigo, solos los dos. Quería demostrarle... Mierda, no tengo ni idea de qué quería demostrarle. Supongo que simplemente deseaba llamar su atención. Puse la lancha a máxima velocidad y empecé a hacer ochos en medio del lago. Aletha se puso a gritar y me suplicó que parara. Yo me lo estaba pasando en grande. En un momento dado, tracé un círculo demasiado cerrado y Aletha cayó por la borda. Llevaba el chaleco salvavidas, puesto que no nadaba muy bien. Yo lo sabía, e hice igualmente aquella tontería. No sufrió ningún daño, pero necesitó doce años enteros para plantearse la posibilidad de volver a subir a bordo de una embarcación.

Pobre hombre. Se estaba torturando por algo que hizo cuando era un jovencito estúpido.

—Fue un accidente. Podía haberle pasado a cualquiera.

La voz de Tim se convirtió en un susurro. Me acerqué un poco más a él.

—El sábado, se suponía que yo tenía que salir del trabajo a la una. Teníamos planeado marcharnos hacia las dos, las dos y cuarto como muy tarde. —Se frotó la mejilla derecha y dejó allí una marca de suciedad. Parecía un jugador de fútbol americano alto y delgado listo para saltar al campo—. Trabajo como operador de la sala de control de la central eléctrica. El que me reemplazaba en el turno se retrasó. No llegué a casa hasta las dos y media. —Tim descansó los codos sobre las rodillas—. Cuando llegué a casa, Aletha tenía la comida y las bebidas preparadas para llevárnoslas. Cuando me hube cambiado de ropa y lo hube cargado todo en el barco eran ya cerca de las tres. Luego, Aletha tardó unos minutos más en subir a bordo. El miedo la había dejado paralizada en el último momento. Estaba a punto de soltar amarras cuando Aletha se acordó de que había dejado la nevera en el mostrador de la cocina. Me fui a por ella.

Se me formó un nudo en la garganta.

—No tienes por qué contármelo...

«No me lo cuentes, por favor».

—Estaba en casa cuando oí un bum, como un trueno, con la diferencia de que, además, el suelo tembló y los cristales de las ventanas traquetearon. —Se tapó la cara y habló directamente a sus manos—. Cuando salí, las llamas habían engullido el barco. Los ojos me escocían por culpa de aquel humo tan negro, que empezó a asfixiarme. Y el calor. No podía ni acercarme. —Se masajeó las sienes—. Hay tantísimas cosas que me gustaría haberle dicho.

Sus palabras volvieron a dejar clara una verdad que no podía ignorar. Aletha había muerto. Se me revolvió el estómago, a pesar de estar casi vacío. Me tapé la boca y me levanté, pero las náuseas acabaron pasando.

Tim se levantó también y se sacudió el pantalón.

—Gracias por dejarme liberar todo esto de mi pecho. Sigamos con esto, ¿te parece bien?

—Por supuesto.

Nos llevó cerca de una hora volver a colocarlo todo en su lugar y durante aquel rato trabajamos básicamente en silencio. Cuando hubimos enderezado la última silla, mi estómago vacío ya no podía más.

—¿Te apetece comer algo?

—No tengo mucha hambre, la verdad.

—Es comprensible, pero necesitas comer.

Eso era algo que Aletha diría. O Angus.

—Gracias, pero voy hecho un desastre y no creo que esté preparado para enfrentarme a las multitudes enloquecidas.

—¿A qué te refieres?

La rabia le hizo brillar los ojos.

—La ciudad entera cree que maté a mi mujer.

«Lo más probable, por lo que los conozco».

Intenté que mi expresión pareciera sincera.

—No, no es así.

—¿Estás segura? Llevamos horas aquí y no ha entrado absolutamente nadie a darme el pésame. No he recibido más llamadas que las de mi familia, ninguna tarjeta de condolencias, ni siquiera un guiso. Me han condenado ya, sin juicio de por medio.

No tenía argumentos para contradecirlo. Me había encerrado en mi apartamento desde el domingo para llorar la muerte de mi amiga. E imaginaba que el molino de la rumorología debía de haber estado moliendo desde entonces con todas sus fuerzas.

—Mira, ¿sabes qué? Acompáñame a la cafetería. Si alguien te molesta, nos iremos. Pero me apuesto lo que quieras a que Angus no lo permitirá.

Tim bajó la vista y a continuación me miró.

—De acuerdo, haremos un intento.

Salimos a la calle. El cuerpo largo y delgado de Tim, que rondaría el metro noventa de altura, cargaba con su dolor como si llevara un saco de piedras al hombro. Bajo un cielo que se había encapotado, recorrimos en silencio la manzana que nos separaba del Dandy Diner. La poca gente que transitaba por la acera desvió la mirada a nuestro paso. Decepcionante, aunque no inesperado en una ciudad del tamaño de Riddleton. Un hombre tropezó con una sección irregular de la acera y a punto estuvo de caer al suelo. Decepcionante también. Debería haber caído de bruces sobre su cara de desaprobación.

Angus nos recibió con una sonrisa de oreja a oreja. Había tres clientes comiendo. Un hombre con camisa de *cowboy* y sombrero blanco a juego estaba sentado solo en una mesa, mientras que la alcaldesa, Teresa Benedict, charlaba con Vick, el jefe de policía, en una de las mesas con bancos próxima a la puerta de atrás. Perfecto para mi cita con un sospechoso de asesinato.

Política por encima de todo, en cuanto nos vio, Teresa, con su vestido de rayas hasta la rodilla, se levantó y se acercó a nuestra mesa. Tocó brevemente el hombro de Tim.

—Te acompaño en el sentimiento, Tim. Aletha era un miembro importante de nuestra comunidad y se la echará mucho de menos.

Tim hizo un gesto de asentimiento.

—Gracias.

Teresa se volvió entonces hacia mí.

—Hola, Jen. ¿Todo bien?

—Sí, todo bien.

—Me alegro. ¿Qué tal va el libro?

«Dios mío, ahora no».

—Bien, gracias.

—Eso espero. La ciudad podría sacar provecho del tráfico que vas a atraer.

Levantó el pulgar a modo de despedida y dio media vuelta para regresar a la mesa que compartía con el jefe de policía.

Angus nos acompañó hasta una mesa de un rincón, alejados de miradas curiosas.

—Siento mucho lo de Aletha.

—Gracias —dijo Tim.

—¿Te sientes mejor? —me preguntó Angus.

—Sí, gracias a tu remedio mágico. —Señalé a Tim—. ¿Crees que podrías preparar otro para mi amigo?

Angus levantó una ceja.

—No tengo hambre —dijo Tim—. Solo un café, por favor.

—Tonterías. Eso lo arreglo yo en un momento.

—Yo tomaré lo mismo, Angus. Con café, por favor.

—Marchando.

Tim observó las puntas de sus dedos como si tuviera que someterse a un examen de sus cutículas. Hasta el último poro de su piel exudaba desdicha y tristeza. Aun así, la policía había decidido que había matado a su esposa.

Su voz interrumpió mis ensoñaciones.

—Crees que lo hice yo, ¿verdad?

Dios, la pregunta del millón de dólares.

—Sinceramente, aun no me he planteado la posibilidad de que no fuera un accidente.

—¿En serio? —Me miró a los ojos—. Pues debes de ser la única. —Sus mordaces palabras se quedaron flotando en el aire—. Francamente, no entiendo cómo pudo ser un accidente. En el barco solo había un motor con una batería de doce voltios, por si practicaba la pesca de arrastre. Y no lo había utilizado nunca. ¿Alguna vez has oído hablar de una batería nueva de coche que explote mientras está tranquilamente aparcado delante de casa?

Negué con la cabeza.

—Pues si hubiera explotado esa batería en el barco habría sido básicamente lo mismo. Una batería vieja y oxidada, tal vez, pero no una batería aún por estrenar.

«Vaya manera de destruir mis fantasías, Tim». No me quedaba otro remedio que reconocer que alguien había asesinado a mi amiga. Con una bomba. ¿Podría haber sido él? No sabía muy bien por qué, pero no creía que hubiera sido él.

Cogí una servilleta de papel y me la puse en la falda.

—No te conozco muy bien, pero creo que amabas a tu mujer. Sé que tienes mucho que ganar, el dinero y la librería, pero todo eso ya lo tenías antes. No necesitabas matar a tu esposa para conseguirlo. —Aunque siempre existía la posibilidad de que quisiese hacerlo.

—Me alegro de que lo entiendas, pero ¿y si Aletha no fuera la que tenía que morir? ¿Y si esa parte de lo sucedido sí que fue en realidad un accidente?

Me quedé boquiabierta.

—¿Qué quieres decir con esto?

—Todo el mundo sabía que Aletha jamás ponía un pie en el barco. Si alguien hubiera intentado matarla, sería una forma de lo más estúpida de hacerlo. Pero en cambio, cuando hacía sol y tenía el día libre, yo siempre salía a navegar por el lago.

Tenía razón. Russell me había dejado claro que Aletha nunca había intentado esconder su miedo al agua.

—Una idea interesante. ¿Se la mencionaste a la policía?

—Lo intenté, pero no quisieron escucharme. Me acusaron de querer desviar la atención lejos de mi persona. Pero pienso que existe la posibilidad de que alguien quisiera librarse de mí para hacerse con mi esposa y su dinero. Cuando Aletha ganó el concurso, apareció gente por todas partes. Todo el mundo quería hacerse con una parte de ella. Con una parte del dinero, claro.

Pero, según Russell, Tim era el que había insistido en utilizar el dinero del concurso para comprar un velero.

—Aletha me mencionó alguna cosa en este sentido, pero no me

dio la impresión de que tuviera miedo a que pudiera sucederle algo. Aunque, claro está, si el objetivo no era ella, tampoco habría tenido nada que temer, ¿verdad?

—No, supongo que no.

Angus llegó con la comida y, mientras depositaba la bandeja, el rostro de Tim esbozó una sonrisa triste.

—Sopa de tomate. Es lo que siempre me daba Aletha cuando estaba bajo de moral.

—La medicina de la naturaleza. —Angus colocó un cuenco de sopa y un sándwich delante de cada uno—. No hay nada mejor para ahuyentar la tristeza.

Tim cerró la boca con fuerza.

—Es lo que decía Aletha.

—Las grandes mentes suelen tener pensamientos similares.

Angus sonrió.

—Y tenía razón —dije.

Sumergí en la sopa una esquina de mi sándwich de queso a la plancha, mordí y mastiqué lentamente.

Olinski y Havermayer pensaban que Tim había matado a Aletha por su dinero. Sin su esposa, ahora podría comprarse lo que le viniera en gana. Pero nada de lo que había visto en él me llevaba a estar de acuerdo con esta teoría.

Esperé a que Tim tragara para preguntarle:

—¿Te sientes mejor?

Las lágrimas llenaron de nuevo sus ojos. No tenía ni idea de cómo consolarlo. Cuando murió mi padre, yo era demasiado joven para poder ayudar a mi madre a superar su tristeza y me sumergí en la mía. Desde entonces, había aprendido mucho sobre la distracción, conocida también como el mejor truco de la escritura.

—¿Quién sabía que ibais a salir en barco el sábado por la tarde?

Tim carraspeó antes de responder.

—Yo no se lo comenté a nadie, pero es posible que Aletha sí lo hiciera.

¿A quién podría habérselo dicho que la quisiera ver muerta?

Lo miré a los ojos.

—Por si sirve de algo, te diré que no creo que hayas tenido algo que ver con el tema. Tú no pudiste poner esa bomba en el barco.

—Ya me dirás tú qué puedo saber yo de bombas. Yo no lo hice.

Y le ayudaría a demostrarlo, a pesar de la advertencia que me había hecho Olinski. O quizá precisamente por eso. Nunca me había gustado que me dijeran lo que tenía que hacer. Me harté de que Gary me dijera siempre lo que tenía que hacer. Y no quise tener que soportarlo también por parte de Olinski. Otra razón por la que nuestro matrimonio habría estado condenado al fracaso desde el principio.

Capítulo siete

Un dedo del pie se me enganchó con la raíz de un árbol que había conseguido romper la acera justo delante de mi edificio en el momento en que los detectives Olinski y Havermayer llegaban con su todoterreno negro. Di un par de saltos y empecé a girar los brazos como molinos de vientos enfrascados en el esfuerzo de generar energía suficiente para iluminar todo Blackburn. Havermayer, con una cara que parecía cincelada en granito, me observó desde el asiento del acompañante. La saludé con la mano. Pero ella desvió la mirada y abrió la puerta. Aguafiestas.

Olinski salió del coche y cuando la puerta se cerró, le atrapó la chaqueta arrugada. Colorado, liberó como pudo la americana y volvió a cerrar la puerta, esta vez de un portazo.

Me apoyé en la pared de mi edificio y me obligué a relajarme mientras los molinos de viento se transferían de mis brazos a mi estómago.

Las escaleras me estaban llamando, tenía la seguridad de mi casa a un piso de distancia. Pero huir no tenía sentido: los detectives se pegarían a mis zapatos como si fuesen papel higiénico.

—Hola, Jen, ¿tienes un minuto para algunas preguntas más? —dijo Olinski mientras Havermayer emergía vestida con una blusa blanca perfectamente almidonada y un traje chaqueta negro impoluto. ¿Dormiría en el interior de una plancha de rodillo?

—Ha sido un día duro.

Olinski asintió y juntó las cejas.

—Seremos rápidos. ¿Entramos?

De no conocerlo como lo conocía, incluso habría pensado que se preocupaba por mí.

—Ya me va bien aquí mismo.

«Havermayer no volverá a meter mano a mi cajón de la ropa interior».

Havermayer se encogió de hombros.

—De acuerdo. ¿Dónde estuviste el sábado por la tarde?

La respiración se me cortó en la garganta.

—¿Soy sospechosa?

Havermayer descansó las manos en sus generosas caderas.

—Estamos intentando hacernos una idea del paradero de todo el mundo.

Tragué saliva aun a pesar de las pulsaciones que me martilleaban la garganta.

—Con Brittany Dunlop, en la casa que tienen sus padres en el lago.

Olinski se subió las gafas en la nariz.

—¿Había alguien más allí?

—Los padres de Brittany y Russell Jeffcoat, que apareció más tarde.

—¿Apareció? —repitió Havermayer.

—Sí. No lo esperábamos.

Olinski arqueó una de sus tupidas cejas, que apenas se diferenciaba de la montura negra de sus gafas.

El láser de Havermayer se centró en mí.

—¿Apareció sin invitación previa?

—Tal vez. Dijo que yo lo había invitado, pero no recuerdo haberlo hecho.

El calor se propagó desde mi cuello hasta mis orejas.

—¿Había estado él antes allí?

—No, no que yo sepa.

—¿Cómo sabía entonces dónde encontrarte? —preguntó Havermayer, cruzándose de brazos.

Con tanta excitación, ni siquiera me había cuestionado cómo Russell había dado con nosotras. La cabeza me zumbaba como los ocupantes de una colmena hecha añicos. Pensamientos dispares corrían por todas partes, y algunos de ellos punzaban.

—Pues no… no lo sé. Le comenté dónde iría. Imagino que utilizaría el GPS.

—¿Le diste la dirección?

—No, que yo recuerde. Pero la verdad es que estaba bastante borracha. Si Russell dice que lo invité, es que debí de hacerlo en algún momento. Y supongo que también le explicaría cómo localizarnos. ¿Cómo lo sabría, de no ser así?

Los detectives intercambiaron miradas.

«¿Dónde estará la piedra de Roseta que guarda todas las expresiones faciales de los polis?».

Olinski hundió las manos en los bolsillos de su pantalón, haciendo tintinear monedas de veinticinco centavos suficientes para realizar dos lavados automáticos.

—¿Significa esto que ya no estáis centrados en Tim?

Olinski frunció el ceño.

—Nunca hemos dicho que sospecháramos de él, aunque no descartamos a nadie.

«Sí que sospecháis de él». Eric así lo había reconocido.

—Tim me contó que el sábado estuvo trabajando. Una coartada sólida. Por eso ahora estáis buscando al que puso la bomba en otro lado, ¿no es eso?

Havermayer intervino.

—Nos dijiste que no sabías nada sobre el señor Cunningham.

—Esta mañana me he pasado por la tienda para darle el pésame y hemos estado hablando un rato mientras lo ayudaba a ordenar el caos que habíais dejado allí.

Los labios de Havermayer se transformaron en una fina línea.

Olinski jugó con nerviosismo con la solapa de su chaqueta.

—¿Por qué das por sentado que fue una bomba?

—¿Qué otra cosa pudo ser? ¿Un ataque con drones?

Olinski adoptó una expresión hermética para no sonreír.

—Creo que podemos descartar una acción militar. Y por lo que se refiere a la coartada del señor Cunningham…

«Espera un momento».

—¿Tenía temporizador el artilugio?

—Gracias por tu tiempo, Jen —dijo Olinski, echando a andar hacia el coche.

La rabia recorrió mi cuerpo y emergió por mi boca.

—Tim trabaja en una central eléctrica, no en una mina de carbón. No sabe nada sobre explosivos.

Olinski se volvió hacia mí.

—Si tú lo dices.

Y su carcajada salió de lo más hondo de su vientre.

Fue como si se encendiera una luz de alerta y, de pronto, un gemido petulante se apoderó de mi voz.

—¿Qué es lo que encuentras tan gracioso?

—Nada. Que tengas un buen día. —Cuando estaba a punto de llegar al coche, Olinski se volvió—. Y Jen, te lo pido por última vez. Mantente alejada de la investigación. Esto es la vida real, no uno de tus libros.

«Cabreado».

Olinski y Havermayer subieron al coche y el todoterreno arrancó.

Me senté en la escalera y descansé la cabeza entre las manos. ¿Por qué se habría reído de mí Olinski? «Si tú lo dices». No tenía ningún sentido. A menos que Tim hubiera omitido algunos detalles de su historia.

De pronto, otro coche se detuvo delante de mí. Salió de su interior Charlie Nichols, exhibiendo un trabajo dental valorado en cinco mil dólares del que sus padres obtendrían poca cosa a cambio.

—Hola, bonita.

—Hola, Charlie.

Me levanté rápidamente y empecé a subir la escalera, desviando la mirada para ignorar sus pantalones de cuero negro acompañados por una camisa de seda de color rosa y mangas abullonadas, un conjunto pensado para fundirse con la multitud.

—¿A qué vienen tantas prisas, muñeca?

Saltó al primer peldaño para seguirme. El Zorro menos la capa, la máscara y, gracias a Dios, la espada.

De haber sido cualquier otro día, me habría reído de él. Era un friki de los ordenadores de treinta y cinco años que se comportaba como un adolescente en la mesa de los bichos raros del comedor del instituto.

—Estoy cansada y tengo ganas de tumbarme un rato con las piernas levantadas.

—¿Qué te parece si te propongo cenar en mi casa esta noche? Luego te haré un masaje en los pies.

—No, gracias. No estoy para estas cosas.

—De acuerdo, pues, entonces podríamos cenar fuera. Conozco un lugar donde preparan una carne estupenda.

Seguí subiendo. Y él siguió tras de mí; me tocó el brazo.

—¡Oye! —Me aparté con brusquedad y resistí la tentación de empujarlo escaleras abajo. Sentí un hormigueo en el punto donde me había tocado y empezaron a pasar ante mis ojos imágenes de agua jabonosa y estropajos—. ¿Qué quieres, Charlie?

—Llevas seis meses prometiéndome que algún día saldrás conmigo.

—No, perdona, llevo seis meses rechazando tus propuestas —repuse entre dientes.

—Venga, tendrás que acabar cediendo tarde o temprano.

En condiciones normales, le habría seguido el juego. Pero hoy no. Me negué a volver la vista atrás, obligué a mis piernas de plomo a entrar en mi casa y cerré rápidamente la puerta. Y en cuanto apoyé la espalda en ella, el ritmo de mi respiración se ralentizó, pero mi cabeza empezó a cavilar.

¿Me habría engañado Tim al decir que no sabía nada de bombas? Y de ser así, ¿por qué? ¿Por qué era yo tan importante para él? ¿Por mi amistad con Aletha? Si Tim había sido capaz de convencerme de su inocencia, era probable que pudiera convencer a más gente. Sin embargo, la opinión que importaba era la de la policía. Y yo tenía cero influencia con ellos. ¿Qué esperaba conseguir Tim conmigo?

Y luego estaba Russell. El sábado me había seguido hasta la casa de los padres de Brittany como si lo llevara atado a mí con una goma elástica. Una goma que debía de haberse partido, puesto que ahora se mostraba reacio a hablar conmigo. Como el cambio de actitud de Scott y su promesa —rota casi antes de hacerla— de llamarme cuando subió al avión que lo llevaría a París. Yo tenía que casarme con Scott, tener hijos con él. Hacerme vieja a su lado y sentarnos juntos en un columpio del porche.

«No. Las gomas elásticas siempre se parten».

Me descalcé, y de camino hacia la cocina me cambié y me puse la sudadera que solo utilizaba para andar por casa, dejando tras de mí un rastro de ropa tirada en el suelo. Apoyé la barbilla en la puerta abierta de la nevera para mantener el equilibrio mientras me subía el pantalón con una mano y cogía la última lata de Mountain Dew con la otra. Un raro talento adquirido con muchos años de práctica.

Dado que el asesinato real caía dentro del ámbito de Olinski, como parecía querer recordarme a cada oportunidad que tenía, decidí que lo mejor que podía hacer era trabajar en el asesinato de ficción. Encendí el portátil, me instalé en mi silla y me armé de valor para iniciar una nueva batalla con el libro. Como la batalla de las Ardenas, pero sin nieve.

Dana estudió la nota mecanografiada que habían encontrado en el compartimento secreto de la mesa de despacho de su padre.

«¡SALDA TU DEUDA O VERÁS!».

¿Qué sentido tendría esto?

—Daniel, ¿sabes si papá le debía dinero a alguien?

—No creo, pero ya sabes que nunca hablaba de ese tipo de cosas. —Daniel abrió los ojos de par en par—. ¿Y si le estaban chantajeando?

—Eso es evidente. Aunque de ser así, matarle no tendría ningún sentido. Porque de hacerlo no tendrían oportunidad de conseguir el dinero. Además, papá no tenía secretos.

—¿Lo sabríamos si los hubiera tenido?

—Supongo que no.

Daniel arrugó la frente.

—¿Y si fuera un secreto que no solo guardaba papá? La otra persona implicada podría haberlo matado para protegerse.

Dana estudió el papel mientras una única lágrima dejaba un rastro de rímel negro en su mejilla.

Y mi cerebro dejó de funcionar.

Intenté persuadirlo y engatusarlo. Sin suerte. La magia de ir a correr se había esfumado mientras yo me escondía del mundo. Y solo había una manera de recuperarla. Uf.

Aunque tal vez sí pudiera hacer alguna cosa por Aletha. Olinski me había tratado como si fuera un cubo de basura. Parecía empeñado en batir el récord mundial de guardar rencor. ¿Pero por qué se había reído de mí? Solo había una respuesta posible. Porque sabía algo que yo no sabía.

Una búsqueda por Internet no produjo nada excepto las fotos promocionales para el concurso. Por alguna razón, Tim Cunningham no tenía historia antes de que su esposa escribiera el ensayo que ganó el concurso. Tal vez fuera un testigo protegido. ¿En Riddleton, Carolina del Sur? Imposible. Aquí sería precisamente el lugar adonde enviarían a la persona que él hubiera ayudado a condenar. Además, ¿cómo podría haber averiguado Olinski cosas sobre el pasado de Tim? Su placa no era precisamente la de los federales.

A lo mejor a Brittany se le ocurriría alguna idea. Sus dotes como bibliotecaria la habían guiado hacia toneladas de información que a mí me había sido imposible encontrar. Pulsé en mi teléfono el icono que había junto a su foto de la graduación y le relaté mi extraño encuentro con los detectives.

—Desconcertante —dijo.

—¿Verdad que sí? Hacer una búsqueda de Tim no me ha servido de nada, pero yo no tengo acceso a todas esas bases de datos tan sofisticadas que tú utilizas.

—No tengo acceso a nada que tú no tengas. Simplemente sé dónde buscar. Déjame ver qué averiguo. Te llamaré.

—Gracias.

Poca cosa podía hacer ahora excepto esperar su llamada. Y quizá ver también si podía recuperar la magia. Por doloroso que pudiera llegar a ser el proceso. Tenía que acabar el libro.

Me puse un pantalón corto, una camiseta de Motor Supply Company y mis maltrechas Nike y bajé saltando las escaleras con un entusiasmo totalmente falso. Una punzada en el pie izquierdo en el instante en que pisé la acera me recordó el consejo de Eric. ¿Debería invertir en unas zapatillas nuevas tal y como él me había sugerido? No. Tenía claro que aquello no se convertiría en una actividad regular.

A la sombra de un viejo roble, me peleé con lo poco de la rutina de estiramientos que mi memoria había retenido y a continuación eché a correr por Park Street llena de buenas intenciones. Atravesaría el parque, luego daría una vuelta completa y después volvería a casa también corriendo.

Cuando iba por la mitad del recorrido, mi costado me recordó el camino al infierno. Presioné debajo de las costillas, intenté respirar con regularidad y el dolor desapareció. Enjabonar, aclarar, repetir.

La verja del parque se cernía sobre mí la cuarta vez que me atacó la punzada. Me temblaban las piernas y mis pulmones chillaban. Volví renqueante a casa con el cerebro más empantanado incluso que antes. Y sabiendo además que ni siquiera había completado aquel mínimo recorrido que me había planteado. «Te has lucido, Jen».

Correr sola no estaba hecho para mí. A lo mejor es que necesitaba que alguien me empujara más allá de mis límites. Necesitaba el grupo. El sábado a las ocho de la mañana me plantaría en la verja y esperaría a que llegaran los demás.

Increíble. «¿Quién eres tú y qué has hecho con Jen?».

De nuevo en casa, el sofá interrumpió mi caída. Hora de hacer la siesta.

Empezaba a adormilarme cuando sonó la llamada de Brittany.

Cogí el teléfono de la mesita.

—¿Qué has encontrado en tu base de datos secreta?

—¿Te refieres a Google?

—Ja, ja. ¿Qué has encontrado?

—Tim Cunningham fue experto en demoliciones cuando estuvo en el Ejército.

Las palabrotas se acumularon en mi lengua.

—Gracias, Britt.

—De nada. Ya te enviaré la factura.

Dejé el teléfono en la mesita para no estamparlo contra la pared. No lo tenía asegurado. Tim me había mentido. O, mejor dicho, había omitido información relevante. Me había convencido de que no tenía nada que ver con la muerte de Aletha. Y ahora ya no sabía qué creer. La próxima conversación que mantuviéramos sería de lo más interesante, pero, por el momento, mis manos temblaban tantísimo que no podía ni sujetar el teléfono. Antes que nada necesitaba aclarar las ideas. Me dejé caer de nuevo en el sofá.

Media hora más tarde, el hambre me despertó. Una rápida y fructuosa búsqueda en mi nevera mínimamente abastecida, y unos pocos minutos de sartén, dieron como resultado una esponjosa y colorida tortilla francesa con verduritas. Cocinaba porque los restaurantes eran muy caros, y comía fuera porque era capaz de pifiarla incluso con un tazón de cereales. Pero de vez en cuando, alguna de mis creaciones me sorprendía. Como hoy.

Cuando el último fragmento de amarillo estaba entrando en contacto con el último fragmento de tostada, sonó el teléfono. Reconocí el número que Aletha me había dado en caso de alguna emergencia. Tim. ¿Quería hablar con él? No, pero cabía la posibilidad de que me llamara porque quería confesar. No. Demasiado fácil.

Dejé de lado mi rabia y deslicé el dedo por la pantalla del móvil.

Tim empezó a hablar.

—Sé por qué Aletha terminó su relación con Marcus. He encontrado una carta que él le escribió. Fue condenado a pena de cárcel por atraco a mano armada.

¿Por qué me estaba hablando de Marcus? Dejé el plato vacío en el fregadero para lavarlo otro día.

—Bien, ¿y qué ponía en la carta?

—A su compañero de celda lo llamaban Billy el Bombardero.

—Lo dirás en broma, ¿no?

—Es lo que Marcus escribió. ¿Y si resulta que quería dinero o, peor aún, recuperar a Aletha, y ella no quiso cooperar y por eso le pidió a ese tal Billy que le fabricara una bomba, o aprendió él mismo a fabricar bombas mientras estuvo en la cárcel?

Un eructo con sabor a cebolla ascendió por mi garganta. Aparté el teléfono para que Tim no pudiera oírlo.

—Sí, y a lo mejor también resulta que Elvis está trabajando en el colmado de la esquina. Ten por seguro, por otro lado, que cualquiera puede encontrar en Internet instrucciones detalladas para fabricar una bomba. No es necesario tanto lío. ¿Y qué ganaría él matando a Aletha, además?

—Ya te dije que el objetivo era yo, no Aletha. Si me hubiera matado, tal vez habría conseguido que los sentimientos de Aletha hacia él se reavivaran. —Se le quebró la voz—. Merece la pena estudiar esa posibilidad. Lo digo en serio.

«¿Cómo es posible que me tenga por una persona tan crédula?».

—Eso es lo que me preocupa, pero, si piensas que deberías investigarlo, ve a por ello.

—Lo he intentado. Pero Marcus no quiere hablar conmigo. Cuando le dije quién era, me colgó. Tiene que hacerlo otra persona.

«¿Alguien como yo? Que ni se le pase a este por la cabeza mandarme a una misión imposible».

—¿Por qué no entregas la carta a la policía?

—Porque pensarán que intento desviar la atención hacia otra cosa.

—¿Te refieres a que intentas desviar la atención del hecho de que fuiste un experto en demoliciones?

El silencio duró tanto que miré si me había colgado.

Tim soltó por fin el aire.

—Supuse que te enterarías de alguna manera.

—¿Por qué no me lo dijiste?

—Porque imaginé que pensarías que había matado a Aletha.

Cerré en un puño la mano que tenía libre y me obligué enseguida a relajarla.

—No sé si a estas alturas puedo creer cualquier cosa que tú me digas.

Oí que respiraba con dificultad.

—Lo sé, y no te culpo por ello.

—¿Qué quieres de mí, Tim?

—Supongo…, supongo que necesito saber que en esta ciudad hay alguien que está de mi lado. Alguien que no piensa que maté a mi esposa por dinero.

—Mira, el hecho de que cuando estuviste en el Ejército aprendieras a hacer volar por los aires todo tipo de cosas no significa que hicieras volar por los aires a tu mujer. —Se me formó un nudo en la garganta. Tragué para eliminarlo, pensando que me habría gustado que hubiese sido sincero conmigo desde el principio—. Cree lo que te digo.

Su voz se rompió.

—Estoy desesperado. No tengo a nadie más en quien confiar.

—¿Y qué te hace estar tan seguro de que puedes fiarte de mí?

—Aletha confiaba en ti y yo confío… confiaba en Aletha. Además, me dijiste que no creías que yo hubiera matado a mi esposa. ¿Lo dijiste porque lo pensabas de verdad o simplemente dijiste lo que te parecía que yo quería oír?

«¿Y ahora qué digo?».

—Necesito tu ayuda, por favor. Todos los demás piensan que lo hice yo. Necesito que llames a Marcus. Que averigües si tuvo alguna cosa que ver con esa bomba.

Cerré los ojos. Dana se lanzaría a aprovechar esta oportunidad sin dudarlo un instante y Daniel lo haría simplemente porque Tim le había pedido que lo hiciese. Yo me encontraba en un punto intermedio.

—De acuerdo. Dame su número.

Tomé nota.

Tim carraspeó un poco.

—¿Te importaría pasarte por casa mañana? He encontrado una cosa que creo que a Aletha le gustaría que tuvieras.

Noté mariposas en el estómago.

—¿Qué es?

—Me gustaría darte una sorpresa, si no te importa.

Me encantaban las sorpresas y, además, se me presentaba la oportunidad de ver de cerca la escena del crimen. Tal vez encontrara alguna cosa que a la policía se le había pasado por alto. Y tendría algo con lo que recordar a Aletha.

—De acuerdo, iré. Te llamaré mañana por la mañana.

Volví a tumbarme en el sofá. ¿Billy el Bombardero? Por favor. O bien Tim se lo había inventado o bien lo había leído en una novela mala.

En una ocasión, Aletha me había hablado de antiguos amigos que habían salido de repente de la nada después de que ganara el concurso: «Incluso apareció un antiguo novio. Hacía diez años que no tenía noticias de él. ¿Te lo imaginas? El dinero es una miel que atrae a buitres y moscardones. Lo decía siempre mi madre». Y se había echado a reír. Sin darme a entender que Marcus le diera algún miedo, sin detallarme que hubiera intentado finalmente ponerse en contacto con ella.

¿Quién más había aparecido? No me lo había dicho, pero ¿y si alguna de esas personas le hubiera pedido un donativo y ella se hubiera negado? Ojalá tuviera una pista.

«Muy bien, ¿y cómo consigo una pista?». ¿Qué habrían hecho Dana y Daniel de estar en mi lugar? Investigar. Si no buscas pistas nunca podrás encontrarlas. Eso era algo que una autora de novelas de misterio podía deducir.

Me planteé la teoría de Tim de que Aletha había muerto cuando alguien intentaba matarlo a él. Esto convertiría a Marcus en una amenaza, si era cierto que quería recuperar a Aletha. ¿Y querría Aletha volver con Marcus? ¿Había realmente ignorado el mensaje que Marcus le había enviado, como decía Tim? ¿Por qué Aletha había conservado la carta que Marcus le había escrito desde la cárcel? A menos que la carta fuera una pista falsa en todo aquel misterio. Al fin y al cabo, el único que la había visto era Tim. Tal vez ni siquiera existía. Y podía ser una simple maniobra de Tim para desviar la atención.

Tal vez los detectives estuvieran en lo cierto. Tim tenía un motivo sólido. El dinero. Sin embargo, la explosión en el barco solo habría funcionado si Aletha hubiera estado a bordo y él no. Y de ninguna manera Tim podría haber tenido la certeza de que aquello ocurriera. A menos que la drogara. Además, en el caso de haber habido un temporizador, el momento de la explosión fijado por el asesino se habría producido estando ya los dos en medio del lago, según la versión de los hechos de

Tim. De no haber salido él tarde del trabajo o de no haberse olvidado Aletha la nevera en la cocina, Tim también estaría muerto. A menos que él se hubiese olvidado a propósito la nevera.

A menos que, a menos que, a menos que...

Lógica circular. Las piezas del rompecabezas estaban esparcidas sobre la mesa a la espera de que yo lo solucionase.

Con un poco de suerte, mañana me enteraría de alguna cosa útil. Estaría en casa de Tim. En casa de Aletha.

¿Y si Tim había matado a Aletha? ¿Y si me había invitado a su casa para librarse de mí porque se imaginaba que yo había averiguado algo?

Qué tontería. La paranoia nunca ha sido mi amiga.

Llamé a Brittany. Tim nunca intentaría nada delante de un testigo, y cuatro ojos siempre veían más que dos. Y como mínimo, me ayudaría a distraerlo mientras yo me dedicaba a investigar.

—Hola, ¿quieres jugar a ser mi guardaespaldas mañana?

—Pero ¿qué dices?

—Tim Cunningham me ha invitado mañana a su casa. Quiere darme una cosa de Aletha.

—¿Y qué quieres que haga yo? ¿Qué te proteja del lobo malvado?

—Pues sí. Incluso me pondré mi abrigo rojo con capucha, si quieres.

—¡Cómo eres, tía! Anda, pasa a recogerme a la salida del trabajo.

Solucionado este tema, me rendí al cansancio y me metí en la cama. Envuelta en el frescor de las sábanas, mis músculos se destensaron, uno a uno. Pero relajar la mente fue un reto mucho mayor. Las ideas giraban en mi cabeza en espiral como el polvo en un tornado.

«Toto, me parece que ya no estamos en Kansas».

Capítulo ocho

Dana estudió el papel mientras una única lágrima dejaba un rastro de rímel negro en su mejilla.

Muy bien, capítulo nuevo. ¿Hacia dónde vamos a partir de aquí? El padre de los chicos había muerto y habían encontrado una nota. ¿Y ahora qué? ¿Qué tal si lloran su pérdida durante el desayuno de la mañana siguiente?

Después de una larga noche, durante la cual el sueño revoloteó muy lejos de su alcance, los gemelos, sin ningún apetito, movieron de un lado al otro del plato los huevos revueltos que les habían servido. La señora Barlow, con un brazalete negro en la manga del uniforme, les había preparado su desayuno favorito: huevos con beicon, muffins de arándanos y tortitas. Pero la comida tenía un sabor amargo en sus bocas.

Dana dejó el tenedor en el plato, descansó los codos sobre la mesa y se sujetó la cabeza entre ambas manos.

Daniel se inclinó hacia ella para pasarle el brazo por los hombros.

—Todo irá bien, hermanita.

«A Daniel le resulta fácil decirlo. Pero Dana es incapaz de decirle a él algo similar.

»¿Por qué no?

»Porque no es tan sarcástica como yo.

»¿Y qué le dice entonces?».

Descansé la espalda en la silla; el reloj que marcaba las 10:48 en la esquina inferior derecha de la pantalla del portátil se mofó de mí. Doce minutos más de trabajo, porque después tenía que prepararme para ir a buscar a Brittany e ir con ella a casa de Tim.

¿Por qué habría accedido a esto? Para echar un vistazo a la escena del crimen. Al lugar donde había muerto mi amiga. Aunque tal vez no fuera la mejor decisión. Pero ahora ya era demasiado tarde para cambiar de idea.

De camino al cuarto de baño, escuché mi contestador. A lo mejor tenía algo de Russell. No. Pero sí había un mensaje de mi madre. Dos en una sola semana. ¿Debería devolverle la llamada? Sabía que si hablaba con ella acabaría con dolor de cabeza. Pero igualmente pulsé el icono. Sentimiento de culpa a distancia.

Respondió al primer tono.

Me preparé para lo inevitable.

—Hola, mamá. ¿Qué pasa?

—¿A qué te refieres con eso de qué pasa? ¿Necesito una excusa para llamar a mi hija? ¿No puedo coger el teléfono si me apetece?

Levanté la mano izquierda y la dejé caer de nuevo.

—Puedes llamarme siempre que sientas la necesidad.

—Tú también podrías llamarme de vez en cuando, no sé si lo sabes.

—Sí, lo sé. Últimamente he estado un poco liada. Además, ya hablamos el otro día.

Resopló.

—Pues vale, perdona. No sabía que fuera tan duro para ti hablar con tu madre dos veces al mes.

«¿Qué está pasando?».

—¿Querías algo en particular o se trata simplemente de una charla amistosa?

—De hecho…

Tamborileé con los dedos en la pierna.

—Yo… es que…

¿Se había quedado mi madre sin palabras? Seguro que había muerto alguien. Seguro que se estaba muriendo ella.

—¿Qué pasa, mamá?

Murmuró entonces, muy bajito:

—Nada. Solo quería decirte que siento mucho cómo me comporté la última vez que hablamos.

Me quedé mirando el teléfono. La que se había quedado ahora sin palabras era yo.

—No pasa nada, no te preocupes.

—Me gustaría que las cosas hubieran sido distintas entre nosotras. —Dudó un instante—. Te quiero, lo sabes.

Lo sabía, pero me costaba creer que me lo hubiera dicho. En toda mi vida, mi madre me había dicho que me quería solo media docena de veces.

—¿Estás segura de que no pasa nada?

Su tono de voz ascendió una octava.

—Oigo que me llama tu padre. Ya te llamaré luego.

Mi respuesta fue a parar a un teléfono muerto mientras mi cerebro giraba como una peonza. Por mucho que no me gustara nada reconocerlo, yo también la quería.

Después de ducharme, seguí el sendero de ropa que había dejado en el suelo la noche anterior hasta localizar mis vaqueros. Un rápido análisis olfativo me dio el visto bueno para ponérmelos una vez más. Un polo liso de color rojo y mis Nike y me declaré lista para marcharme.

El aparcamiento desierto indicaba que mis vecinos habían ido a trabajar. Algo que yo también debería estar haciendo, pero en vez de eso, tenía que ir al lago. Emergí a un día templado y sin nubes y me imaginé tumbada en una toalla, empapándome de rayos de sol. Pero la realidad —mis piernas blancuchas durante todo el año combinadas con el conocimiento de que mi excursión tenía escasas probabilidades de ser un pícnic— borró por completo la fantasía.

Algún niño había escrito «Lávame, por favor» en el cristal trasero de mi Nissan Sentra blanco de 2007. Olvídalo. La suciedad servía para conservar el coche. En consecuencia, debajo de aquel garabato escribí: «Prueba de suciedad. No limpiar».

El Sentra tenía el interior y los asientos tapizados en escay granate —una forma elegante de decir plástico— y estaba en perfectas condiciones, a pesar de que las alfombrillas habían pasado a mejor vida hacía tiempo. El peculiar aroma a Fritos rancios, o a calcetines sucios, lo impregnaba todo, pero mi coche encendió a la primera. Una de las pocas cosas fiables que había en mi vida.

Conduje dos manzanas y estacioné en una de las cuatro plazas vacías de la zona de aparcamiento de la biblioteca pública. La Biblioteca Pública de Riddleton estaba en Pine Street y ocupaba un edificio de ladrillo blanqueado por el sol, remetido entre el Piggly Wiggly y Circle K, justo delante del cuchitril conocido como la Oficina de Correos de Riddleton. Un viejo pino lanzaba piñas desde diez metros de altura sobre una mesa de pícnic duramente castigada por la climatología y que se escoraba sobre el césped. Alguien debería colocar un cartel en el árbol que dominaba la mesa:

ASTILLAS GRATIS
SE BUSCA HOGAR DE ACOGIDA

Brittany cerró y entró en el coche, una bibliotecaria auténtica con blusa blanca, falda negra y calzado plano.

Por una vez, no hizo ningún comentario sobre mi conducción ni sobre el desorden reinante bajo sus pies.

Cuando llegamos a una curva, vimos un buzón de ladrillo que marcaba el inicio de una pista de tierra flanqueada por árboles de hoja caduca, que hacía las veces de camino de acceso a la casa. Las ramas de los árboles se superponían y creaban un túnel frondoso que envolvía el coche. Aletha me había invitado a visitarla cuando cobraban vida los rojos, los anaranjados y los amarillos del otoño. Colores que, por supuesto, quería disfrutar conmigo.

El túnel se abrió al llegar a un claro que dejó a la vista una casa blanca de estilo victoriano situada a unos cien metros del lago. Seguí un camino circular que dejaba atrás una zona de césped.

Brittany asomó la cabeza por la ventanilla para ver mejor el paisaje.

—Es preciosa. Una pincelada de color haría que fuese perfecta.

—Aletha tenía pensado añadir parterres con flores el año que viene. Le gustaba contarme sus ideas para mejorar la casa.

El peso del recuerdo se asentó en mi pecho como un manuscrito de mil páginas.

A lo lejos, la cinta amarilla de plástico de la policía acordonaba la zona donde en su día había estado el embarcadero.

«No cruzar. Policía».

Se me cortó la respiración. Brittany me apretó la mano.

Hice un gesto de asentimiento y abrí la puerta del coche.

Tim salió al porche que rodeaba la casa vestido con vaqueros y una camiseta lisa de color azul. Hice las presentaciones.

—Encantado de conocerte, aunque me gustaría que hubiera sido en circunstancias mejores —dijo Brittany.

Tim miró hacia el jardín.

—Siento mucho lo de tu esposa. Siempre se mostró muy agradable conmigo.

—Gracias. —Tragó saliva y la nuez le ascendió por la garganta—. ¿Os apetece un café?

Esbocé mi mejor sonrisa falsa.

—Eso siempre.

Nos guio por la casa hasta la cocina. Amarillos cálidos y verdes pastel iluminaban paredes y encimeras y, en un instante, la presencia de Aletha llenó la estancia. Si Tim experimentaba aquel mismo fenómeno, no podía ni imaginarme la desdicha que lo embargaría. Con manos temblorosas, manipuló con torpeza los filtros del café. Brittany corrió a ayudarlo.

Mientras ellos preparaban el café, di vueltas por el salón, decorado con marrones apagados y toques en color oro viejo. La chimenea adosada a una de las paredes parecía hecha más para añadir un tono romántico que para dar calor. Sencilla y terrenal, como Aletha. Su presencia lo impregnaba todo. ¿Cómo podía soportar aquello Tim?

Fotografías con marcos ornamentados llenaban la repisa de madera de castaño de la chimenea. Aletha y su familia a la izquierda, Tim y la suya a la derecha. Fotos de los dos juntos dominaban el centro, presidido por una foto grande de los novios el día de su boda. Cogí la fotografía, en la que Tim rebosaba alegría con su frac negro y Aletha estaba radiante, con un vestido blanco sencillo que acentuaba su piel oscura. Una lágrima resbaló por la mejilla de mi reflejo en el cristal. Me la sequé.

Tim y Brittany seguían sin aparecer, de modo que decidí cruzar la puerta y salir al jardín. Los rayos vivificantes del sol en mi cara suponían un agradable cambio con respecto a la muerte que me había ensombrecido durante toda la semana. Fragmentos de hierba húmeda se adhirieron a mis Nike cuando avancé hacia la cinta amarilla que se extendía entre los pinos más próximos a la orilla del lago.

«No cruzar. Policía».

Toqué la cinta de plástico flexible. Sin temor a equivocarme, afirmaría que la policía no quería que nadie cruzara a esa zona, pero habían encontrado restos de mi pluma allí y lo consideraban una prueba en mi contra. Me agaché para pasar por debajo de la barrera e inspeccioné la hierba hasta llegar al agua, donde los pilones que en su día sustentaban el embarcadero asomaban por encima del agua como tortugas marinas en busca de aire. El oleaje provocado por alguna lancha motora salpicó la punta de mis zapatillas, limpiándolas de hierba.

El lago Dester se extendía muchos kilómetros en todas direcciones; era tan grande que desde la casa de los padres de Brittany, en la orilla opuesta, no habíamos oído la explosión. El sol se reflejaba en el agua y velas azules, blancas y amarillas salpicaban el horizonte. Lanchas a motor remolcaban esquiadores protegidos con chalecos naranjas que se balanceaban con el oleaje generado por las motos acuáticas que zigzagueaban detrás de ellos, una escena pacífica que creaba un contraste amargo con la turbulencia que se agitaba en el interior.

Qué diferente debía de ser aquel lugar antes de que Aletha muriese. Antes de que un flamante velero nuevo, que se mecía tranquilamente junto a un flamante embarcadero nuevo, estallara en mil millones de pedazos. Llevándose el amarradero y a mi amiga con él.

Me flojearon las piernas, y me dejé caer en el suelo, más que sentarme.

«Inspira hondo, suelta lentamente el aire».

Removí los guijarros con un palito, en busca de algo, de cualquier cosa que los investigadores hubieran pasado por alto. Dana Davenport se habría zambullido en el lago, pero yo imité a Daniel y me conformé con tierra firme o, simplemente, con mantenerme fuera del agua. Pequeños fragmentos de madera azul y blanca flotaban cerca de mí. Tim me había dicho que la policía lo había recogido todo, pero aquellos fragmentos debían de haberse acercado a la orilla después de que ellos terminaran su trabajo. Cuando cogí uno y volví a arrojarlo al agua, dejó motas de pintura húmeda en la palma de mi mano. Me limpié con el pantalón.

La madera mojada fue a parar mucho más lejos de lo que me imaginaba y creó varios círculos en el agua antes de desaparecer bajo la superficie y volver a emerger. Seleccioné un trozo más grande y eché el brazo hacia atrás. Un brillo metálico me llamó la atención y algo frío y húmedo me golpeó el antebrazo. Una raqueta de tenis engarzada en una fina cadenita de oro colgaba de la madera. Sentí una sacudida eléctrica. ¿Sería de Aletha? Me la imaginé en su cuello cuando el velero explotó. De pronto, la cadena se escapó sin querer de mi mano temblorosa. La busqué por todas partes, pero había desaparecido. Un sollozo escapó de mi garganta mientras las lágrimas me abrasaban las mejillas. ¿Dónde se habría metido?

Escarbé la hierba con los dedos y mis uñas se llenaron de tierra arenosa hasta que mi dedo pulgar enganchó el colgante. Me levanté rápidamente y abracé la cadena contra mi pecho mientras la brisa secaba mi cara empapada de lágrimas. Cuando conseguí serenarme, emprendí camino de vuelta hacia la casa con la cadenita, arrastrando los pies por la hierba como si aquel abalorio pesase una tonelada.

Tim me estaba observando desde la puerta de acceso al jardín. Deposité mi hallazgo en sus manos. Mis músculos se tensaron alrededor del vacío que había cargado en mi pecho junto con la cadena.

Tim frunció el entrecejo.

—¿Qué es?

Dejé caer los hombros.

—Imaginaba que tú lo sabrías. Estaba atrapado en un fragmento de madera flotante.

Tim levantó la cadena para dejarla al nivel de sus ojos y poder estudiar el colgante.

—No había visto esto en mi vida. Aletha nunca jugó al tenis. —Parpadeó varias veces seguidas—. Una de sus amigas perdió una cadena hace unas semanas. Podría ser esta.

—¿Quieres que se la devuelva de tu parte?

—No, no puedo seguir escondiéndome eternamente de la gente.

—Tim, la policía encontró también un fragmento de una pluma estilográfica mía junto al lago. ¿Tienes idea de cómo llegó hasta allí? ¿Te mencionó Aletha que hubiera encontrado mi pluma o algo por el estilo?

—No, no que yo recuerde. ¿Cómo supieron que era tuya?

—Porque llevaba grabadas mis iniciales. La perdí y no sé cómo apareció aquí, a modo de prueba.

—Lo siento, no sabía nada.

Desconcertante. Si la había encontrado Aletha, ¿por qué la llevaría consigo? Podría haberla dejado en la tienda para devolvérmela. Aunque tal vez la encontró el asesino y la trajo hasta este lugar para que sospechasen de mí. Lo cual significaría que el asesino me conocía lo bastante bien como para reconocer la pluma. Me entraron escalofríos.

Tim tomó asiento en el sofá al lado de Brittany. Cuando dejó la cadena en la mesita de centro de madera de caoba, fue como si el colgante perdiera su brillo bajo la luz artificial. De un modo muy similar a nuestro estado de ánimo cuando intentamos hablar de cualquier cosa que no fuera la que ocupaba sin cesar nuestras cabezas.

Nos pidió que asistiéramos a un funeral por Aletha que había planificado y que tendría lugar el martes por la mañana en la librería. Le confirmamos que iríamos y la conversación se transformó en un prolongado silencio.

Brittany salió al rescate.

—Es una casa preciosa, Tim. ¿Cuánto tiempo llevas viviendo aquí?

Una sonrisa iluminó su rostro, pero se esfumó enseguida.

—Cinco meses. Nos mudamos justo antes de que abriera Lectores Voraces. ¿Os apetece verla?

—Por supuesto.

Tim nos guio por el vestíbulo hasta un comedor formal. Un espacio cerrado con una entrada en ambos extremos. Aletha lo había decorado con granate y beis, con una mesa para doce comensales y una vitrina para la vajilla centrada en la pared del fondo. Un toque de elegancia en la vida con los pies en el suelo de Aletha.

Brittany acarició una de las sillas de color cereza.

—Una estancia maravillosa.

Tim se llevó la mano al pecho.

—Aletha buscó de manera muy especial cada pieza. La vitrina llegó justo la semana pasada. Nunca llegó a verla.

Nos guio de nuevo hacia el vestíbulo. Lo seguimos en silencio.

A la derecha de la cocina, nos hizo pasar a una habitación de servicio con una puerta que conducía a un sótano acondicionado con una barra de bar, dos sofás mullidos y una mesa de billar. Varias ventanas rectangulares en lo alto de una de las paredes dejaban ver el suelo del exterior. Tim se quedó apagado en medio de la sala, con las manos en los bolsillos.

Brittany le presionó el brazo.

—Vamos a mirar la planta de arriba, ¿te parece?

Subimos en fila hasta la segunda planta y llegamos al distribuidor. A la izquierda, la habitación principal, con su propio baño y un vestidor lo suficientemente grande como para ser incluso un cuarto de invitados.

Brittany sonrió a Tim.

—Es maravilloso. Este vestidor es más grande que mi habitación de universitaria.

Tim tenía los ojos llenos de lágrimas. Se las secó.

—Era la casa de nuestros sueños. Todo lo que siempre deseamos. Pero ahora me siento perdido aquí dentro y no sé ni qué hacer conmigo.

A la derecha del distribuidor, nos enseñó el cuarto de invitados de verdad, otro baño y su despacho. Entramos y Tim cogió un libro de una estantería.

—Esto es lo que quería darte.

Una primera edición firmada de *Mientras escribo,* de Stephen King.

—Gracias, Tim. No sé qué decir.

Hojeé con cuidado las páginas que en su día había tocado Aletha.

—No tienes que decir nada. Sé que Aletha habría querido que lo tuvieras.

Sabiendo que tenía razón en lo que acababa de decirme, parpadeé para impedir que me saltaran las lágrimas.

La incómoda conversación continuó en la planta de abajo durante unos minutos más; después, Brittany y yo emprendimos camino de vuelta a Riddleton. No había conseguido obtener mucha información nueva relacionada con la muerte de Aletha, pero el agradecimiento de Tim por nuestra compañía hizo que me pareciera una tarde productiva. Y el regalo que me había hecho ocuparía un lugar importante en mi corazón. Aletha siempre estaría conmigo.

Me fastidiaba lo de la cadenita. No debería habérsela dado a Tim; no era de Aletha y, aunque era posible que la amiga de Aletha la hubiera perdido, también podía ser que hubiera pertenecido al asesino o asesina. Decidí que intentaría convencerlo para que entregara la cadena a la policía.

Mi teléfono sonó cuando estábamos llegando a las afueras de la ciudad. En la pantalla vi que se trataba de un número desconocido de Carolina del Sur. Una de esas llamadas automatizadas, seguro. Puse el manos libres.

—Señorita Dawson, me llamo Jason Fiero y trabajo como abogado en Fiero y Coleman. Su nombre aparece mencionado en el testamento de Aletha Cunningham.

¿El testamento de Aletha? Aun llevando el aire acondicionado a tope, empecé a sudar. Miré de reojo a Brittany.

Vi que se encogía de hombros.

—Entendido. ¿En qué puedo ayudarle, señor...?

—Fiero. —El hombre carraspeó—. Señorita Dawson, se trata de un tema que preferiría hablar en persona. Le agradecería que estuviese presente para la lectura. Tendrá lugar el martes por la tarde después del funeral.

Capítulo nueve

Hacia las cuatro de la mañana del sábado me di por vencida; no podía dormir. Había pasado la noche dando vueltas de un lado a otro y solo en un par de ocasiones había dormido el tiempo suficiente como para poder soñar. Pesadillas estrambóticas, protagonizadas por Aletha y Tim, Olinski y Havermayer y, por supuesto, mi madre. Si mi imaginación cuando estaba despierta tuviera la mitad de creatividad que cuando estaba dormida, tendría un montón de *best sellers* publicados y luciendo en mi biblioteca.

¿Cómo había acabado metida en este lío? Alguien había matado a Aletha, y como yo solía pasar tiempo en su librería, había perdido una pluma estilográfica y había escrito una dedicatoria en un libro que le había regalado, me había convertido en sospechosa. Y si alguien le había contado a la policía que yo había tenido una aventura con Tim, lo había hecho para redirigir la atención. Siempre y cuando no fuera que Havermayer estaba intentando arrancarme una confesión sirviéndose del viejo truco del «¿qué dirías si...?».

Pero el auténtico truco sería averiguar qué le había pasado a Aletha.

Si quisiera escribir esta historia, ¿por dónde empezaría? En primer lugar, crearía la víctima y el método. Eso estaba claro. A continuación, rodearía a la víctima de personajes con motivos potenciales para querer asesinarla y con los medios necesarios para llevar a cabo el crimen con el método elegido. Ningún problema hasta aquí. De todo eso tenía más que de sobra. Lo que tenía que hacer ahora era encontrar los motivos y las oportunidades para cada uno de ellos. Sí, eso era lo que tenía que hacer.

El día anterior se me había pasado por completo lo de llamar a Marcus, seguramente porque en realidad no quería hacerlo. Aunque le había dado a Tim mi palabra de que lo haría. En cualquier caso, tampoco era algo que pudiera hacer un sábado a estas horas, de modo que tendría que conformarme con ayudar a los gemelos a solucionar el asesinato de Victor Davenport. Un reto más mental que el reto emocional al que me enfrentaba cuando pensaba en Aletha.

> *Daniel se inclinó hacia ella para pasarle el brazo por los hombros.*
> *—Todo irá bien, hermanita.*
> *—Lo sé. —Dana se enderezó en la silla—. Averiguaremos quién hizo esto y haremos que lo encierren para toda la vida.*
> *—Completamente de acuerdo. ¿Y ahora qué hacemos?*

Buena pregunta. Habían encontrado la nota en la mesa de su padre. En el despacho de Victor había más evidencias. Era el momento de que encontraran una cosa, pero no la otra. Los gemelos no podían encontrar la pista reveladora tan pronto, porque si lo hicieran, los lectores sabrían a mitad del libro quién era el autor del crimen. Y eso no podía ser.

Dana podría sugerir registrar de nuevo el despacho, pero ¿cómo evitar que encontraran ambas pistas? No quería que el lector se llevara la impresión de que no eran metódicos a la hora de buscar información. Se me ocurrió que una interrupción emparejada con una pista falsa me ayudaría a solventar el problema. Sin embargo, la interrupción en cuestión solo podía ser obra de la policía o del asesino. Demasiado pronto para que fuera el asesino, de modo que haría que el detective Abernathy les formulara preguntas sobre Peter Robinson, el amigo de su padre. La investigación que se desarrollara a partir de aquí mantendría a Dana y a Daniel ocupados por un tiempo.

De forma similar, si Aletha tenía algún secreto, tal vez pudiera encontrarlo en su despacho. La policía ya lo había registrado, pero ¿y si se les había pasado por alto algún detalle? Los detectives no la conocían lo bastante como para reconocer la relevancia de algo que a primera vista podría parecer inocuo.

Pero antes que nada tenía que pensar cómo entrar. ¿Quién tendría una llave? Tim seguro, pero también cabía la posibilidad de que Russell siguiera conservando la suya. ¿O le habría dado su llave a Lacey el sábado fatídico en que Aletha le pidió que fuera a sustituirla? De ser así, podría pedirle que me la prestara. ¿Con qué excusa? Que me había dejado algo en la tienda y quería recuperarlo. Eso funcionaría, aunque… ¿por qué no lo había recuperado ya el otro día, cuando estuve allí?

Espera un momento. ¿Y si Tim Cunningham fuera la pista falsa en la historia de Aletha? ¿Y si la policía tuviera como objetivo a la persona equivocada? Tim podría ser la distracción que permitiera la huida del verdadero asesino. Un tema sobre el que reflexionar cuando fuera a correr.

Correr. Una actividad que jamás habría imaginado que se me pudiera pasar por la cabeza. Me costaba creer que aquella mañana en el parque hubiera llegado a afectarme tanto.

A las siete cincuenta y cinco estaba repantigada en el banco de piedra, junto a la verja de entrada al parque. Eric llegó paseando desde el aparcamiento, vestido con sus colores navideños y con una toalla al cuello. El noventa por ciento de humedad ambiental hacía que su cara, igual que mis axilas, estuviera ya empapada en sudor.

El rostro de Eric se iluminó con una sonrisa.

—¡Has vuelto!

—Ya ves. Aquí estoy, en contra de lo que me dictaba el sentido común.

—Venga, sabes perfectamente que te encantó. Es adictivo, ¿a que sí?

Estupendo. Otro vicio con el que luego me costaría cortar. ¿No tenía ya bastante con la escritura?

—Eso ya lo veremos.

Se dejó caer a mi lado.

—¿Qué tal lo llevas? La última vez que te vi estabas muy hecha polvo.

—Mejor. La muerte de Aletha ha sido un golpe duro.

—Te entiendo.

Nos quedamos un rato en silencio, hasta que Eric dijo:

—Los demás llegarán en cualquier momento. Lacey ha dicho que hoy vendría. Así la conocerás por fin.

—Me parece muy bien. —Recordé mi conversación con Tim—. ¿Es la Lacey que era amiga de Aletha?

Eric arrugó el ceño.

—Supongo. No conozco a nadie más en la ciudad con ese nombre.

—Aquel sábado fue la persona que sustituyó a Aletha para que pudiera ir a navegar con Tim.

Eric ladeó la cabeza.

—Suena muy típico de ella. Dijo que tenía trabajo. Tal vez se refería a eso.

—¿Alguna novedad en la investigación? —Había que aprovechar que tenía a Eric todo para mí.

—No que yo haya oído. Aunque los detectives suelen compartir poca cosa con los peones.

Me volví hacia él.

—El otro día, Tim Cunningham me comentó algo que creo que podría ser relevante.

Tim arqueó las cejas.

—¿Qué?

—Se ve que el exnovio de Aletha, un tal Marcus Jones, estuvo en la cárcel y compartió celda con un tipo que fabricaba bombas.

—Interesante. ¿Y cómo lo supo él?

—Por una carta que ese tipo le envió a Aletha desde la cárcel.

—Deberías contárselo a los detectives.

—Te lo cuento a ti. Podrías verificarlo. Y si resulta que es importante, te colgarías unas cuantas medallas. Que te servirían quizá incluso para sacarte de encima ese uniforme y poder ir de traje.

Se secó la frente con la toalla.

—O para ponerme en problemas por retener información. Creo que lo comunicaré siguiendo la cadena de mando formal.

—No se lo tomarán en serio.

—Quizá sí. Nunca se sabe.

Forcé una carcajada.

—Te digo que no se lo tomarán en serio. En cuanto Olinski se entere de que la información viene de mí, la descartará por considerarla producto de mi imaginación hiperactiva. No me dejas otra elección.

Eric se inclinó para atarse de nuevo una de sus carísimas zapatillas deportivas.

—¿Qué quieres decir con eso?

—Que tendré que investigarlo yo misma. Aunque, claro está, a ti te resultaría mucho más fácil.

Eric se levantó y saludó con la mano a Angus y Lacey, que ya llegaban.

—Transmitiré la información. Después de eso, me mantendré al margen. Te sugiero que hagas lo mismo.

Abrí la boca dispuesta a decirle qué pensaba hacer con su sugerencia, pero Angus se me adelantó para presentarme a Lacey, una mujer de unos treinta y cinco años, con aspecto de ama de casa y cabello largo de color castaño recogido en una cola de caballo.

Entramos en el parque para iniciar la rutina de estiramientos. Y después de que mi cuerpo protestara de todas las maneras posibles, empezamos a correr por el camino. Eric y Lacey se perdieron enseguida de vista y Angus se colocó a mi lado para correr por la acera como dos caracoles.

La primera punzada de dolor me atravesó las costillas cuando llevábamos cerca de media vuelta. Me paré y descansé con las manos sobre las rodillas. Angus siguió corriendo sin moverse de lugar y Eric y Lacey nos alcanzaron cuando yo me empecé a presionar el abdomen con la mano.

—¿Estás bien? —preguntó Lacey.

Eric y Angus siguieron corriendo juntos.

Levanté la cabeza y vi que me miraba con preocupación.

—Lo estaré…, en un minuto.

—Lo que te pasa es que respiras mal.

La agonía se apaciguó. Me enderecé.

—Lo dirás en broma, ¿no? Inspiro y espiro, inspiro y espiro. Llevo haciéndolo así toda la vida.

Lacey empezó a hacer rotaciones con el torso.

—¿Y qué tal te funciona?

Por mucho que me esforzara, mi cerebro privado de oxígeno fue incapaz de dar con una réplica ingeniosa.

—¿Qué me propones?

—Empecemos con la postura. —Me colocó una mano debajo de la barbilla, la otra entre mis omóplatos—. Relaja los hombros y échalos hacia abajo, como si quisieras alejarlos de las orejas.

Obedecí y me movió la barbilla.

—Mantén la cabeza alta, en línea con la columna vertebral.

Hombros hacia abajo, cabeza hacia arriba. Entendido.

—¿Cómo te sientes?

—Como uno de esos guardias de Buckingham Palace.

—Relájate, estás demasiado tensa. —Hizo molinillos con los brazos y rotaciones con la cabeza—. Relájate y vuelve a intentarlo.

¿Que me relajara? Simple. Era como intentar enderezar la herradura de un caballo.

Imité lo que ella hacía y volví a ponerme en posición. Mejor, aunque seguía sintiéndome incómoda.

—¿Esperas que corra así?

—Eso depende de ti.

Eric y Angus reaparecieron. Eric giró sobre sí mismo y corrió unos pasos marcha atrás.

—¡Así se hace, Jen! ¡Esto pinta muy bien!

Resistí el impulso de hacerle una peineta.

Lacey reclamó de nuevo mi atención.

—¿Preparada para intentarlo?

Jamás. Bueno, igual sí, pero antes necesitaba averiguar una cosa. Hice más rotaciones de brazos y cabeza.

—En un minuto. Deja que relaje el cuerpo un poco más.

Lacey empezó a correr sin moverse.

—De acuerdo.

Me esforcé para que lo que iba a decir pareciese trivial.

—Solía pasar mucho tiempo en la librería. ¿Verdad que tú ibas por allí a ayudar de vez en cuando?

Lacey hizo un movimiento afirmativo con la cabeza.

—Ya te recuerdo. Te sentabas en el rincón, al lado del escaparate. Sigo sin pillarle el sentido a lo que le ha pasado a Aletha.

—Te entiendo perfectamente. Aquella tarde estuviste sustituyéndola, ¿verdad?

—Sí. Aunque ahora me gustaría haberle dicho que no podía hacerlo. —Lacey se apartó un mechón de pelo que le caía sobre la cara y arrugó la frente—. Tendría que haberme imaginado que algo iba mal. Cuando me llamó, su tono me pareció de lo más extraño.

—¿Extraño?

Me clavó la mirada.

—Parecía nerviosa. Supuse que era por lo de subir al barco, pero ahora me pregunto si es que tenía miedo de él.

—¿De Tim? ¿Por qué?

Bajó la vista hacia sus polvorientas zapatillas.

—Por lo que pasó, supongo.

Visualicé nuevamente la escena entre Aletha y Tim en la librería, aquel viernes por la noche. Desde donde yo estaba, no pude ver la cara de Tim, pero la de Aletha estaba encendida de rabia. ¿Y si la de él reflejaba lo mismo?

¿Rabia suficiente como para matar a su esposa?

No me había dado esa impresión, aunque eso no quería decir nada.

En el despacho de Aletha tal vez podría encontrar alguna cosa que me ayudara a resolver el caso. Tenía que entrar allí.

—¿Tienes aún la llave de la tienda?

—Sí. ¿Por qué lo dices?

¿Podía confiarle la verdad? ¿Qué era lo peor que podía pasar?

—La policía está empeñada en culpar a Tim del asesinato de

Aletha. Y tal vez tienen razón, pero ¿y si no es así? El verdadero asesino podría salir inmune, y no quiero que esto pase.

Lacey hizo girar el cuerpo hacia un lado y hacia el otro mientras seguía haciendo molinillos con los brazos.

—Tampoco yo.

—¿Crees que podrías prestarme la llave para entrar en el despacho de Aletha a echar un vistazo?

Cruzó los brazos sobre el pecho.

—No.

Se me formó un nudo en el estómago.

—Lo entiendo.

—A menos que me dejes ir contigo. Quiero ayudar.

Le tendí la mano para estrechársela.

—Trato hecho.

Echamos a correr. Lacey me acompañó, jugando a ser mi animadora. Se apoderó de mí un nuevo mantra: «Cabeza arriba, hombros abajo. Cabeza arriba, hombros abajo».

Cuando llevábamos cerca de medio kilómetro, la rutina se volvió más fácil, pero comprendí que aquella postura nunca me resultaría natural. Mantener la cabeza baja me había ayudado a sobrevivir mis diez años con Gary. Si no se fijaba en mí, no me regañaba. Una costumbre difícil de romper. Razón de más para hacerlo. Mi vida, ahora, me pertenecía solamente a mí.

Hacia la mitad de la vuelta, Eric y Angus volvieron a pillarnos y Angus y Lacey intercambiaron posiciones. Mis hombros se relajaron y mis pisadas también, hasta adquirir un ritmo que me resultaba cómodo. Nos sonreímos y seguí adelante, pensando que empezaba a resultarme fácil traducir en acción las palabras de Lacey.

Una ducha caliente acabó por completo con los restos de sudor de mi ejercicio matutino. Seguía notando las extremidades pesadas, pero mi cabeza funcionaba como una navaja recién afilada. ¿Qué misterio abordar? Por la mañana había trabajado en el de Victor, de modo que ¿qué podía hacer ahora para ayudar a desenmascarar al asesino de Aletha?

Removí el caos reinante sobre la mesita de centro para desenterrar el papel donde había anotado el número de Marcus Jones. Lo marqué en mi teléfono y pulsé la tecla verde. Una mujer respondió al cuarto tono de llamada y le pregunté por Marcus.

—¿Quién le llama?

—Soy una amiga de su exnovia, Aletha. Quería hablar con él.

—¿Aletha? Dios mío, hacía cien años que no oía ese nombre. ¿Sigue casada aún con ese tipo que no la trataba nada bien?

¿Que Tim era un maltratador? Ni siquiera Russell me mencionó esa posibilidad.

Respondí con ambigüedad. Porque decirle la verdad podía provocar que me colgara.

—Seguían casados cuando la vi la semana pasada. ¿Hay alguna manera de poder hablar con Marcus?

—¿Es usted policía o algo por el estilo? ¿Qué quiere de mi hijo?

—No soy policía. Soy escritora y… creo que tal vez Marcus podría ayudarme con un libro que tengo entre manos en estos momentos.

Contuve la respiración y el teléfono resbaló entre mis dedos sudados.

La mujer guardó silencio durante un minuto que duró una hora.

—Está trabajando en el Waffle House hasta las seis.

Estaría allí cuando Marcus saliera de trabajar, aunque fuese solo para averiguar por qué su madre creía que Tim maltrataba a Aletha. Al parecer, me había equivocado con él. Lo cual no significaba que hubiese matado a su esposa.

Lacey ya había abierto la puerta cuando mi Sentra se paró justo delante de Lectores Voraces.

—¿Lista? —preguntó.

—Por supuesto. Vayamos a ello.

Confiaba en que, con un poco de suerte, nadie nos sorprendiera en la librería.

—Y bien, ¿qué es lo que estamos buscando?

—No lo sé exactamente. Cualquier cosa que parezca que está fuera de lugar o que nos revele algo que no sabíamos hasta ahora. Aunque parezca irrelevante.

Lacey miró a su alrededor.

—Entendido. ¿Por dónde empezamos? Nunca he hecho nada parecido.

—Tampoco yo, excepto mentalmente. —Me mordí el labio superior y recorrí el espacio con la mirada—. Si estuviéramos en una novela, nos dividiríamos el terreno para cubrirlo mejor. Piensa que por mucho que tengas todavía la llave, no deberíamos estar aquí. Debemos ser rápidas para que nadie se entere de que estamos en la librería. Ahora que lo pienso, tal vez habría sido mejor haber hecho esto por la noche.

—Sí, tienes razón, pero ahora ya estamos aquí. Pongámonos a ello. Ser arrestada no está en mi lista de prioridades de hoy.

—Tampoco en la mía. No me gustaría darle a Havermayer esta satisfacción. ¿Qué te parece si tú empiezas por delante, yo por detrás, y nos vemos de nuevo en la zona central de la tienda?

Mi mitad incluía la sección infantil, el almacén y el despacho de Aletha. Fui directa al despacho.

Un desorden organizado dominaba el ambiente. Catálogos de libros adornaban una mesa esquinera, dos archivadores ocupaban la otra esquina y una mesa metálica grande en el centro, cubierta de papeles con la excepción del espacio que había dejado el ordenador antes de que la policía lo confiscara, abarcaban la práctica totalidad de la estancia. Repasé los archivadores y los papeles que había en la mesa. Nada de utilidad, a mi entender.

Inspeccioné cajón por cajón. Nada excepto el habitual caos de cosas relacionadas con el negocio. El único objeto personal que encontré, además de la foto de Tim en la esquina de la mesa, fue el *spinner* de Aletha. Había dejado de jugar con aquel artilugio, pero por lo visto no había conseguido desprenderse del todo de él. Lo hice girar entre mis dedos y mi cabeza giró con él, apoderándose de mí la sensación de que un yunque me ocupaba el pecho.

Como último recurso, busqué posibles pistas ocultas debajo de los cajones y detrás de los carteles de la pared. Nada. Tal vez la policía hubiera encontrado ya todo lo que pudiera resultar útil para la investigación.

A regañadientes, pasé a la sección infantil.

Tampoco allí encontré ninguna respuesta. Todo parecía en orden, tal y como Tim y yo lo habíamos dejado el otro día, filas de libros en las estanterías, sillas recogidas debajo de las mesas, los juguetes en su debido lugar. Aun así, inspeccioné debajo de cada mesa, detrás de libros que fui eligiendo al azar y debajo de los juguetes. Ojalá las jirafas pudieran indicarme la dirección a seguir.

Cuando me disponía a entrar en el almacén, vi que se abría la puerta de la tienda. El corazón se me disparó como el de un conejo perseguido por un zorro.

Corrí hacia allí y derrapé hasta detenerme cuando un Eric uniformado se interpuso en mi camino.

—Hola, Jen. ¿Te importaría decirme qué hacéis las dos aquí?

Mis pulsaciones se ralentizaron mínimamente. Mejor Eric que cualquiera de los detectives.

Lacey cruzó y descruzó los brazos.

—Estamos buscando la taza termo que me olvidé el último día que vine a trabajar.

Eric frunció el entrecejo e intentó sin éxito ocultar una sonrisa de suficiencia.

—¿Es eso cierto, Jen?

Hundí las manos en los bolsillos. Mentirle a un poli podía llevarme a la cárcel. Bueno, así Lacey no tendría que ir sola.

—Sí.

Eric esbozó una mueca.

—Perfecto, ¿y cómo es el termo en cuestión? Si queréis, os ayudo.

Respondió Lacey:

—Es de plástico y...

Pero yo, al mismo tiempo dije:

—Es metálico.

Eric nos miró, primero a la una y luego a la otra, y disimuló una sonrisa.

De pronto, las mejillas y las orejas empezaron a arderme.

—De acuerdo, no estamos aquí por eso.

Eric rio entre dientes.

—No me digas. ¿Qué sucede, pues?

—Queríamos ver si se os había pasado por alto alguna cosa cuando estuvisteis registrando la librería. Alguna pista que ayude a encontrar al asesino de Aletha.

Eric se rascó la nuca.

—Nuestro trabajo consiste precisamente en eso. Deberías dejarlo en nuestras manos.

Tiré con nerviosismo de mi camiseta.

—Ya lo he hecho, ¿y para qué ha servido? ¿Habéis averiguado algo más?

Eric miró por encima de su hombro. Su compañero se había quedado en el coche patrulla, hablando por teléfono.

—Hemos verificado la coartada de Cunningham para el día de los hechos y sabemos que la bomba tenía un temporizador que podría haber funcionado hasta veinticuatro horas. ¿Te parecen novedades suficientes?

—Nada que yo no os hubiera dicho ya. Excepto quizá lo del temporizador.

Eric volvió a mirar hacia fuera. Su compañero nos observaba a través de la ventanilla.

—Os sugiero que encontréis de una vez ese termo y que salgáis de aquí lo antes posible.

Y se marchó.

Lacey y yo intercambiamos una mirada y soltamos el aire contenido en nuestros pulmones al mismo tiempo. Lacey dio una palmada.

—Mejor que nos demos prisa y nos larguemos cuanto antes.

—Estoy totalmente de acuerdo. ¿Y podrías, por favor, cerrar la puerta con llave?

Lacey inclinó la cabeza.

—Por supuesto.

El almacén estaba tal y como lo habíamos dejado Tim y yo después de ordenarlo hacía unos días. De todos modos, inmersa en mi rutina, verifiqué debajo y detrás de las estanterías, examiné cajas y barrí el suelo por si se nos había pasado alguna cosa por alto. Incluso removí la papelera que habíamos dejado junto a la puerta, sin encontrar nada.

Lacey dio unos golpecitos al marco de la puerta.

—¿Qué conclusión sacarías de esto?

Me pasó una tarjeta de visita.

«Anderson J. Klein, abogado».

—¿Dónde la has encontrado?

—Debajo del cajón de la caja registradora.

La tarjeta, naranja y marrón, tenía las letras grabadas en relieve y una fotografía, supuse, de Anderson J. Klein.

—¿Un picapleitos que intenta impulsar su negocio? En muchas tiendas tienen tarjetas de visita junto a la caja registradora.

—Sí, pero esta estaba debajo del cajón, no al lado de la caja. Dale la vuelta.

En el reverso, con letra de Aletha, podía leerse: «Lunes, 14:00». Sin fecha. ¿El lunes pasado o algún lunes del año pasado? Un momento. Aletha se había tomado una tarde libre hacía pocos días.

—Lacey, ¿verdad que viniste a sustituir a Aletha hará un par de lunes? ¿El lunes antes de…?

Lacey se mordió el labio inferior.

—Ahora que lo dices, creo que sí. Debió de ser para ir a ese sitio. Aquel día se mostró muy reservada.

Tecleó algo en el teléfono, esperó un momento y me miró con los ojos abiertos de par en par.

—¿Qué pasa?

—Es un abogado especialista en divorcios.

CAPÍTULO DIEZ

La pregunta sobre por qué Aletha se había puesto en contacto con un abogado especialista en divorcios dominó mi viaje hasta Blackburn, por mucho que Lacey se hubiese prestado voluntaria a llamarlo y hacer averiguaciones. Lo más probable era que no le contase nada. La confidencialidad entre cliente y abogado y todo eso. Aun así, no teníamos nada que perder.

El hecho de que la explosión se hubiera producido justo cinco días después de aquella cita me preocupaba. A mi entender, las casualidades no tenían ningún sentido cuando había un asesinato de por medio. ¿Estaría equivocada con respecto a Tim? ¿Me habría tomado por tonta? No quería creer que Aletha se hubiera casado con un hombre capaz de asesinarla. Aunque tampoco sería la primera vez que alguien me engatusaba.

Llegué al Waffle House a las cinco cincuenta y cinco. Con cinco minutos de antelación por segunda vez en lo que llevaba de día. Todo un récord, estaba segura. No siempre había tenido problemas de puntualidad. La tardanza estaba considerada un pecado capital en casa de Gary, donde cada minuto de retraso equivalía a una hora de bronca. Mi rebelión empezó en la universidad, y desde entonces había luchado por controlarla. Hoy era un buen día.

Un hombre alto y musculoso salió del restaurante con una camisa del uniforme de Waffle House en la mano y se dirigió hacia la calle. Lo atrapé cuando mi objetivo llegaba a la acera. Llevaba el pelo muy corto y la parte derecha de la cabeza completamente rapada. Si a eso le sumabas un bigotillo fino y la tableta de abdominales que sugería la camiseta de Banana Republic que el sudor le adhería al torso, los celos de Tim tenían todo el sentido del mundo.

—Disculpa, ¿eres Marcus Jones?

Se paró. Sus brazos musculosos y su cara fina tenían una resplandeciente tonalidad castaña. Colgada a su cuello, brillaba bajo el sol una cadena de oro similar a la que había encontrado en la escena del crimen, aunque sin la raqueta de tenis.

—¿Qué quieres saber?

—Me llamo Jen Dawson. ¿Podríamos hablar sobre Aletha Cunningham?

Marcus se cruzó de brazos y sus bíceps se hincharon.

—¿Qué pasa con ella?

—Estoy intentando averiguar quién la ha matado y confiaba en que podrías ayudarme.

Abrió los ojos como platos.

—¿Qué? ¿Que han matado a Aletha?

«Vamos bien, Jen». ¿Cómo era posible que no lo supiera? ¿Resultaba ahora que la policía me había interrogado a mí, pero no a él? No tenía ningún sentido.

—Lo siento, daba por sentado que lo sabías. Murió en una explosión el pasado sábado por la tarde.

La tensión en los músculos de la mandíbula de Marcus fue el único signo exterior de su dolor. Me estudió con ojos entrecerrados.

—¿De dónde has sacado mi nombre?

—Aletha te mencionó. —Una mentirijilla perdonable. Señalé el restaurante—. ¿Podemos hablar mientras tomamos un café?

Me sostuvo la mirada.

—¿Lo dices en serio eso de que Aletha ha muerto?

Cerré la boca con fuerza e hice un gesto de asentimiento.

Marcus esbozó una mueca de dolor y echó a andar hacia el restaurante con la seguridad de un atleta. En el interior, las luces del techo iluminaban la multitud de compradores agotados que habían conseguido escapar del centro comercial próximo. Marcus pasó detrás de la barra y sirvió un café para mí y un vaso de agua fría para él.

Y nos instalamos en una mesa con bancos.

—Gracias por acceder a hablar conmigo.

Se mordió el labio inferior y bajó la vista hacia sus manos.

—¿Cómo sucedió?

—Una explosión en el velero de su marido.

Levantó bruscamente la cabeza, pero guardó silencio.

—Solía pasar muchos ratos charlando con Aletha en su librería.

Con la mandíbula temblorosa, Marcus miró por la ventana.

Cerré los puños debajo de la mesa mientras intentaba buscar mentalmente una herramienta para conseguir que Marcus se abriera conmigo. Me puse de nuevo en el papel de Daniel.

—Cuando hablé con tu madre, oí voces de niños de fondo. Yo todavía no tengo, pero pienso a menudo en ello. —Otra mentirijilla perdonable.

Su rostro impenetrable esbozó una sonrisa.

—Oíste a mis hijas. Larissa y Latoya.

A ver si logras conservar esta inercia.

—Bonitos nombres. No hay nada como la risa de un chiquillo para alegrarte el día.

—Larissa tiene seis años y Latoya cuatro. Ríen mucho.

—Seguro que su madre está tremendamente ocupada con ellas mientras tú estás fuera trabajando.

Su expresión se ensombreció.

—Ella no. Debe de andar por algún lado, colocándose. Es lo único que sabe hacer. Un día le di quinientos dólares para que nos dejara en paz para siempre. Nos fuimos a vivir con mi madre y desde entonces estamos bien. Mi madre se ocupa de las niñas y yo le ayudo a pagar las facturas. Además, quiero que mis hijas se críen como me crie yo. —Me observó por el rabillo del ojo.

Mordí el anzuelo.

—¿Y eso cómo es?

—¡Con mi madre!

124

Su perfecta dentadura blanca se apoderó de su expresión, sus ojos marrón líquido brillaron. No tenía nada que envidiar a Idris Elba, y lo sabía.

—¿Cómo conociste a Aletha?

Acarició un arañazo que había en la superficie de la mesa.

—Aletha trabajaba como camarera en un bareto que había delante de Arnold, donde yo solía ir a tomar algo.

—¿Arnold College? —pregunté, mientras le añadía leche y azúcar al café.

Bebió un trago de agua.

—Sí, ella estudiaba allí y yo trabajaba en no trabajar en nada, no sé si me explico.

Visualicé el rostro de Aletha. Las gotas de sudor se acumularon en mi frente a pesar del potente aire acondicionado.

—Empecé a darle conversación, pero ella siempre me daba largas. No quería nada conmigo. ¿Entiendes lo que quiero decir?

Le di un poco de coba.

—Debía de estar loca por no querer liarse con un tío como tú.

Marcus levantó la barbilla y sacó pecho.

—Lo estaba, pero no me di por vencido. La convencí para que saliese conmigo, aunque fuese solo por una vez.

Su poder de persuasión empezaba con aquella sonrisa.

—¿Y qué pasó?

Me miró de reojo.

—Que se quedó pillada.

—¿Así a la primera? No te creo.

La sonrisa se desvaneció.

—Tienes razón. Me llevó un tiempo confiar en ella lo suficiente como para poder mostrarle quién era yo en realidad por dentro. Aunque ella debió de intuir que yo era distinto, porque se quedó conmigo. Decía que mi exterior era un producto de mi entorno. Y después me hizo prometerle que dejaría de trapichear y buscaría trabajo.

Mi nueva palabra del día.

—¿Trapichear?

Bajó la vista.

—Sí, ya sabes. Traficar con droga.

Era evidente que había cambiado mucho desde aquellos tiempos.

—Oh. Eso debió de ser duro para ti.

Asintió.

—Pero lo hice. Por un tiempo, al menos. Empecé a trabajar como conserje y todo me iba muy bien. Pero luego perdí el empleo porque otro tío robó un reloj en uno de los despachos y dijo que había sido yo. Me daba miedo decírselo a Aletha. Temía que me dejara, ¿lo entiendes?

Asentí y siguió hablando.

—Cada día me iba como si fuera a trabajar, pero lo que hacía en realidad era reunirme con los colegas. Tuve que ponerme a trapichear otra vez para tener dinero cada semana, para continuar con aquella farsa. Hasta que la cagué.

Levanté repentinamente la ceja izquierda. Estaba a punto de escuchar el relato de por qué fue a la cárcel.

—¿En qué sentido?

—Intenté dar un golpe en un pequeño supermercado. Un tipo que conocía me consiguió una pipa y reduje al empleado del turno de noche. Eran cosas que hacía todo el mundo, pero yo tuve la mala suerte de coincidir con el momento en que entraba un poli a tomarse su café gratis. Cumplí cinco años en Broad River. Aletha me dejó después de que me mandaran allí. —Marcus miró el reloj de la pared—. Tengo que irme. El autobús no tardará en llegar.

Todavía no. Tenía aún un millón de preguntas pendientes de respuesta. E independientemente de lo que hubiera hecho en el pasado, Marcus parecía ahora un hombre inofensivo.

—¿Qué te parece si te acompaño hasta casa en coche?

—No tengo dinero para la gasolina. Solo para el autobús.

—Ningún problema. Me va de paso.

—Si ni siquiera sabes dónde vivo.

—Da igual. Puedo llegar a mi casa desde cualquier sitio. —«Y necesito respuestas a todas mis preguntas».

—De acuerdo, gracias.

Marcus llegó al coche tres pasos antes que yo y pasó la mano por el techo. Dejó una larga marca blanca.

—¿Has pensado en lavar alguna vez este trasto?

«Todo el mundo se siente con derecho a criticar».

Abrí la puerta del acompañante y Marcus se instaló como pudo en el asiento, que echó hacia atrás para que le cupieran las piernas. La cabeza rozaba el techo.

Me puse el cinturón.

—Y bien, ¿hacia dónde vamos?

—A River Street. ¿Sabes dónde está?

—Creo que sí. Si ves que me desvío mucho, dímelo.

Me sumergí en el intenso tráfico.

—Cinco años son muchos años para estar en la cárcel.

—Mi compañero Travis me ayudó a que se me pasara el tiempo más rápido. Mi compañero de celda. Un tipo interesante —dijo Marcus, examinándose las puntas de los dedos manchadas de grasa.

El famoso Billy el Bombardero. Buen intento, Tim. Supongo que acerté al pensar que lo de la carta era para desviar la atención.

—Por lo que veo, has rehecho bastante bien tu vida desde que saliste de la cárcel. Deberías sentirte orgulloso.

—Voy saliendo adelante.

Este tipo no parece un asesino, pero también podría ser que estuviese actuando. Seguí hurgando para ver qué salía.

—Debió de ser bastante jodido descubrir que Aletha se había casado y se había hecho rica después de que tú acabaras en la cárcel intentando ganar dinero para ella.

Se rascó el cuello.

—La verdad es que no. Me enteré de que se había casado cuando llevaba dos meses encerrado allí. Se merecía ser feliz y yo, de todos modos, no tenía nada que ofrecerle a una mujer como ella. Podía aspirar a algo mucho mejor que yo.

Cambié de carril para girar.

—Tal vez. Aunque igual no te estás valorando como te mereces.

—Cuando vi en la tele que había ganado aquel concurso, le envié un mensaje para decirle que me alegraba mucho por ella, pero nunca obtuve respuesta. Después de aquello, la dejé en paz.

Nada interesante en todo lo que me había dicho hasta el momento. O bien Tim estaba totalmente equivocado o bien Marcus haría bien yéndose a vivir a Hollywood.

Giré hacia River Street.

—Ya estamos, ¿cuál es tu casa?

—Esa, aquella de allí.

Señaló un edificio marrón descolorido de dos pisos rodeado por una valla metálica.

Se quitó el cinturón mientras yo empezaba a aparcar.

—Tengo una pregunta más, si tienes otro minuto.

—Por supuesto. Dime.

—Cuando esta mañana he hablado con tu madre, me ha dado la impresión de que piensa que Tim no trataba a Aletha como debería. ¿Por qué crees que piensa eso?

Marcus apartó la vista y se encogió de hombros.

—No tengo ni idea. No sé por qué te lo ha dicho.

¿Por qué sería que no me creía esa respuesta?

Marcus salió del coche.

—Gracias por traerme.

—De nada. Gracias a ti por hablar conmigo.

Aunque era extraño que no hubiera formulado más preguntas sobre Aletha.

En cuanto pisó el jardín, dos niñas vestidas iguales, con blusa de color rosa, pantalón vaquero corto y coletas, salieron corriendo por la puerta a recibirlo. Se aferraron a las piernas de su padre. De pronto, se infló en mi interior un globo de aire caliente. ¿Recibiría yo así a mi padre cuando llegaba a casa después de alguno de sus vuelos? Mi madre siempre decía que mi mundo empezaba y acababa con Jack Dawson.

Una mujer rellenita, con pelo castaño canoso y un rostro tan ajado como su casa, apareció entonces en el porche. La fuerza irradiaba de ella como rayos de luz. Su expresión mientras observaba a las niñas correteando por el jardín me dio a entender que gobernaba el gallinero con un puño de hierro rebosante de amor. Le dijo a Marcus algo que no alcancé a oír y Marcus me miró antes de responderle.

Puse la primera y me aseguré de que la calle estaba totalmente despejada antes de hacer el cambio de dirección.

En cuanto me puse en marcha, Marcus echó a correr hacia mí, agitando los brazos. Me paré y bajé la ventanilla.

—¿Qué pasa?

—¿Eres la que escribió esa novela de misterio? ¿La de los gemelos?

—Sí, ¿por qué?

—A mi madre le gustó mucho ese libro. Te ha reconocido por la foto de la contraportada. Quería saber si puede conocerte.

—Por supuesto, la saludaré encantada.

Seguí a Marcus por el jardín y las niñas ocuparon sus puestos pegadas a sus piernas en cuanto pudieron darle alcance.

La madre de Marcus gritó:

—¡Ya basta, niñas! Dejad entrar a vuestro padre en casa.

Marcus accedió al porche.

—Mamá, te presento a Jen Dawson.

La madre de Marcus descendió los pocos peldaños. Se secó las manos en un delantal azul descolorido.

—Encantada de conocerla. Soy Evangelina Jones, pero la gente me llama Vangie. Me encantó su libro. Lo he leído tantas veces que incluso tiene las hojas gastadas.

Estreché la mano que me tendía.

—Gracias. Encantada también de conocerla, Vangie.

—Acabo de sacar el pastel de carne del horno. ¿Qué le parece si se queda a cenar con nosotros?

Una oportunidad tentadora para averiguar más cosas sobre Marcus, con el bono añadido de una auténtica comida casera. Pero el plan no me parecía correcto. Era como una excusa falsa.

—Lo siento. Me encantaría, pero…

—Tienes que quedarte —dijo Larissa, la niña más alta. Sus ojos oscuros brillaban mientras daba saltitos sobre un pie y el otro—. La abuela hace el mejor pastel de carne del mundo mundial.

Imaginé que su entusiasmo tenía una base sólida.

—No me cabe la menor duda. Quizá la próxima vez.

«Cuando en mi menú no hubiera un plato llamado "falsa amistad"».

—Pero...

Las manos de Marcus engulleron prácticamente los hombros de la niña.

—Nada de peros. Vete atrás a jugar con tu hermana.

La niña brincó como si estuviera impulsada por un saltador invisible.

—No quiero ir a jugar atrás. Quiero quedarme aquí.

Vangie avanzó un paso hacia ella.

—Mira, mejor que te vayas a jugar atrás con Latoya antes de que haga que te arrepientas de no haberlo hecho.

—De acuerdo, abuela.

Larissa cogió a su hermana pequeña de la mano y corrió al jardín de atrás.

Sonreí, y un curioso calor me inundó el pecho. Una sensación sorprendente, puesto que solía considerar a los niños como una molestia necesaria.

—Son unas niñas preciosas.

Vangie se volvió hacia mí.

—Sí, aunque lo complicado es conseguir que sigan siéndolo.

—Entiendo a lo que se refiere. —Aquella ingenuidad infantil desaparecería pronto en el mundo en que vivían las niñas. En el mundo en que todos vivíamos—. Será mejor que me marche para que puedan cenar mientras esté aún la comida caliente.

—¿Seguro que no quiere quedarse? Tenemos comida de sobra y su presencia es muy bienvenida.

—No, pero le doy de nuevo las gracias, señora. Tengo que irme.

—Es comprensible. Sé lo ocupada que debe de estar trabajando en su próximo libro.

Me volví hacia el coche para irme. Pero un grito potente y agudo nos envió a todos corriendo hacia la parte de atrás de la casa.

Marcus llegó adonde estaba Latoya en cuestión de segundos. La niña lloraba y estaba en el suelo, junto a un Pontiac Grand Am azul metálico. Me arrodillé en un charco al otro lado de la angustiada criatura. El agua me estaba empapando, pero el escalofrío que recorrió mi espalda tenía una razón de ser más psicológica que física.

Marcus abrazó a Latoya contra su pecho hasta que la niña se calmó lo suficiente como para poder contarnos qué había pasado. Jugando al escondite, Latoya se había escondido debajo del coche y se había asustado cuando su gato había empezado a pasearse por encima de sus piernas. Un gato atigrado rubio restregaba su cara contra la manita de la niña mientras ella relataba su horripilante historia. Otra mascota que se había vuelto loca. Cujo disfrazado de gato. Habría apostado lo que fuera a que a la pequeña de cuatro años le llevaría unos cinco minutos recuperarse, pero necesitó solo tres.

Mientras Marcus secaba las lágrimas de Latoya bajo la mirada protectora de Vangie, me incorporé, viéndome obligada a apoyarme en el coche para no perder el equilibrio. El guardabarros derecho estaba arrugado y doblado por haber sido forzado para retirar el neumático y había además restos de algo de color marrón rojizo en el espacio entre el parachoques y el foco. ¿Óxido? Tal vez barro, aunque en el paso de rueda no se veían salpicaduras.

Marcus respondió a mi cara de perplejidad.

—La otra noche choqué con un ciervo en medio del campo, cuando estaba llevando a uno de mis compañeros a casa de su madre. Hicimos un apaño para poder volver a casa, pero el radiador está estropeado y no pude repararlo.

Me sacudí el barro de los pantalones. Un esfuerzo inútil.

—Lo siento. En esta parte siempre hay charcos de agua. No sé por qué.

Vangie me cogió por el codo y me guio hacia la casa.

—Venga conmigo ahora mismo, chica, y deje que le arregle esta ropa. No pienso mandarla a casa con el pantalón en ese estado. ¿Qué pensará su marido?

—No estoy casada —dije, apartándome.

En el minúsculo cuarto de baño de color rosa no cabíamos las dos. Vangie intentó alcanzar mis rodillas con un paño húmedo, pero no había espacio suficiente para moverse. Cogí el paño y Vangie salió del baño, aunque se quedó supervisando el proceso desde el umbral. Por muy fuerte que frotara las manchas, mis esfuerzos resultaron inútiles. La suciedad se había quedado adherida a la tela. Tendría que poner los vaqueros en remojo con agua y jabón en cuanto llegara a casa y confiar en que se produjera un milagro. Pero combinando esa idea con el deseo repentino de disfrutar de una comida de verdad, comprendí que el universo parecía decidido a domesticarme, aunque yo lucharía hasta la muerte de ser necesario.

—Esto resuelve el tema —dijo Vangie—. Ahora tiene que quedarse a cenar. Es lo menos que podemos hacer después de haberle destrozado la ropa.

El aroma del pastel de carne recién salido del horno llenó de saliva mi boca. Cerré los ojos.

—No es necesario, pero huele tan bien que no puedo decir que no. Gracias.

—¡Larissa! Pon otro plato en la mesa, al lado de papá, para que pueda sentarse la señorita Jen.

Larissa hizo un mohín.

—Pero si ese es mi sitio.

—Esta noche te sentarás a mi lado. En el taburete.

Los ojos de Larissa se iluminaron.

—¿En el taburete? ¡Hurra!

Acercó el taburete de tres patas a la mesa cuadrada de formica y colocó un plato y cubiertos delante de él.

Entré en la pulcra y aprovechada cocina.

—¿Puedo ayudar en algo?

«Nada relacionado con cocinar, por favor». Quería disfrutar de la cena.

—Oh, no. Es usted la invitada. Me ayudarán las niñas. —Vangie señaló mi silla—. Acomódese aquí y siéntase como si estuviera en su casa.

Cogió un jarrón floreado, sirvió un poco de té en un vaso y me lo pasó.

132

—Gracias. —Bebí un poco. El líquido dorado me bañó la lengua—. ¡Caray! Es el mejor té dulce que he probado en mi vida.

Vangie sonrió de oreja a oreja.

—Es la receta secreta de mi madre. Lo único que puedo decir es que son dos tipos distintos de té mezclados con mucho azúcar.

Y una etiqueta de advertencia: «Para obtener mejores resultados, sírvase con insulina».

Me instalé en la silla. En una estantería esquinera, por encima de donde estaba antes el taburete, vi un pequeño trofeo. Una persona con una raqueta de tenis.

—¿Quién es el tenista de la familia?

Latoya me ofreció una sonrisa desdentada.

—Es el trofeo de mi papá. De cuando era pequeño como yo.

Miré de reojo a Marcus.

—Fue del verano en que tenía diez años —dijo Marcus—. Un programa para que los niños tuvieran algo que hacer. A todos los participantes nos dieron un trofeo.

«¿Y también una cadenita?».

—¿Eras bueno?

—No, qué va. Solo lo hice un verano.

Vangie acarició la espalda de Marcus.

—Venga, chicas, la cena ya está a punto.

Platos, cubiertos y vasos ocupaban la mayor parte de la mesa, así que le fuimos pasando los platos a Vangie para que los llenara con un jugoso pastel de carne, puré de patatas, mazorca de maíz y quimbombó frito. Le pasó un plato lleno a Larissa, que lo remató con una galleta caliente recién hecha y lo llevó con cuidado a la mesa. Latoya trajo la mantequilla, que incorporamos al puré, el maíz y las galletas antes de que se enfriaran.

Comimos en un silencio interrumpido tan solo por el sonido de los cubiertos al chocar con los platos, los suspiros de satisfacción y la reverberación de mis vasos sanguíneos al irse llenando de colesterol.

Apuré el té y dejé el vaso vacío en la mesa.

—Estaba buenísimo, Vangie. No recuerdo la última vez que comí algo tan bueno.

Los vaqueros se me clavaban en la barriga llena. Me recosté en la silla, con cuidado para que no saltase el botón.

—Gracias, querida. Es usted muy amable.

—A mí también me ha gustado, abuela. —Latoya levantó la muñeca que tenía en la falda—. Y a Elsa.

—Niña, ¿qué haces con ese juguete en la mesa? Ya sabes que no es correcto.

—No es un juguete, es Elsa. De la película que nos llevaste a ver el domingo. ¿No te acuerdas?

Marcus levantó la cabeza.

—No, cariño, fue el sábado, no el domingo.

—No, fue el domingo porque...

Vangie se levantó.

—Ya basta, Latoya. Lleva la muñeca a tu habitación y vuelve para ayudar a recoger la mesa.

—Sí, abuela.

¿El sábado o la sesión matinal del domingo? Ahí estaba la diferencia entre un Marcus con coartada o sin ella.

Recogí los platos sucios de Marcus y, junto con los míos, me dispuse a dejarlos en el fregadero.

Larissa me paró.

—Tengo que hacerlo yo, señorita Jen. Yo y Toya, o...

—Toya y yo —la corrigió Vangie.

La niña resopló y miró rápidamente a su abuela para ver si se había dado cuenta del gesto.

—Toya y yo tenemos que hacerlo porque si no, no hay paga.

Le pasé los platos.

—Perdóname, Larissa. No era mi intención entrometerme en tu forma de ganarte la vida.

La niña ladeó la cabeza.

—¿Qué?

Marcus le presionó los hombros.

—Nada, cariño. Solo bromeaba contigo.

—Si no se me permite ayudar a recoger, supongo que lo mejor será que me quite del medio. —Me volví hacia Vangie, que estaba tirando a la basura los restos que habían quedado en los platos—. Gracias por una cena tan fantástica.

—Vuelva siempre que quiera, querida. Estaremos encantados de recibirla.

Les dije adiós con la mano a los cuatro cuando salieron a despedirme y en mi pecho apareció de repente un espacio vacío. Aquella gente representaba lo más parecido a un grupo familiar que había compartido mi existencia desde el día en que estuve en casa de los padres de Brittany. Aunque, si Marcus hubiese querido reiniciar su relación con Aletha o protegerla eliminando a un marido maltratador, el grupo en cuestión podría albergar un asesino en su seno. Por lo que había visto hoy, me costaba imaginar a Marcus intentando asesinar a Tim para recuperar a Aletha. Sin embargo, su instinto de protección era evidente. Si de verdad creía que Tim estaba haciéndole daño a Aletha, podía imaginármelo sin problemas haciendo alguna cosa para solucionarlo. Pero la pregunta más importante quedaba pendiente de respuesta: ¿de dónde habrían sacado Marcus y Vangie aquella idea sobre Tim?

CAPÍTULO ONCE

El lunes por la mañana, el radio despertador a todo volumen me hizo entrar en el mundo de los vivos con Bob Seger cantando y corriendo contra el viento. Aporreé la tecla para pararlo, fallé, y la luz roja que anunciaba las siete de la mañana se burló de mí. Cuando conseguí silenciar aquel trasto, el *disc-jockey* había generado ya un auténtico vendaval y lo único que yo quería era gritar. El café y una ducha caliente tenían que formar parte de mi orden del día, no las manías tontas de un programa matutino de radio.

El agua caliente obró su magia mientras se preparaba el café. Estaba empezando a secarme el pelo con una toalla cuando sonó el teléfono. El identificador de llamadas me mostró un número de Nueva York que conocía bien, el que se correspondía con el nombre de mi agente. Vaya. La llamada no podía traer nada bueno. A mi editora se le debía de haber acabado la paciencia. Pero, por otro lado, también era posible que Hallmark hubiera decidido convertir *Problema doble* en película.

«Inspira hondo, suelta lentamente el aire».

Deslicé el dedo por la pantalla. Una secretaria cuya voz no reconocí dijo:

—Ruth Silverman quiere hablar con usted, un momento, por favor.

Estupendo. Los músculos de mis hombros se tensaron. A lo mejor conseguía inspirarle lástima. Ruth era más una consejera, una maestra y una amiga que una agente, todo ello envuelto en un paquete de apenas metro cincuenta de altura, cabello teñido de azul y ojos castaños.

La única vez que nos habíamos visto personalmente, me había sentido como el Empire State a su lado, pero si tuviéramos que enfrentarnos en una pelea, me impondría respeto. Era pequeña, pero un cartucho de dinamita también lo era y jamás se me ocurriría manipularlo.

Me entretuve jugando al concurso *Name that Tune* con el sucedáneo de música. *Greensleeves, California Dreaming* y algo demasiado oscuro como para ser reconocible, hasta que el marcado acento de Ruth interrumpió el zumbido pregrabado. Era nacida en Nueva York, pero, por motivos que se negaba a compartir, había adoptado la entonación típica de los países de Europa del Este, por mucho que el último de sus antepasados hubiera llegado a la isla de Ellis a finales del siglo XVIII.

El aroma que emanaba la cafetera me ilusionó con una promesa que quedó borrada por las palabras de Ruth.

—Y bien, *bubbele,* ¿qué tal va mi libro?

—Estoy segura de que tu libro va muy bien. Pero el mío no tanto. Sigo topándome con obstáculos.

Su voz metálica de manos libres me estremeció el tímpano.

—Tienes que darme algo. Para el viernes quiero tres capítulos, como mínimo.

Tres capítulos. Mi primer borrador cubría más o menos eso.

—Estoy peleándome con el tema. ¿Es necesario que sea bueno?

—No, a menos que quieras mantener el contrato.

Lo dijo con cierta sorna.

—Me lo temía.

Los dedos de Ruth dando golpecitos sobre su mesa deletrearon mi epitafio en código Morse. Retiró el manos libres.

—Pero ¿qué es esta tontería? ¿Por qué no puedes acabar el libro?

—He estado un poco distraída.

Le comenté los sucesos de la semana pasada y luego contuve la respiración, a la espera de que el hacha cayera sobre mi cuello.

—Supongo que el marido lo hizo por dinero.

Vacié mis pulmones y ahora fui yo la que puso el manos libres. Servir el café siempre había sido para mí una tarea que realizar con dos manos, a menos que casualmente aquel día vistiera de marrón.

—Lo supones tú y todo el mundo, incluyendo la policía. Creo que también sospechan de mí.

—Esto sí que es bueno. ¿Y por qué?

Dejé de nuevo la cafetera en el calentador.

—Por un lado, porque han encontrado un fragmento de mi estilográfica en la escena del crimen y, por el otro, porque le regalé a Aletha un ejemplar de *Problema doble* con una dedicatoria estúpida en la que hablaba sobre los motivos por los que sería capaz de matar a alguien. Era una broma, pero a la policía no le ha hecho ninguna gracia. Y dicen además que alguien les ha revelado que tengo una aventura con el marido.

—¿Y la tienes?

—¿Qué? No, Aletha era mi amiga.

—¿Y qué piensas hacer?

Vertí en el café la cantidad necesaria de mi crema de vainilla en polvo favorita para volverlo beis.

—No lo sé muy bien. Ojalá pudiera averiguar quién lo hizo. La policía no saca nada en claro.

—¿Y qué te lo impide? Escribes novelas de misterio, ¿no?

Ruth nunca medía sus palabras. Y era una de las cosas que me gustaban de ella. Hundí una cucharilla en la bolsa del azúcar, luego una segunda, dejando un rastro de bolitas marrones.

—Siempre planifico de entrada las historias. Sé quién lo hizo antes de que el cuerpo impacte contra el suelo. No tengo ni idea de por dónde empezar a investigar un asesinato real. Además, podría ser peligroso.

—¿Por dónde empezar? Por el principio, ¿no? Utiliza la imaginación.

Inspiré el aroma como si la taza contuviera un vino tinto caro en vez de café de marca blanca.

—Lo dices como si fuera tan sencillo.

—Umm... Quizá. Aunque puede que tengas razón. Es peligroso. Que se encargue mejor la policía.

—¿Bromeas? Han sugerido que la mató el marido para poder largarse conmigo. Si lo acorralan, el verdadero asesino quedará impune y yo seguiré implicada. De modo que, corra peligro o no, tengo que dejar limpia mi reputación.

—Eres joven, Jennifer. Tienes mucho que aprender, pero también mucho entusiasmo. Un entusiasmo que yo también tenía en su día, pero de eso hace mucho tiempo. Lo que me faltaba de cerebro lo compensaba con entusiasmo. Pero lo que a ti te falta de cerebro podría meterte en problemas si no te andas con cuidado.

Me detuve al ver el vapor que ascendía en espiral desde la taza, pero me aventuré con precaución a beber un sorbo.

—Lo sé. Por eso estoy preocupada.

—¿Dónde has dejado tu creatividad? Reflexiona un momento. ¿Qué fue lo que inició todo esto?

Buena pregunta. ¿Qué fue lo que indujo la situación? Solo había un motivo por el que Aletha tenía un barco al que subir a bordo, justo delante de su casa en el lago, aquel sábado por la tarde.

—El concurso. Sin el dinero que ganó en el concurso, Aletha no habría tenido ni casa ni barco. Pero esto no tiene sentido. ¿Qué puede tener que ver un concurso de ensayos con la muerte de Aletha?

—Seguramente nada, pero ¿no viene de ahí lo del nombre de «misterio»? Soluciona, pues, el misterio. Después de que me entregues esos tres capítulos.

—Lo haré.

Y con suerte, el cerebro que me faltaba no me metería en muchos problemas.

La conversación con Ruth me llenó de energía. Mis jugos creativos fluyeron por primera vez desde la muerte de Aletha. Me llevó unas dos horas hacer una edición somera del capítulo uno, dejándolo mejor, aunque sin considerarlo todavía final. Contaba con cuatro días y tenía que presentar dos capítulos más, entendido. Cuatro días para salvar mi futuro. Sin presiones.

Las palabras de Ruth resonaron en mi cabeza mientras deambulaba de un lado a otro del apartamento: «¿Por dónde empezar? Por el principio, ¿no?».

Sí, por el principio. El concurso. Jamás lograría averiguar qué había pasado si no disponía de más información sobre el concurso *Tu vida.*

Una búsqueda rápida por internet dio como resultado la consabida propaganda publicitaria y el anuncio de la ganadora. Avancé varias páginas más y encontré la necrológica de otra ganadora del concurso, un fallecimiento que se había producido a principios de este mismo año. Mi corazón subió de repente una marcha. Dos ganadoras del concurso habían muerto en menos de un año, lo que ponía en duda la posibilidad de una coincidencia. En un concurso organizado por Publisher's Clearing House, donde todos los ganadores eran gente mayor, quizá sí, ¿pero en un concurso de ensayos para gente que quería poner en marcha un negocio? Sería realmente una coincidencia excepcional.

Pero ¿por qué matar a los ganadores del concurso? ¿Y por qué a Aletha?

Quizá alguien tenía un problema con los ganadores. O quizá alguien del concurso estaba en un apuro que podía solventar eliminándolos. A saber. Fuera como fuese, podía encontrarme ante la pista que estaba buscando.

Me sequé las palmas de las manos en el pantalón. Necesitaba encontrar la manera de acceder a las oficinas de los organizadores del concurso. ¿Pero cómo? No hacían visitas guiadas a sus instalaciones. Podía presentarme a algún puesto de trabajo. No, sería muy lento. ¿Quién podría formular preguntas a las personas adecuadas sin que lo miraran mal? ¿Un policía? ¿Un investigador privado? Un periodista. La identificación de Scott seguía en el cajón de mi escritorio. En su día me había explicado que nadie le prestaba excesiva atención cuando la enseñaba. Si la mostraba cogiéndola correctamente, la gente no veía más que el anagrama de *Sutton Chronicle* en la parte superior. ¿Qué era lo peor que podía pasarme si alguien se daba cuenta del engaño? Que me echaran de allí. Merecía la pena intentarlo.

Cogí el teléfono, marqué el número que aparecía en la pantalla de mi ordenador, superé tres menús con distintas opciones de selección y sobreviví a la aventura hasta dar con una voz femenina humana del Departamento de Comunicaciones. Le expliqué que me gustaría conocer su reacción al fallecimiento de la última ganadora del concurso. Me dijo que no estaban autorizados a realizar entrevistas por teléfono, pero me ofreció una cita a las dos.

Me había tocado la lotería. Colgué y llamé a Brittany, que no dio la sensación de compartir mi entusiasmo cuando le expliqué lo que tenía en mente.

—¿Por qué quieres hacer eso?

—Porque necesito empezar por algún lado. He hablado con Marcus y con Tim y no he averiguado nada de utilidad. Tengo que abordar el tema desde un punto de vista distinto.

No hubo respuesta. Cambié el teléfono al otro oído.

Brittany dijo por fin:

—Lo entiendo, pero eres escritora, no detective. No sabes en qué podrías estar metiéndote.

—Tienes razón. Pero tengo que hacerlo por Aletha. Y por mí.

Brittany suspiró en mi oído.

—De acuerdo, pero iré contigo.

—¿Qué? ¿Por qué?

—Para cubrirte las espaldas, claro está. Una buena periodista debe ir acompañada por una fotógrafa, ¿no?

Su sonrisa infantil me provocó un cosquilleo.

—Es verdad… Lo que pasa es que conozco tus fotos.

—¡Ja, ja! Nadie las verá, tenlo claro. Es para cubrir las apariencias.

—De acuerdo, aunque solo tengo una identificación.

—No pasa nada. Utilizaré la que tengo del Ayuntamiento de Riddleton. Al menos, la fotografía y el nombre coincidirán.

—Perfecto. Tenemos un plan.

Como disponía aún de unas horas libres, abrí el capítulo dos para empezar su edición, pero las palabras de la pantalla rebotaban en mi cerebro para perderse en la atmósfera. Cerré el archivo. Y en su lugar apareció una página en blanco. Tecleé la frase «Preguntas para la entrevista» a modo de encabezado. ¿Qué quería averiguar y cómo podía obtener información sin alertar a la directora de Comunicaciones acerca de mis intenciones? ¿Cuál era mi objetivo? Averiguar algo que me ayudara a descubrir quién había matado a Aletha y por qué. ¿Podía el concurso, o alguien relacionado con él, tener algún tipo de conexión con la muerte de Aletha? Probablemente no, pero alguien tenía que saber algo. Una pista que me guiara en la dirección correcta. Fuera como fuese, el viaje valdría la pena, aunque no sacara nada en claro.

Disfruté del trayecto hasta Blackburn. Algo sorprendente al tratarse de un lunes al mediodía. Normalmente, el tráfico hacía que el viaje fuera espantoso. Pero Brittany y yo estábamos concentradas, yo en mis preguntas y ella intentando familiarizarse de nuevo con la Canon SLR que su padre le había regalado cuando cumplió los dieciséis con la vaga esperanza de que hiciese realidad su sueño. Brittany, sin embargo, no la había vuelto a tocar desde la época del instituto.

Acaricié la identificación de Scott mientras caminábamos desde el aparcamiento hasta el edificio alto con estructura de cristal.

«Inspira hondo, suelta lentamente el aire. Cabeza arriba, hombros abajo».

La sede de los organizadores del concurso *Tu vida* ocupaba toda la planta superior. Un ascensor daba acceso a un vestíbulo alfombrado con una moqueta de color granate tan mullida que nuestras pisadas quedaron marcadas. Las plaquitas en la parte inferior de todos los cuadros con marco dorado, que decoraban las paredes tapizadas en tela, daban fe de que se trataba de obras originales de artistas locales.

Miré de reojo a Brittany.

—¿Crees que les debe de quedar algo para pagar a los ganadores?

—No, me parece que el decorador se lo habrá llevado todo.

La recepcionista rubia platino nos acompañó hasta una puerta doble. Las paredes desnudas y oscuras del otro lado contrastaban con la sofisticación de la zona de recepción. Dudamos unos instantes hasta que nuestros ojos se acostumbraron a la luz más tenue, mientras que el silencio más absoluto me erizó el vello de los brazos y de la nuca y me puso en estado de alerta, con la sensación de que infinitos ojos ocultos vigilaban cada paso que daba. La tensión hizo que el breve recorrido por el pasillo pareciera durar diez kilómetros.

Leí «Comunicaciones» en la placa de latón de la tercera puerta a la izquierda. La abrí.

Una mujer con pantalón negro y polo de color azul se levantó y rodeó la mesa de despacho.

—¿Señorita Dawson?

—Sí. —Hice un gesto hacia Brittany—. Le presento a la señorita Dunlop. Se encargará de tomar algunas fotografías.

—Por supuesto. Acompáñenme, por favor.

Salimos de nuevo al pasillo y llegamos hasta una puerta al fondo a la derecha, con la placa de «Director ejecutivo».

—El señor Sikazian quiere hablar personalmente con usted.

Llamó y abrió la puerta.

La mesa de madera de arce que guardaba el sanctasanctórum estaba desocupada. Una placa de sobremesa declaraba que era propiedad de la señora Edna Babbitt, y que la puerta situada detrás era la de Albert Sikazian.

—Saldrá en un momento.

La mujer desapareció hacia el pasillo.

Me volví hacia Brittany y le dije, gesticulando con la boca y sin hacer ruido:

—¿De qué demonios va esto?

Brittany levantó las manos y se encogió de hombros.

Se abrió la puerta interior y apareció una mujer de mediana edad, concentrada en el contenido del dosier que llevaba en la mano. Vestía una falda negra por debajo de la rodilla y una chaqueta abotonada por encima de una blusa blanca con volantes que adornaba con un camafeo prendido al cuello. Costaba entender cómo conseguía caminar con aquellos zapatos de tacón, que se hundían en la moqueta más de un centímetro a cada paso que daba.

Impresionante. Yo me habría partido el tobillo con solo intentar levantarme de la silla con aquellos zapatos. Moví los dedos en el interior de mi amplio y confortable calzado plano, a conjunto con un traje pantalón azul marino y blusa azul celeste. Muy profesional. La perfecta imitación de una periodista.

La mujer —la señora Babbitt, imaginé— llevaba el pelo negro canoso recogido en un moño tan tenso que daba la impresión de haberse sometido a un estiramiento facial, aunque no se le desprendía ni un solo mechón.

Tragué saliva y me acerqué a ella. Tal vez fuera simplemente que la primera impresión era mala.

La mujer me miró por encima de sus gafas con montura de concha.

—¿Puedo ayudarlas en algo?

—Sí, señora. Soy Jennifer Dawson, del *Sutton Chronicle*. Tenía una cita con el señor Sikazian.

La mujer bufó.

—Llegan tarde.

«La alegría de la fiesta personificada».

—No, señora. Estábamos aquí esperando.

—¿No han visto el cartel? —Señaló una cartulina pegada en la esquina de la mesa. «Para ser atendidos, llamen aquí». Había una flecha que señalaba un botón blanco sujeto a un cable grapado a lo largo de la mesa—. Si hubieran pulsado el botón, habría sabido que había llegado y no se habría hecho tarde.

Y si la mujer del Departamento de Comunicaciones me hubiera informado al respecto, habría pulsado el botón. Tenía la sensación de haber muerto y haberme reencarnado en una colegiala de tercero de primaria de un colegio católico.

—Sí, señora. Así ya lo sé para la próxima vez.

—Bueno. Estará usted de suerte si es que hay una próxima vez. Déjeme ver si el señor Sikazian está aún disponible para hablar con usted.

La señora Babbitt nos dejó delante de la barricada de madera de arce. Penitentes a la espera de la dispensa papal.

Sonó el teléfono; alguien lo respondió. La señora Babbitt, con cara de haberse tragado un limón, reapareció para anunciarnos que el señor Sikazian nos atendería brevemente.

Brittany y yo tomamos asiento en las dos sillas disponibles.

—¿Qué está pasando aquí? —preguntó Brittany en voz baja.

—No tengo ni idea, pero empiezo a ponerme nerviosa.

La señora Babbitt estudió su dosier.

Me incliné hacia Brittany.

—Haz algunas fotos para que parezca que sabemos qué estamos haciendo.

Brittany levantó la cámara y presionó el disparador varias veces, enfocando el objetivo hacia distintos puntos del despacho.

La agarré por el brazo.

Brittany volvió la cabeza con brusquedad.

—¿Qué pasa?

—Saca la tapa.

Se llevó la mano a la boca mientras yo me apresuraba a retirar la tapa.

—Inténtalo ahora, bobalicona.

Mientras Brittany tomaba fotos de la sala de espera, yo fijé la mirada en el teléfono de la mesa de la señora Babbitt. Cuando vi que el señor Sikazian pasaba a realizar otra llamada saliente, tuve claro que habíamos entrado en el juego de manera incorrecta. Mi madre siempre decía que el que no llora no mama. Y Dana Davenport no podía estar más de acuerdo con ello. Yo nunca había exigido mucha atención, pero había desarrollado una habilidad especial para las conversaciones triviales. Dolorosas y tediosas conversaciones triviales.

Le di un codazo a Brittany.

—Ya verás cómo nos metemos ahí. Tú observa.

Brittany levantó la ceja.

Me acerqué a la mesa y dejé que Dana tomara la iniciativa.

—Veo que vuelve a estar al teléfono.

Sin respuesta.

—¿Sabe? Siempre me he preguntado dónde estaría hoy el mundo si no se hubiera inventado el teléfono. ¿Usted no?

La señora Babbitt apartó la vista del dosier lo suficiente como para responder «No» y reiniciar su lectura.

Tiempo de poner en funcionamiento el encanto.

—¿En serio? Vaya. Pero piénselo. Piense cuánta gente hay que no puede vivir sin un teléfono. Sé de gente que llegará el día que necesitará que le extirpen quirúrgicamente el teléfono de la mano.

Me miró por encima de sus gafas de lectura. Esbocé mi mejor sonrisa.

—Tome asiento, por favor, señorita...

Le tendí la mano.

—Dawson. Jen Dawson. Encantada de conocerla.

—Tome asiento, por favor, señorita Dawson.

—No se preocupe. —Cogí la placa identificativa que tenía en la mesa y me encaramé al espacio que había dejado vacío. El borde de la mesa se me clavó en los muslos, pero la cara de horror que puso la mujer al verme hizo que el malestar mereciese la pena—. Babbitt. Qué interesante. ¿Qué tipo de apellido es ese?

—¡Salga de mi mesa! ¿No ve que estoy ocupada?

Me arrancó la plaquita de la mano y la volvió a colocar en su sitio de mala gana.

—Oh, lo siento mucho. ¿Le estoy impidiendo trabajar? No diré nada más. Estaré callada como un ratoncito. No oirá ni un chirrido más de mi boca. —Fingí que volvía a la silla, pero entonces cogí la fotografía enmarcada que había en una esquina de la mesa. Me mantuve alejada del alcance de la mano de aquella mujer. La señora Babbitt, con una sonrisa de oreja a oreja delante de una casa colonial de dos plantas recién pintada de blanco—. ¿Es su casa?

La mujer se enderezó en su asiento.

—Sí, es mi casa. Y ahora, devuélvame eso, por favor.

Estuvo cerca de esbozar una sonrisa, pero el enojo la anuló.

Aleluya. Acababa de descubrir el alma de la señora Babbitt. La fotografía era el único detalle personal de toda la estancia.

—Es preciosa. ¿Es aquí, en la ciudad?

—Está en Valley Hills. Y ahora, si no le importa, tengo trabajo que hacer.

Se levantó y me tendió la mano.

—¿Es médico su esposo, o algo por el estilo?

—No, la casa es mía. No estoy casada.

—Pues en la placa con su nombre no consta así.

—No es que eso sea asunto suyo, pero si consta así es para evitar atenciones no deseadas. Y ahora, devuélvame, por favor, la fotografía y siéntese.

La señora Babbitt que todos conocíamos, y que nadie quería, había reaparecido, de modo que se la devolví.

Valley Hills. Uno de los barrios más caros de la ciudad. Las secretarias ejecutivas debían de ganar mucho más dinero de lo que me imaginaba. A lo mejor tendría que considerarlo como un plan B.

La luz de la centralita parpadeó.

—Mire eso. El señor Sikazian ha colgado. ¿Podría mirar si ya puede recibirnos?

—Lo haré encantada.

Un minuto más tarde, accedimos al despacho.

«Esto es lo que yo llamo un buen servicio».

Capítulo doce

La estancia recordaba una casa de campo, con paredes cubiertas con paneles de madera oscura decoradas con escenas inglesas de caza y un róbalo disecado de un metro de largo colocado sobre una placa que ocupaba un lugar de privilegio por encima de un mueble bar espléndidamente surtido. Una cabeza de ciervo, con una cornamenta tan grande que podría servir a la perfección como perchero para todo un equipo de fútbol, nos observaba desde la pared de detrás de nosotras. Un dulce aroma a tabaco de pipa entraba en conflicto con mi aprensión. Mi padre desprendía ese olor cuando me cogía en brazos mientras mi madre me curaba las raspaduras de las rodillas. Uno de mis primeros recuerdos.

El aroma ascendía desde el respaldo alto de un sillón de cuero situado detrás de una gigantesca mesa de despacho de caoba, completamente vacía con la excepción de un protector de escritorio, una bandeja con bolígrafos y clips, un teléfono y un ordenador. La superficie resplandecía como un espejo. Más allá del sillón, una pared exterior de cristal dominaba el horizonte de Blackburn.

Sin volverse, el señor Sikazian dijo:

—Gracias, Edna. Esto es todo. —Y mirando todavía hacia la ventana, añadió—: Siento haberla hecho esperar. A veces, pierdo el sentido del tiempo.

Brittany y yo intercambiamos miradas. ¿Había retrasado la cita para pasar el rato mirando por la ventana? La directora de Comunicaciones

148

había programado la entrevista. Una vez más, volvía a tener más preguntas que respuestas.

Cambié el peso hacia el otro pie y tamborileé con los dedos sobre el muslo hasta que el asiento giró hacia nosotras.

Por el entorno, esperaba encontrarme con un tipo alto y de aspecto aristocrático, con un bigote tipo Errol Flynn y una pipa. Pero delante de mí tenía a Papá Noel. Un gemelo idéntico de Santa Claus. Aunque, claro está, Santa no tendría en sus manos una copa de balón medio vacía a las dos de la tarde.

—Tome asiento, por favor, señorita Dawson.

Sikazian se levantó con cierto esfuerzo.

—Gracias.

Me dejé caer en uno de los sillones que complementaban la gigantesca mesa.

Santa tenía unas ojeras azuladas que contrastaban con el tono rosado inducido por el alcohol que cubría sus mejillas y su nariz, todo ello rodeado por un pelo rigurosamente blanco y una barba muy bien cuidada, acentuada por unos labios carnosos y rosados. Apuró la copa y se acercó al mueble bar para volver a llenarla.

Mientras aquella parodia en traje de raya diplomática se entretenía, me deslicé hasta la punta de mi asiento. ¿Tendría el problema de Santa con la bebida alguna cosa que ver con la muerte de Aletha? ¿O sería que le habrían llamado hoy todos sus duendes ayudantes para comunicarle que estaban enfermos e iban a coger la baja?

Santa tomó asiento y me miró por encima del borde de sus gafas.

—Pues muy bien, señorita Dawson, si es que de verdad se llama usted así. ¿Le importaría contarme quién es y qué hace aquí?

Brittany se quedó paralizada con la cámara delante de la cara.

Y yo me quedé boquiabierta.

Sikazian bebió un trago.

—La señora Krieger, la directora de Comunicaciones, ha estado investigando justo después de colgar. E imagino que sabe lo que ha encontrado.

Puse cara de póker. Brittany se sentó a mi lado.

Sikazian dejó la copa encima del protector.

—¿Qué quiere de nosotros?

Brittany me habló al oído:

—Cuéntale la verdad. Lo peor que puede pasar es que nos eche.

Como siempre, Brittany tenía razón.

—Aletha Cunningham era amiga mía.

Sikazian se acarició la barba con una mano mientras cogía la copa con la otra.

—Edna me contó lo de ese terrible accidente. Una tragedia.

—La policía cree que fue una bomba, no un accidente.

Los dedos de Sikazian se tensaron alrededor de la copa, un gesto que transformó el color de sus cuidadas uñas, que pasaron del rosa al blanco.

—Lo cual complica las cosas.

Me adelanté en mi asiento.

—¿Qué quiere decir?

Sikazian agitó la mano que tenía libre.

—Nunca había fallecido un receptor de nuestro galardón. Lo cual provoca dificultades con…

¿Nunca? ¿Y la necrológica que había visto? Tal vez resultaba que Santa tenía un secreto que no guardaba ninguna relación con mi regalo de Navidad de este año.

Sikazian dejó de nuevo la copa sobre el protector y unió las manos por encima de la mesa.

—Siento mucho esta pérdida, señorita Dawson, pero sigo sin comprender por qué ha venido.

—Mi amiga ha muerto. Necesito averiguar qué pasó y por qué. Y este me ha parecido un lugar lógico por donde empezar.

—Tal vez debería permitir que fuera la policía la que decidiera por dónde empezar. —Acercó la mano al teléfono—. No pienso llamarlos, pero voy a pedir a Edna que las acompañe a la puerta.

Me levanté de un brinco.

—Espere, por favor.

Titubeó. Su dedo índice planeó por encima del botón del intercomunicador.

150

—No he sido del todo sincera.

Sikazian apartó la mano.

—Adelante.

«Piensa rápido, Jen».

—Aletha era mi amiga, y para mí es muy importante averiguar qué le pasó, pero la verdad es que también considero que es una trama fantástica para una novela. Tengo todo el día encima a mi editora presionándome para que le entregue algo y estoy desesperada. Ya no sé qué hacer.

Sikazian se quedó mirándome.

—Escribe novelas de misterio. No entiendo muy bien cómo podemos ayudarla, pero estoy dispuesto a intentarlo. A mi esposa le gustó mucho su libro y jamás me lo perdonaría si me negara a echarle una mano. Está esperando con ansia la siguiente entrega. —Se levantó de su asiento—. Venga, le enseñaré un poco todo esto.

La visita tal vez no fuera tan mala idea, pensé. Me brindaría la oportunidad de sacarle más información a Sikazian.

De pronto, se abrió la puerta del despacho y la señora Babbitt entró en tromba.

—¿Puedo hablar un momento con usted, señor Sikazian?

—¿Qué sucede, Edna?

El rostro de la mujer se tensó hasta adoptar la expresión con el ceño fruncido que ya empezaba a resultarme familiar.

—¡En privado!

La señora Babbitt giró sobre sí misma.

Y la cara de Sikazian se quedó blanca.

En el instante en que se cerró la puerta, Brittany empezó a tomar fotos de la mesa de despacho y del interior de todos los cajones que fue capaz de abrir. Entre tanto, yo cogí un cuadrito con dos fotografías que había encima del archivador, con cuidado de no manchar el marco de plata. A la izquierda, la foto de una mujer que se parecía más a la perfecta ama de casa que a la señora Santa Claus acompañada por dos niñas idénticas con vestiditos de color rosa de mediados de los ochenta. En la foto de la derecha, se habían transformado en radiantes mujeres del nuevo milenio. La esposa y las hijas de Sikazian. ¿Estarían al corriente de los problemas de su esposo y progenitor? Se las veía demasiado felices como para ser parte de sus problemas, aunque todo podía ser. Una imagen valía más que mil palabras, pero nunca servía para contar la totalidad de la historia.

Corrimos de nuevo a nuestros asientos justo cuando la puerta se abría a nuestras espaldas. A una velocidad sorprendente, Sikazian regresó a su mesa. El corazón se me disparó. Me costó un gran esfuerzo controlar la respiración.

Pero la verdad es que daba igual, porque ni siquiera nos miró.

—Les ruego que me disculpen por la interrupción.

—No pasa nada. ¿Va todo bien? —Con un poco de suerte, nos diría algo de utilidad.

—Sí, por supuesto. Edna tenía una pregunta sobre la auditoría.

—¿Tienen auditorías a menudo?

Sikazian levantó la copa vacía, frunció el ceño y volvió a dejarla en la mesa.

—La verdad es que no. Tenemos una auditoría general cada año y una inspección detallada de los libros de cuentas cada cinco. La última de las cuales tuvo como resultado la caída de mi predecesor.

«Y también acabará con Santa, si resulta que tienen en cuenta su consumo de alcohol».

—¿En qué sentido?

—Imagino que se habrán dado cuenta de que tenía gustos muy caros. —Sikazian abarcó con un gesto el mobiliario—. Por desgracia, el dinero de la decoración se había asignado a otras cosas.

Sus labios esbozaron una mala imitación de una sonrisa. La copa tembló en su mano.

—A veces, las auditorías son complicadas.

Me esquivó la mirada.

—Sí, pero pensaba que tendríamos más…

Se volvió hacia la ventana.

—¿Más qué, señor Sikazian?

Puso mala cara.

—Más gente que nos ayude a prepararlas, pero últimamente ha habido varias bajas y no hemos podido sustituirlas a tiempo. —Sikazian se levantó, rodeó la mesa y tropezó, como si se hubiese pisado el cordón del zapato—. ¿Vamos?

Los ojos amplificados de la señora Babbitt nos siguieron cuando pasamos por delante de su mesa. Contuve las ganas de volverme y sacarle la lengua. Un paso minúsculo hacia la madurez, que seguía siendo mi objetivo a largo plazo, aunque Peter Pan siempre sería uno de mis héroes.

Accedimos al sombrío e inquietante pasillo que recorrimos hasta llegar a una puerta identificada como «Seguridad».

—Este es un buen lugar por donde empezar —dijo Sikazian.

Nos asaltó de repente una pared de pantallas de televisión, todas con escenas distintas. En una de ellas se veía el despacho de Sikazian. Vaya.

Un hombre de rostro inexpresivo y mirada penetrante, vestido con un uniforme de color gris acero complementado con pistola, porra y esposas, estaba de pie delante de las pantallas. En la placa que llevaba a la altura del bolsillo delantero derecho, podía leerse: «Jefe de Seguridad».

—Buenas tardes, señorita Dawson, señorita Dunlop, las estábamos esperando.

Enarqué las cejas y miré a Sikazian.

—Aquí dentro no sucede nada sin el visto bueno de seguridad. Imagino que no tardarán en instalar una cámara en el baño de hombres.

Repasé con la mirada el panel de pantallas en busca de las cámaras de los baños. No encontré ninguna.

—¿Quiere decir que ni siquiera puede conceder una entrevista si no pasa antes por el visto bueno de seguridad?

—Eso es. Por eso nos cuesta tanto encontrar personal.

—Se entiende, sí.

Todas las estancias tenían una cámara, y el pasillo dos. No me extrañaba haber sentido aquellos escalofríos al llegar. El Gran Hermano lo controlaba todo.

¿Y por qué el tipo de Seguridad no informaba a Santa sobre la incursión que acabábamos de hacer en su despacho? Quizá ya lo había hecho. Fuera como fuese, el caso es que Sikazian nos hizo salir de nuevo al pasillo sin dudarlo un instante.

Visitamos otros despachos sin enterarnos de ninguna novedad relevante, a pesar de mis muchas preguntas. Y no porque Sikazian las dejara sin contestar. Pero no intuí ni indicios de engaño ni intentos de ocultar nada. Además, a diferencia de la mayoría de los entornos de trabajo en los que me había encontrado, vi muchas más sonrisas que malas caras. Supuse que tener como jefe a Santa Claus generaba un ambiente de alegría navideña eterna. Para todo el mundo excepto para Santa, y su duendecillo jefe, la señora Babbitt.

En el Departamento de Relaciones Públicas me entregaron un vídeo y un dosier promocional sobre el funcionamiento de *Tu vida* y el concurso anual. Cada día se recibían miles de proyectos para participar en el concurso, que se sometían a cribado en la sala de correo y de allí iban directos al jurado, y en el Departamento de Recibos y Pagos nos explicaron cómo procesaban los cheques de cien dólares correspondientes a la cuota de acceso al concurso. Los premios de ciento cincuenta mil dólares anuales se depositaban en la cuenta bancaria del ganador durante un periodo de cinco años.

Un montaje brillante. Una organización benéfica con ánimo de lucro. La gente pagaba dinero para tener la oportunidad de ganar la cantidad necesaria para poner en marcha el negocio de sus sueños. Aunque tenía que ser siempre un proyecto que ayudara a los demás de alguna manera. Un montaje en el que todos salían ganando. O casi todos. Los dos ganadores que habían muerto habían acabado perdiendo.

En el instante en que entramos en el Departamento de Contabilidad, el ambiente se volvió más cargado, los sonidos se amortiguaron. Los que trabajaban allí parecían ir vestidos con un abrigo de tensión y tenían los ojos enrojecidos como resultado de muchas noches en vela. Incluso el espacio en sí, desprovisto de todo tipo de decoración frívola y de objetos personales, era distinto al resto de las oficinas. Era el lugar donde de verdad se hacían los negocios, en aquel negocio conocido como la sede del concurso *Tu vida*.

Llené los pulmones de aire cargado de plomo mientras Sikazian controlaba la sala con la mirada.

Un hombre con las mangas de la camisa arremangadas y la corbata torcida entró corriendo por la puerta que quedaba justo detrás de nosotros.

—¿Alguien tiene cambio de cinco? He perdido mi último dólar en esa puta... —Cuando se volvió hacia nosotros, se puso rojo como un tomate—. Oh, lo... lo siento, señor. No sabía que estaba... No era mi intención...

Sikazian soltó una carcajada, que no se pareció en nada al «¡Jo, jo, jo!» de Santa.

—Te entiendo perfectamente, Craig. Calculo que debo de haber perdido unos cincuenta dólares en esas putas máquinas. —Palpó el interior de la americana y extrajo del bolsillo una billetera de cuero repujado. Sacó cinco billetes de dólar que parecían recién salidos del horno, los intercambió por el arrugado billete de cinco de Craig y no hizo ningún gesto para alisarlo antes de guardarlo en la cartera—. Ah, por cierto, Craig, te presento a Jennifer Dawson y Brittany Dunlop. Están trabajando en un artículo sobre nuestra organización. Señoras, Craig Marshall es el atribulado jefe de nuestro Departamento de Contabilidad.

Le tendí la mano.

—Llámeme Jen.

Craig me la estrechó, con fuerza pero sin estrujarme.

—Encantada de conocerla. Enseguida vuelvo. Si no bebo algo enseguida, creo que moriré.

Saludó con un gesto a Sikazian antes de marchar hacia la cantina para volver a apostar con la máquina expendedora.

Cuando Sikazian volvió a guardarse la cartera en el bolsillo, se le cayó al suelo un papel doblado que acabó aterrizando justo al lado de la punta de su brillante zapato marrón. Murmuré algo diciendo que se me había desatado un cordón y me agaché. Mientras me ataba de nuevo mi zapato tipo Oxford azul marino, recuperé el papel y, desoyendo los consejos de mi madre, lo guardé en la bolsa de la cámara de Brittany. ¿Una pista? ¿La factura de la tintorería? En cuanto tuviera oportunidad de mirarlo, descubriría qué era.

Sikazian tomó mi mano entre las suyas. Un gesto inquietante, propio de los tiempos anteriores a la guerra de Secesión. Resistí el impulso de apartarme.

—Ha sido un placer conocerla, pero debo volver al trabajo.

El alcohol flotaba entre nosotros.

—Gracias por la visita a la sede de *Tu vida*. Ha sido muy interesante e informativa.

Aunque no lo bastante informativa. Al menos, por ahora.

Sikazian se inclinó ligeramente para saludarme con una especie de reverencia, haciendo gala de una elegancia contenida que evocaba el siglo XIX. Más adecuada para la gloria dorada de la zona de recepción que para los insulsos confines del Departamento de Contabilidad.

—Me alegro de que le haya gustado. Y espero que encuentre las respuestas que anda buscando. Craig las acompañará hasta la salida, puesto que Seguridad exige que en esta zona cualquier visitante circule acompañado por algún empleado.

En cuanto se marchó, le dije a Brittany al oído:

—Haz todas las fotos que puedas. Tengo el presentimiento de que aquí sucede algo.

Craig volvió y me indicó con señas que lo siguiera hasta su mesa. Porque imaginé que en algún lado tendría una mesa. Era mi tipo: altura media, ni gordo ni flaco, y desorganizado. Ni guapo ni feo. Pero sospechaba que debajo de aquel aspecto tan normal tenía un cerebro tan afilado que sería capaz de cortar en rodajas un tomate maduro sin derramar ni una sola gota de jugo.

—Siento haberla hecho esperar —dijo Craig—. Está siendo un día infernal. —Señaló una silla que había junto a su mesa—. Y entonces, ¿de qué va este artículo?

—En realidad no es un artículo. Soy novelista y he pensado que el concurso podría ser un telón de fondo interesante para un libro. ¿Tiene tiempo para un par de preguntas?

156

Empezaba a darme cuenta de que la falta de sinceridad se había convertido en algo natural en mí. Tendría que hacérmelo mirar.

Su sonrisa reveló unos dientes un poco torcidos.

—Puedo destinarle unos minutos. El fin de semana pasado falleció una de nuestras ganadoras y el papeleo es una pesadilla. Estoy empezando con ello ahora, para no quedarme atascado como me sucedió la otra vez.

¿Por qué Sikazian dijo que nunca antes había fallecido un ganador del concurso?

—¿Está diciéndome que ya había fallecido otro ganador? ¿Le importaría explicarme un poco más al respecto?

—Fue una tragedia. A principios de este año, una de nuestras ganadoras, una mujer de Georgia, falleció en accidente de tráfico. Estuve dos semanas enteras trabajando hasta las tantas para ponerlo todo en orden, pero aprendí la lección. No pienso volver a pasar por eso. Y encima con la auditoría esta del infierno en la que estamos metidos.

—¿Cómo se llamaba la mujer?

Craig se quedó pensativo unos instantes.

—Lo siento, pero no lo recuerdo.

Mi mente se quedó en blanco. Vamos, Daniel, no me falles ahora.

—A estas alturas debe de ser usted todo un profesional de las auditorías.

—Así es, pero si me dieron este trabajo fue porque el tipo al que sustituí no estaba preparado. No me interesa seguir su ejemplo. —Miró el reloj—. Y ahora, si no necesita nada más, tengo que volver al trabajo.

—Solo otra pregunta, si no le importa.

Asintió.

—¿Cree que existe alguna relación entre el fallecimiento de las dos ganadoras?

Craig levantó ambas cejas.

—Nunca se me había pasado por la cabeza.

—¿Y se le podría pasar ahora?

Me miró fijamente.

—No veo cómo podrían estar relacionadas, pero cosas más raras han pasado, imagino.

—¿Qué sucede con el dinero del premio cuando fallece un ganador?

—El dinero va ligado al proyecto que se está financiando. De manera que la persona que pasa a controlar el proyecto recibe el resto de los pagos. Y un pago inmediato adicional para ayudarle con los gastos. Para que el proyecto pueda mantenerse a flote hasta que llegue el momento de abonar el pago siguiente.

—Gracias por su tiempo. Ha sido muy útil.

Craig nos acompañó hasta el ascensor y se quedó allí hasta que se cerraron las puertas. Bajamos en silencio. El recuerdo de que había cámaras ocultas por todos lados dictó nuestros movimientos.

Me relajé un poco cuando la llave del coche se introdujo en la cerradura de la puerta del lado del conductor. Brittany esperó a que abriera la de su lado. Sonreí y le hizo gestos desde dentro.

Vi que movía la boca para decir «Abre la puerta». Y al ver que no funcionaba, me mostró la bolsa de la cámara.

Meterse con ella de vez en cuando era divertido. Y a menudo me devolvía el favor. Abrí la puerta.

—He imaginado que con eso bastaría.

Se instaló en el asiento del acompañante y apartó el bajo de su falda tobillera con estampado floral antes de que se cerrara la puerta.

—Por supuesto. Necesito esas fotos.

—Yo también te quiero.

Informé a Brittany de la conversación que había mantenido con Craig mientras ella fotografiaba la oficina.

—Ahora que ya estás al corriente de todo, ¿qué piensas que pasa ahí dentro?

—Lo único que tenemos son fragmentos sueltos. Es imposible adivinar cómo encajan, al menos por el momento. O si tienen alguna cosa que ver con la muerte de Aletha.

Me incorporé a la autopista.

—¿Quién crees tú que mató a Aletha?

—No lo sé. ¿Has tenido noticias de Russell?

—No. —Aquel espacio vacío reapareció en mi pecho—. ¿Por qué le odias tanto?

—No le odio. —Dudó—. Pero hay algo en él que me inquieta.

—Me parece que estás celosa.

La miré de reojo y cerré la boca para impedir una sonrisa.

—Lo que dices es una locura. ¿Por qué tendría que estar celosa?

—Es inteligente, atractivo, y le gusto.

—¿Adónde quieres ir a parar?

—A que no estás acostumbrada a compartirme con nadie.

—Jennifer Dawson, eres mi mejor amiga. Me encantaría que sentases la cabeza y fueses feliz. Además, Scott me gustaba, ¿no?

«Sí, y ya ves cómo acabó la cosa». Aunque Brittany no tuvo ninguna culpa.

—Bueno, ya basta del tema. ¿Sabes? Estoy empezando a pensar que al final igual resulta que sí que fue Tim.

—¿Por qué?

—Porque tenía tanto motivos como la oportunidad de hacerlo, y porque ha mentido sobre varias cosas. Pinta mal, no sé si me explico.

Brittany cambió de posición para poder mirarme.

—Todo eso es circunstancial. No significa que él sea el asesino. Además, si existiera alguna prueba sólida, la policía ya lo habría arrestado, ¿no?

—Probablemente. Olinski parece dispuesto a echarle el guante. Y yo también. Hablando de Olinski, sigue siendo bastante mono. Me parece que sé de alguien que podría ser su tipo.

—No sé de qué hablas. Y de ninguna manera voy a estar yo interesada por alguno de tus rechazados.

Me arriesgué a lanzar una mirada rápida en su dirección.

—Yo no lo rechacé. Fue él quien me dejó, no sé si lo recuerdas. Me acusó de haberlo abandonado cuando más me necesitaba.

—Razón de más para no querer tener nada que ver con él.

—¿Por qué no? Podría ser perfecto para ti. Lo veo con claridad: Brittiella y el Príncipe no tan Encantador alejándose bajo la luz de la puesta de sol para vivir felices y comer perdices.

Brittany se cruzó de brazos.

—Olvídalo. No pienso permitir que actúes de casamentera. Además, contigo fue un auténtico cabrón. Y yo no estoy preparada aún para salir con nadie.

—Venga, vamos, Brittle. —Utilicé el odiado diminutivo para hacerla enfadar—. Estarías estupenda con ese sombrero de pico y un solo zapato.

—Sí, lo que tú digas. Has perdido lo poco que te quedaba de cabeza. Esta conversación queda oficialmente terminada.

Estuvimos charlando sobre su familia hasta que la dejé en la biblioteca. Brittany salió del coche y yo me dirigí a mi casa. Tenía un rompecabezas con muchas piezas que encajar.

Capítulo trece

El martes por la mañana, Brittany y yo fuimos en dos coches al funeral de Aletha, puesto que después yo tenía una cita en el despacho del abogado y ella tenía que ir a trabajar. Llegué primero. Los vehículos estacionados en la calle iban desde un viejo y destartalado Nissan, el mío, hasta un Lincoln Town Car recién salido de fábrica, negro y resplandeciente. Cuando aparqué detrás de un Mustang descapotable en color gris acero, llegué a la conclusión de que mi coche parecía el hijastro pobre. Igual que Cenicienta en su día, y luego mira lo bien que acabó, me dije.

Vi a Russell junto a su Honda, elegantemente vestido con traje negro, camisa gris claro y corbata gris antracita. Toda la sangre de mi cuerpo convergió en mi cara. Me recordó a Frank, aquel chico malo guapísimo al que dio vida Leonardo DiCaprio en *Atrápame si puedes*, y temía que su personalidad estuviera a su altura. A pesar de todos mis esfuerzos, su encanto lo salvaría de mi ira, algo que sospechaba que debía de haberle funcionado infinidad de veces con otras, y que él, además, sabía.

Russell sonrió, sin dar indicios de tener idea de por qué yo podía estar molesta.

Me rasqué la nuca.

—Hola, desconocido, ¿qué tal estás?

Me miró de arriba abajo y arqueó las cejas.

—No tan bien como tú, por lo que veo. —Me cogió ambas manos—. Te he echado de menos estos últimos días.

Mi cuerpo respondió al contacto, a pesar de mi deseo de mantenerme fría y distante. Me volví para esconder el calor que encendía mis mejillas. Mi carne me estaba traicionando. Y en un funeral, nada más y nada menos. Russell intentó rodearme con el brazo, pero me aparté de su embriagador aroma a Axe.

—Oh, ¿lo dices en serio? He estado por aquí todo este tiempo. ¿Y tú?

—Fui a visitar a mi madre y he venido directamente aquí para darte una sorpresa. Y para presentar mis respetos a la familia de Aletha, claro está.

«Está lleno de sorpresas». O, tal vez, había algo más.

Crucé los brazos sobre mi pecho. La razón por la que estábamos allí pesaba como una piedra en mi corazón.

—Tenía que irme unos días. Conoces bien esa sensación. Si se lo permites, Riddleton puede llegar a ser asfixiante. Una ciudad pequeña con mentalidades pequeñas. ¿Pero tú y yo? Nosotros somos distintos. Sabemos que ahí fuera existe un mundo que nos espera con los brazos abiertos. Esa es una de las cosas que más me atrajo al principio de ti.

Carraspeé y le acaricié el brazo con la punta de los dedos. Por primera vez, alguien me entendía. Ni siquiera Scott llegó a comprenderme del modo en que Russell parecía hacerlo. Y Olinski no me entendía. En absoluto. Aunque, la verdad sea dicha, en la época del instituto no me entendía ni yo.

—Mira, sé que estás molesta por lo que pasó el otro día, pero puedo explicarme.

—Adelante.

Sacudió la manga de la chaqueta para apartar una mosca pesada.

Hice esfuerzos para ignorar sus dedos largos y finos y dejar de imaginármelos recorriéndome todo el cuerpo.

Como si pudiera leerme los pensamientos, Russell descansó las manos sobre mis hombros.

—Estaba mal por lo que le había pasado a Aletha y debería haber esperado antes de ver a Tim. Perdí los nervios. Y entonces apareciste tú. No quería ponerte en medio de todo aquello.

—¿Y por qué no te explicaste cuando luego estuvimos hablando fuera? ¿Por qué no respondiste a mis llamadas?

Me miró desde debajo de sus cejas oscuras.

—Estaba hecho un lío con mis sentimientos, y mi madre lo oye todo. Sería capaz de casarnos antes incluso de que nos diera tiempo a conocer nuestros respectivos apellidos.

—Conozco el tuyo. ¿Quieres decir que no conoces el mío?

Bajó la cabeza. Y la manera en que volvió a mirarme hizo que mi sangre se acumulara en todos los lugares donde no debía hacerlo. Sus hoyuelos desaparecieron al esbozar una sonrisa. Había conseguido evadirse de un problema una vez más. La maldición de su endiablado encanto. Una maldición para mí, claro.

Brittany llegó en el momento justo, saludó a Russell y me cogió del brazo. Entramos juntas a la librería, con Russell siguiéndonos. En el instante en que se cerró la puerta a nuestras espaldas, me inundó una mezcla aromática de crisantemos, gladiolos y bocas de dragón. Jarrones con flores adornaban todas las superficies planas y varios arreglos florales dividían la sala a la altura de la sección infantil.

Olinski y Havermayer estaban plantados en la esquina de la sección de Arte, desde donde observaban a la gente que iba entrando. Sentí un hormigueo y me negué a mirar hacia allí. Reconocer su presencia equivaldría a admitir que me consideraban sospechosa. Y hoy no era el día para esas cosas.

Firmamos el libro de invitados que habían dejado en un atril junto a la puerta. Los familiares de Aletha habían retirado las mesas y habían dispuesto las sillas en filas a ambos lados de un improvisado pasillo. Al fondo, al lado de la cafetería, habían instalado una pequeña plataforma elevada y una base decorada donde descansaba una sencilla urna de plata. Las cenizas de Aletha. Tragué saliva y mis hombros cayeron de golpe.

Las tres primeras filas de asientos estaban ocupadas por familiares y amigos. Eric, Angus y Lacey susurraban entre ellos en la cuarta fila. Los saludé y tomé asiento en una silla situada hacia la mitad, en el otro lado del pasillo. Russell se sentó a mi lado.

Brittany señaló a Tim, que estaba en medio de un pequeño grupo de asistentes, cerca de la plataforma.

—Iré a presentarle mis respetos —dijo.

Me volví hacia Russell.

—Me acusó de tener una aventura con Aletha, ¿te imaginas?

¿También Russell? Otro ejemplo del carácter celoso de Tim.

—No hay nada imposible.

—Pues eso lo era. No entiendo por qué, pero Aletha amaba a ese hombre. —Movió la cabeza en dirección a Tim—. Ella era mi jefa, nada más.

Cambió de postura y cruzó las piernas. Los libros románticos de la estantería que quedaba a su derecha capturaron su atención. ¿Por qué parecía tan incómodo?

Miré hacia el otro lado.

Cuando noté su dedo debajo de mi barbilla, volví de nuevo la cabeza hacia él.

—Lo digo en serio. No tenía ningún tipo de relación personal con Aletha. Además, solo me interesas tú. Tú, por rara, tonta e impredecible que seas.

Daniel le creería. Y yo también quería creerle.

—¿Por qué Aletha me habría animado a pedirte salir si tuviera un lío con ella?

Aletha quería que estuviéramos juntos. Sus ojos se iluminaban siempre que el tema salía a relucir. La piedra que tenía en el corazón cambió de lugar y empujó un nudo de saliva que se atoró en mi garganta. Me liberé de él con una tos falsa.

—Tim debe de tener algún motivo para acusarte.

Russell le dio un puntapié a la silla que tenía delante con su zapato negro de vestir, aunque no llegó a establecer contacto.

—Lo que tiene es una imaginación hiperactiva. Las conversaciones más personales que mantuvimos Aletha y yo giraron siempre en torno a lo mucho que ella lo quería y a que la volvía loca con sus celos. Me explicó que si, por ejemplo, llamaba a un fontanero para que le reparara el fregadero, luego Tim la acusaba de haber querido ligar con él. Está loco.

—Es posible, ¿pero tan loco como para acusar a alguien de haber matado accidentalmente a su esposa cuando lo que intentaba era matarlo a él?

Russell abrió los ojos como platos.

—¿Ha dicho eso?

—Sí. Y, lo que es más, me parece que está convencido de ello.

—Si me acusa de haber matado a Aletha cuando mi intención era asesinarlo a él, es que está para que lo encierren —declaró, gesticulando.

Brittany llegó y se sentó a mi lado. Me di cuenta entonces de que Tim tenía la mirada clavada en Russell, una mirada rebosante de rabia.

El pastor subió a la plataforma. Suspiré, bajé la vista y la fijé en las venas del dorso de mis manos. En el otro funeral al que había asistido reinaba un ambiente completamente distinto. La abuela de Brittany había sufrido durante muchísimos años y la sensación de alivio se imponía sobre el dolor. Y nadie se cuestionaba cómo había muerto.

El misterio de la muerte de Aletha había estado dominando mis pensamientos durante los últimos diez días. Y ahora, las emociones que hasta el momento había controlado bien burbujearon como el Mountain Dew en una lata que se me hubiera caído al suelo justo antes de abrirla. Aletha transformaba a todo aquel que conocía. Mi amistad con ella se había prolongado muy pocos meses, pero jamás la olvidaría. No porque la policía sospechara de mi implicación en su asesinato, sino porque Aletha creía en mí.

Cuando rezamos el padrenuestro, ya había recuperado la compostura. Hicieron entonces sus parlamentos dos de los hermanos de Aletha y luego le llegó el turno a Tim, que habló hasta que la emoción le impidió continuar. ¿Dolor o culpabilidad? Terminado el funeral, la gente se congregó en pequeños grupos para compartir sus recuerdos de Aletha.

La familia de Aletha tenía una fe que me resultaba difícil de entender. Su desolación tenía un sentimiento de paz subyacente. Creían…, no, mejor dicho, sabían que su hermana estaba ahora en un lugar mejor. Durante mi infancia, el tema de la religión nunca salió a relucir en mi casa. Aunque, por supuesto, cualquiera que se hubiese criado en el sur estaba familiarizado con ella. Pero el caso es que yo no tenía ni idea de dónde estaba ahora Aletha. Lo único que sabía era que me había abandonado y que la echaba de menos.

Me acerqué al grupo de los Corredores de Riddleton. Eric llevaba un traje oscuro y una camisa blanca con un cuello en el interior del cual me habrían cabido dos dedos sin problemas. Lacey lucía un traje negro, elegante por su sencillez, mientras que Angus abrochaba y desabrochaba la americana de su traje azul marino. Le presioné el brazo.

—¿Qué tal lo llevas? —me preguntó Eric.

—Lo bien que cabía esperar, supongo. —Me volví hacia Lacey, que había tenido con Aletha una relación más estrecha que cualquiera de todos nosotros—. ¿Qué tal lo llevas tú?

Se secó una lágrima.

—Estoy triste. Y me siento culpable. Si no hubiese trabajado para ella aquel día…

Angus la rodeó con el brazo.

—No fue culpa tuya.

Eric hizo un gesto de asentimiento.

—Estamos trabajando duro para dar con la persona responsable.

Dejé caer mi mano sobre su hombro.

—¿Alguna novedad en este sentido?

—Tenemos algunas pistas. La división especializada de la policía estatal está analizando los fragmentos de la bomba.

—¿Y qué han descubierto?

—Sabes que no puedo responderte a eso. —Tiró del puño de la camisa, que bailaba alrededor de su muñeca.

—¿Y si comparto una información contigo? ¿Qué te parece si hacemos un intercambio?

Eric frunció el entrecejo.

—Nada de intercambios. Suéltalo.

—De acuerdo. Marcus Jones no tiene coartada para el día que murió Aletha.

Angus volvió a desabrocharse la chaqueta.

—¿Y ese quién es?

—El exnovio de Aletha, que estuvo en la cárcel condenado por atraco a mano armada. El sábado cené con él y su familia.

Lacey se quedó boquiabierta.

—¿Cómo fue eso?

—Resulta que su madre es una fan.

Eric nos interrumpió.

—Independientemente de que sea o no tu fan, los detectives estuvieron hablando con él el domingo y les dijo que el sábado por la tarde estuvo en el cine con sus hijas. Su madre respalda su versión. Lo cual me da a entender que sí que tiene una coartada.

—Pues resulta que su hija de cuatro años me dijo que lo del cine fue el domingo, no el sábado.

—Aun en el caso de que fuera cierto, ¿quién creería a una niña de cuatro años?

—Yo.

Miré a los detectives, que seguían al fondo de la sala.

Havermayer estaba examinando la muchedumbre mientras Olinski estudiaba a Tim. El detective estaba empeñado en echarle el guante a su hombre. Su obstinada determinación siempre había sido una de sus mejores virtudes. Incluso en tiempos del instituto. Debería haber sido de la policía montada. Al menos, Dudley Do-Right, el policía de la película, habría considerado otras posibilidades. Tim Cunningham se había convertido en el pescado del día del restaurante de Stan Olinski. El gusano que podría hacerlo picar.

Y mientras Olinski seguía observando a Tim, mi rabia empezó a aflorar a la superficie, pero comprendí que debíamos llegar a una tregua. Él tenía que superar el pasado y yo mi resentimiento por cómo me había tratado desde entonces. Al menos para poder comunicarnos, aunque fuera a un nivel muy básico. ¿Cómo si no iba yo a averiguar lo que la policía había descubierto?

Me acerqué a él dispuesta a interrumpir su concurso de miradas a una banda con Tim.

—¿Qué tal va la investigación, detective?

Alisó la solapa arrugada de su chaqueta marrón. ¿El mismo traje que llevaba cuando vino a mi apartamento? Por el aspecto que tenía, daba la sensación de que no se lo quitaba ni para dormir.

—La investigación progresa adecuadamente, Jen.

—¿De verdad?

—Me siento cómodo afirmando que estamos a punto de tener pruebas suficientes como para llevar a cabo un arresto.

Me sequé en el pantalón mis manos sudorosas.

—¿Un arresto?

—Correcto. En el plazo de uno o dos días.

Si me lo estaba contando, no podía ser yo.

—¿De quién se trata?

Olinski hinchó las aletas de la nariz.

—No puedo comentar ninguna investigación en curso.

—De acuerdo, ¿cuál es el móvil del crimen, entonces?

—A lo mejor deberías preguntárselo a alguno de tus amigos. O mejor aún, no lo hagas.

Dio media vuelta y echó a andar hacia la puerta.

Cerré las manos en puños. Cuanto más trataba con él, más me enojaba. Echaba de menos los tiempos en los que éramos capaces de acabar el uno las frases del otro. A veces.

Brittany se había puesto su traje de persona altamente sociable y estaba charlando con todo el mundo, de modo que cuando Olinski cruzó la puerta, lo seguí y salí. Más allá de la multitud congregada en la acera, vi que Tim estaba hablando con Marcus Jones. Intenté ver al marido de Aletha con los ojos de Olinski, pero me resultaba imposible visualizarlo como un asesino a sangre fría. Y tampoco podía ver a Marcus como tal. ¿A quién tendrían en el punto de mira Olinski y Havermayer? Era difícil saberlo, pero Olinski estaba fascinado con su conversación.

El nivel del intercambio entre ambos hombres fue *in crescendo*, con mucha gesticulación y dedos acusadores. Los ánimos se encendieron y las voces subieron de volumen. Cuando vi que Tim empezaba a gritar, corrí hacia allí. Marcus apartó a Tim de un empujón y echó a andar hacia la esquina, donde Russell le dio alcance.

¿Cómo se habrían conocido? Me volví para preguntárselo a Tim, pero decidí no hacerlo al ver su expresión de perplejidad. Y dije, en cambio:

—¿De qué va todo esto?

—Ha tenido el valor de acusarme de haber matado a mi mujer. Él, precisamente. El principal sospechoso debería ser él, no yo. —Tim siguió mirando a Marcus y Russell, que caminaban en dirección al Mustang—. Dice que no tuvo más contacto con Aletha desde que entró en la cárcel, pero no me lo creo. No puedo demostrarlo, pero estoy seguro de que desde entonces la vio en algún momento o, como mínimo, habló con ella. Desde lo del concurso, incluso.

—¿Por qué estás tan seguro?

Tim se tensó cuando Russell se aproximó. Por encima del hombro de Russell vi que Marcus se apoyaba en el capó de su coche.

—¿Cómo es que os conocéis? —le preguntó Tim a Russell.

—Aletha nos presentó un día que él se pasó por la tienda. ¿Por qué?

Tim y yo intercambiamos miradas. Eché a correr rápidamente hacia donde estaba Marcus, que ya había puesto en marcha su Mustang. Me esperó. Me apoyé en la capota de lona para recuperar el aliento. Noté las vibraciones del Ford de ocho cilindros bajo mis brazos y sentí un hormigueo en los dedos.

—¿Qué pasa? —dijo Marcus, pero le quité las ganas de seguir preguntando moviendo con determinación el dedo índice. Soltó una risilla—. Hay que ponerse en forma, chica.

Acumulé el aire necesario para activar mis cuerdas vocales.

—No me digas.

—Supongo que te ahogarías incluso en la piscina infantil de mis niñas.

—Lo creas o no, soy capaz de contener la respiración durante una cantidad increíble de tiempo. Lo de la piscina infantil sería pan comido.

—Seguro que me tomas el pelo.

—Solía practicar en la bañera.

Esbozó una mueca y levantó una ceja.

169

—Lo sé. Siempre fui una chica un poco rara. Y lo sigo siendo. Además, era hija única. En algo tenía que entretenerme.

Se quedó mirándome.

Di unos golpecitos a la capota del Mustang.

—Bonito coche. ¿Lo has cambiado por el Grand Am?

—Qué va. Me lo ha prestado un amigo.

—Ojalá tuviera yo también un amigo con un coche como este y que además pudiera pedírselo prestado.

Marcus cambió de posición en el asiento.

—¿Y es por eso por lo que has venido corriendo hasta aquí? ¿Para preguntarme sobre el coche?

—No, solo quería comprobar que siguieses bien.

—Estoy perfectamente. ¿Por qué no tendría que estarlo?

—No lo sé, ¿quizá por ese intercambio de gritos que acabas de tener con Tim?

Las manos de Marcus se tensaron sobre el volante.

—Me ha acusado de haber asesinado a su esposa. Cuando todo el mundo sabe que lo hizo él.

—¿Lo saben? A ver, cuéntame.

Entrecerró los ojos.

—¿Qué quieres que te cuente?

Me la jugué y le solté un farol.

—Dale una vuelta —dije—. Saliste con su mujer, quisiste volver a intentarlo, pero ella te rechazó. Ahora, Aletha está muerta. ¿Qué pensarías tú?

—Yo no la maté, la mató él. Para que no pudiéramos volver a estar juntos. Aletha me dijo que Tim pensaba que ella quería dejarlo.

Te pillé.

—¿Y quería dejarlo?

—No. La llamé la noche antes de su fallecimiento. Ya te lo dije, ella lo amaba. Aunque no logro entender por qué.

Aun así, Aletha había visitado a un abogado especialista en divorcios. Y Marcus había estado en contacto con ella. Otra mentira desenmascarada. ¿Podía fiarme de las cosas que me estaba contando?

—¿Por qué me mentiste? Me dijiste que no habías hablado con ella.

—Tenía miedo. Porque pensé que, si le contabas a la policía que yo había estado hablando con ella, me arrestarían por haberla matado. Nunca le hice ningún daño a Aletha. ¡Jamás!

—De modo que es posible que Tim tenga razón y tu intención fuera matarlo a él. Y que por error acabaras asesinando a Aletha.

—¿Qué?

Su confusión parecía sincera, pero era imposible estar segura.

—Tim tiene la teoría de que quienquiera que matara a Aletha iba en realidad tras él. Pero que, por casualidad, la que estaba en el barco en aquel fatídico momento era ella.

—Pero ¿qué tipo de chorrada es esa? —Gesticuló airado—. Yo no maté a Aletha y ten por seguro que tampoco intenté matarlo a él.

—¿Y se lo has contado así a Tim?

—Lo he intentado. Pero no me ha dejado decir ni palabra. Además, ¿para qué? La policía nunca me creería.

—¿Le has dicho a Tim que piensas que fue él quien hizo volar el barco?

Soltó una carcajada.

—¡Joder! Pues claro que no. ¿Crees que me apetece ser el siguiente?

¿Por qué ningunos de esos dos podía ser claro en sus explicaciones? Olinski estaba a punto de arrestar a alguien y a mí me resultaba poco creíble que Marcus o Tim tuvieran algo que ver con la muerte de Aletha. Debía averiguar sin dilación en qué había basado su decisión el detective.

Capítulo catorce

Marcus se marchó en su Mustang y Russell me acompañó hasta mi Nissan. Posó la mano en mi hombro.

—Bonito coche.

El Mustang era precioso, pero yo le di a mi Sentra unas palmaditas cariñosas, aunque solo fuera para meterme con él.

—A mí me gusta.

—Entiendo que le tengas apego. Pero ¿te has planteado la posibilidad de comprarte uno nuevo?

—¿Bromeas? Este es el nuevo. ¿El viejo? Ese sí que era un coche bonito.

—Bueno, da igual. Me rindo. Eres incorregible.

Me alborotó el pelo, un gesto que yo aborrecía, pero que le perdoné a regañadientes mientras volvía a peinarme. Sospechaba que aquello se convertiría en una nueva normalidad para mí en lo referente a Russell.

Resistí a la tentación de clavarle el dedo en uno de sus hoyuelos.

—No. Ni siquiera sabría deletrear eso.

Me senté de lado en el asiento del conductor, con las puntas de los pies rozando el suelo.

—¿Por qué te has ido corriendo, Jen?

Los rayos de sol enmarcaban su cara. Un demonio vestido de ángel.

—Quería ver un momento a Marcus. Asegurarme de que estaba bien.

Russell carraspeó y tragó saliva.

—¿Y qué te ha dicho?

—Poca cosa.

Inspeccionó su impecable manicura. Russell tenía tantas probabilidades de tener suciedad bajo las uñas como yo de limpiar el armario del recibidor de mi casa.

—¿Qué conclusión sacas de todo esto? —le pregunté.

—No sé qué pensar.

—Alguna teoría debes de tener. Todo el mundo la tiene.

Tamborileó con los dedos sobre el capó del coche.

—¿Te dije que Aletha me llamó aquel sábado por la mañana para decirme que salía a navegar con Tim? Fue una gran sorpresa. No creo que hubiera subido nunca a ese barco.

Russell estaba por lo tanto al corriente de la excursión. ¿Quién más lo sabría?

—¿A qué hora fue eso?

—No lo sé, sobre las ocho, calculo. —Entrecerró los ojos para protegerlos del sol—. Fue la última vez que hablé con ella. —Su voz sonó apagada y grave.

—¿Solía informarte sobre los planes que tenía?

—Me lo dijo para que yo le abriera la tienda a Lacey y le dejara la llave para que luego pudiera cerrar.

—Ojalá se nos ocurriera algo que nos ayudara a averiguar quién lo hizo.

—Le conté a la policía todo lo que sé. Cuando llegué a casa el sábado por la noche, estaban esperándome.

Me cogió la mano.

—Necesito distraerme. ¿Qué vas a hacer esta noche para cenar?

—Comer. ¿Qué tenías pensado?

Me apartó el pelo de la frente. Sentí un hormigueo en el punto que me tocó.

—¿Qué te parecería algo romántico? Una cena para dos a la luz de las velas en tu restaurante favorito.

—En el McDonald's no están permitidas las velas. Por el reglamento relativo a los incendios.

Russell me atrajo hacia él. Su expresión burlona me abrasó la cara. Sus ojos oscuros chisporroteaban. Contuve la respiración. Se inclinó hacia mí hasta que mis labios temblaron bajo la delicadeza de su beso.

Me aparté.

—¿Y qué tal en mi segundo restaurante favorito? —dije.

—Eso depende. ¿Cuál es?

—Mi casa. Preparo una tortilla con queso fantástica.

Las dudas se apoderaron de mí en el instante en que las palabras salieron de mi boca.

Sonrió.

—Pues quedamos así.

Las náuseas me revolvieron por dentro. Me esforcé por encontrar la manera de echar atrás la invitación sin montar una escena. No hubo suerte, de modo que me dejé llevar.

—Cocinada con mis propias manos. Y no lo hago por cualquiera, que lo sepas.

—Me lo imagino. Te crearías demasiados enemigos.

Hice el gesto como si fuera a darle un puñetazo y él cubrió el golpe.

—No me vayas de listillo. Te espero a las siete en punto, y trae vino.

—¿Cuál es el que va mejor con los huevos?

—Con las nuevas tendencias, eso ya no tiene importancia.

—Lo dices porque no conoces a mi madre. Supongo que les quedará mejor el blanco. Al fin y al cabo, todo huevo habría acabado siendo un pollo, ¿no?

«Una idea de lo más agradable».

Russell montó en su coche y se marchó. Cuando volví a entrar, encontré a Brittany enfrascada en una conversación con uno de los hermanos de Aletha. Tenía el ceño fruncido.

Cuando me acerqué, el hombre, alto y calvo, se presentó.

—Ronald Simpson. Soy el hermano mayor de Aletha.

—Jen Dawson. Te acompaño en el sentimiento.

—¿Cómo es que conocías a mi hermana?

—Pasaba mucho tiempo aquí, en la librería. Y al final nos hicimos amigas.

Ronald hundió las manos en los bolsillos.

—Este lugar era su sueño. Por eso decidimos celebrar el funeral aquí. Para honrar su memoria. —Miró a su alrededor—. Hizo un trabajo magnífico con el local. Confío en que fuera muy feliz aquí.

Era extraño que dijera aquello. ¿No había estado nunca en la tienda? Miré de reojo a Brittany.

Ella apretó los labios.

—¿Sabías que Aletha estaba distanciada de su familia?

—No, nunca me lo mencionó.

De hecho, no recordaba que me hubiera hablado nunca de su familia, excepto alguna que otra anécdota de cuando era pequeña.

—Hacía años que ni la veíamos ni teníamos noticias de ella. No supimos de Aletha ni siquiera después de que ganara el concurso —dijo Ronald.

—Pues ella me comentó que hubo muchos antiguos amigos y familiares a los que no veía desde que era una niña que se habían puesto en contacto con ella a raíz de que ganara el concurso. Que empezaron a salirle conocidos incluso de debajo de las piedras. Lo expreso utilizando sus propias palabras, no las mías, que conste.

Brittany hizo un gesto de asentimiento.

—Se ve que se pusieron en contacto con ella, pero ella nunca les respondió.

En mi cabeza se empezó a formar una idea vaga. Toqué la manga de la chaqueta de Ronald.

—¿Y tienes idea de por qué?

Ronald tragó saliva.

—No tengo ni idea. Al principio hubo tensión. Tim no es el hombre que yo habría elegido como marido para mi hermana pequeña, pero Aletha siempre fue muy testaruda. En cuanto tomaba una decisión, no había manera de hacerla cambiar de pensamiento. Pero su forma de ser no explica por qué cortó por completo con nosotros después de la boda.

Mi corazón se tensó. Sabía que Aletha podía llegar a ser muy terca.

—Entiendo. Si no te importa la pregunta, ¿podrías decirme qué tienes en contra de Tim?

—Oí decir que de joven se metió en algunos problemas. No sé exactamente cuáles, puesto que era menor, pero el caso es que pasó mucho tiempo en libertad condicional. No quería que llevara a Aletha por el mal camino, como hizo aquel otro tipo.

Marcus. Era evidente que Ronald tampoco lo tenía en muy alta estima.

Siguió hablando:

—Pero asistimos a la boda y después hicimos todo lo posible para continuar en contacto. Intentamos poner al mal tiempo buena cara, pero Aletha no respondía al teléfono ni nos devolvía las llamadas. Incluso en una ocasión me presenté en su casa y Tim no me dejó ni entrar. Dijo que Aletha estaba durmiendo. Al final, me di por vencido.

¿Podría ser eso lo que Vangie me insinuó por teléfono el otro día?

Brittany sacó el móvil del bolso.

—Dios mío, qué tarde es. Tengo que ir a trabajar. —Se volvió hacia el hermano de Aletha—. Ronald, ha sido un placer conocerte. Aunque me habría gustado que hubiera sido en circunstancias mejores.

Ronald hizo un gesto de asentimiento y se marchó.

Brittany me cogió del brazo y me guio hacia la puerta.

La idea que flotaba en mi cabeza floreció por completo.

—¿Crees que Tim podría haber estado controlando a Aletha para que no estuviera en contacto con su familia?

—No lo sé.

—Lo averiguaré, tenlo por seguro.

Llegamos al coche de Brittany, que removió el contenido de su bolso en busca de las llaves.

—¿Dónde te habías metido?

—He salido detrás de Olinski y me he tropezado con los Tres Chiflados.

Brittany me miró sin entender nada.

—Tim, Marcus y Russell. —La informé de mis conversaciones con los tres y rematé la explicación detallándole la invitación de Russell. Mis palabras salieron precipitadas—. Vendrá a cenar a casa esta noche.

Se quedó boquiabierta.

—¿Te has vuelto loca?

—¿Por qué lo dices?

Brittany abrió su coche.

—¿Te ha explicado por qué no te llamó como te dijo que haría? ¿O por qué te trató como te trató aquel día en la librería?

—Sí y sí.

—¿Y eso que quiere decir?

Me llevé las manos a las caderas.

—Pero ¿qué te pasa?

Se recogió detrás de la oreja un mechón de pelo.

—Me pasa que no me fío de ese tío. Tengo la sensación de que te estás colgando de él sin conocerlo. Y me preocupa.

—No me estoy colgando de nadie.

—¿No me digas? —Volvió a remover el bolso—. Me parece que por aquí dentro debo de tener un espejo.

Me ruboricé.

—Vale, sí, estoy un poco interesada. ¿Y eso qué tiene de malo?

—No lo sé. Y eso es precisamente lo que me preocupa. —Dejó de buscar—. ¿Dónde ha estado estos días?

Después de que le repitiera lo que Russell me había contado, no pudo decir nada.

—¿Entiendo que no te lo crees?

—No sé qué pensar —respondió Brittany, mirando por encima de mi cabeza. Entonces, parpadeó y me miró fijamente—. ¿Has decidido ya quién mató a Aletha?

Un cambio de tema genial. Pero ya volvería a lo otro, seguro.

—La señorita Escarlata, con el cuchillo, en el invernadero.

Brittany hizo un gesto de exasperación y entró en el coche.

—Nos vemos luego.

Le dije adiós.

Los Corredores de Riddleton salieron de la librería al mismo tiempo que yo abría la puerta de mi coche. La cerré de nuevo.

—Hola chicos, esperad un momento.

Se pararon y me esperaron.

—Eric, me han dicho que Tim Cunningham tiene antecedentes penales.

—Sí, me parece que alguien en comisaría lo mencionó.

—Me preguntaba por qué motivo lo habrían arrestado en su día. ¿Algún acto violento, un robo, una disputa doméstica?

Eric se quedó mirándome.

—No lo sé. Fue algo cuando era joven y son informes a los que no se puede acceder. ¿Adónde quieres llegar?

Me volví hacia Lacey.

—¿Te comentó alguna vez Aletha que Tim fuera un hombre controlador?

Lacey perdió la mirada en la distancia.

—No directamente, pero a veces yo misma me lo pregunté.

Angus se movió con nerviosismo.

—¿Qué te hace pensar eso? Yo nunca me lo habría imaginado.

—Me gradué en Psicología en la universidad y la verdad es que sí que detecté algunos indicios. —Lacey bajó la vista hacia sus zapatos Louis Vuitton—. La invité un par de veces a vernos fuera del entorno de la tienda y se mostró un poco rara. Me respondió con excusas obviamente inventadas. Al final, lo dejé correr.

Eric me tocó el brazo.

—¿En qué estás pensando?

—El hermano de Aletha me contó que se había distanciado de la familia desde que se casó con Tim. Tal vez alguien debería hablar con él al respecto.

Eric se puso serio.

—Me encargaré de que lo hagan. O como mínimo, se lo comentaré a los detectives, a ver qué opinan.

—Gracias. Coméntame lo que te digan. —Me volví hacia Lacey—. ¿Qué te dijo el abogado cuando lo llamaste?

Lacey se cruzó de brazos.

—Nada, como era de esperar. Ni siquiera quiso confirmarme que fuera su clienta, aunque me dio toda la impresión de que sabía perfectamente bien quién era Aletha.

—¿Por qué lo dices?

—Porque la persona que me atendió me dijo que no estaban autorizados a divulgar información sobre sus clientes. Si Aletha no era una clienta, ¿por qué tendría que decirme eso?

—Buena pregunta. Aunque también es posible que sea una respuesta estándar.

Como no tenía nada más que preguntar, subí al coche y puse rumbo a mi cita con Fiero y Coleman, abogados.

El bufete ocupaba la totalidad del piso superior de un edificio de dos plantas situado en el centro de Blackburn, a tres manzanas de los juzgados. Subí inmersa en un silencio muy peculiar y los peldaños gastados crujieron bajo mis pies. La experiencia que había vivido en la sede del concurso *Tu vida* me llevó a fijarme en todos los rincones en busca de cámaras. Y no encontré nada, excepto mi imaginación provocándome unos escalofríos que me recorrían la espalda con dedos invisibles.

Abrí una puerta de madera y cristal esmerilado y al cruzar el umbral tuve la sensación de adentrarme en una comedia satírica de los años cuarenta. Solo faltaba el perchero a la espera del típico sombrero de fieltro. Una recepcionista pelirroja mascaba chicle como una vaca Guernsey rumiando su bolo alimenticio mientras se limaba las uñas detrás de una ajada mesa de madera de roble. El siglo XXI solo estaba representado por un ordenador y un teléfono con varias líneas.

—¿En qué puedo ayudarla?

La pelirroja dio el toque final al meñique de su mano izquierda.

Me quedé dudando.

—Soy Jennifer Dawson. Vengo por la lectura del testamento de Aletha Cunningham.

Pulsó una tecla del teléfono y anunció mi presencia. Instantes después, un hombre bajito y fornido con un traje gris inmaculado abrió la otra puerta. Se había embadurnado su pelo negro corto con gomina suficiente como para inmovilizar una granja de hormigas, y un bigote

179

tupido ocultaba por completo su labio superior. Aquello era como llevar un filtro de sopa incorporado. Qué delicia.

Me tendió la mano derecha.

—Señorita Dawson, soy Jason Fiero. Encantado de conocerla, aunque preferiría haberlo hecho en circunstancias mejores.

Presioné una mano blandengue.

—Lo mismo digo.

Fiero me acompañó hasta una sala de reuniones donde Tim y Ronald esperaban ya sentados detrás de una mesa redonda de gran tamaño. La cara que pusieron me dejó claro que no esperaban mi presencia. Tomé asiento al lado de Ronald.

Fiero extrajo un pliego de papeles del interior de un sobre de tamaño folio.

—¿Alguien tiene alguna pregunta antes de empezar?

Negamos todos con la cabeza.

—Perfecto, empecemos pues.

Soltó una perorata de jerga legal tan estimulante como el recitado de quién engendró a quién en la Biblia; con un poco de suerte, no duraría tanto. Uní y desuní las manos debajo de la mesa. La pregunta de qué hacía yo allí se repetía en bucle en mi cabeza. Después de una eternidad, Fiero me dio la respuesta.

Aletha había dejado la casa y todo su mobiliario a Tim. A Ronald y a sus otros hermanos, legaba los varios objetos familiares que a ella le habían dejado sus padres. Después de inspirar hondo, Fiero siguió hablando:

—Y a mi buena amiga, Jennifer Dawson, lego mi librería, Lectores Voraces, junto con todo su inventario, porque sé que la ama tanto como yo y porque llevará a cabo la misión que yo me propuse cumplir en Riddleton.

Tim murmuró entonces para sí:

—¡No puedo creer que al final acabara haciéndolo!

Se levantó con brusquedad y salió corriendo por la puerta.

Y yo me quedé inmóvil, boquiabierta.

Capítulo quince

Salí del bufete del abogado y pasé todo el viaje de regreso a casa batallando contra el impacto del sol de media tarde en mis ojos y contra mí misma. Lectores Voraces era ahora de mi propiedad. Me sequé las lágrimas. La idea resultaba abrumadora y no alcanzaba a entender el razonamiento que podía haber seguido Aletha para tomar aquella decisión. ¿Qué sabía yo sobre cómo llevar el negocio de una librería? Me había confiado su bebé aun cuando las probabilidades de fracaso eran enormes. Mis nudillos estaban blancos por la presión que ejercía continuamente sobre el volante. Pero decidí que saldría adelante teniendo siempre en mente una de mis frases favoritas: «El fracaso no es un opción». Me negaba a fallarle a Aletha, o a mí misma.

La reacción de Tim a la noticia sugería que tal vez no tendría que preocuparme por eso a corto plazo. Estaba segura de que impugnaría el testamento, aunque no me dio la impresión de que la decisión de Aletha le dejara muy sorprendido. ¿Por qué querría Tim la librería, de todos modos? No había mostrado ningún interés por el establecimiento hasta esta tarde. Aletha y él habían discutido la noche antes de su muerte. Tal vez hubieran tenido otros desacuerdos sobre el tema, alguno de ellos lo bastante importante como para que Aletha tomara la decisión de no querer legarle el negocio. Era posible que lo único que le importara a Tim fuera recibir los pagos del concurso que quedaban pendientes, o tal vez quisiera vender la librería, o ambas cosas. Y a lo mejor por eso Aletha tomó la decisión que tomó.

Consciente de que mi control sobre cómo acabaría desarrollándose la saga de la librería era más bien escaso, aparqué delante del Piggly Wiggly y me concentré en los preparativos de la cena. La idea de la tortilla era graciosa, pero me decidí por entrecot a la plancha, unas gambas, patatas al horno, ensalada y pastel de manzana. Un menú imposible de fallar, incluso para una cocinera como yo. Bueno, quizá no del todo imposible.

Con un vistazo rápido al apartamento, llegué a la conclusión de que tenía que hacer cinco horas de limpieza en las cuatro que me quedaban hasta que llegara Russell. Me puse mi chándal milagroso, retiré toda la ropa sucia que había esparcida por el suelo y recogí la infinidad de facturas antiguas y papelitos con anotaciones de libros que decoraban la mesita de centro.

La inspiración para localizar a la otra ganadora del premio *Tu vida* que había fallecido me llegó mientras estaba fregando el lavabo. Supongo que lo de limpiar tiene también su lado positivo. Mucho tiempo para pensar.

Dejé de limpiar, cogí el portátil y tecleé «Concurso Tu Vida» en el buscador. Una referencia a la auditoría entre la lista de resultados me llamó la atención. Abrí la página.

DIRECTOR DE AUDITORÍA SE JUBILA

Thomas Pendergrass, director de auditoría de Pendergrass & Associates, una destacada firma especializada en contabilidad y finanzas de Blackburn, ha anunciado hoy su jubilación después de treinta y siete años en la compañía. Su partida no será oficial hasta finales de diciembre, y durante este tiempo se encargará de formar a su sustituto, Anthony Moriarty, antiguo empleado de Anderson, Blackstock, and Gould.

Pendergrass & Associates ha trabajado con negocios locales, como Tomorrow's Tavern, Midland's Antiques y la organización del concurso *Tu vida*, desde 1927. Peter Morrow, socio directivo, considera que las alteraciones que habrá que implementar necesariamente a la agenda de procesos de auditoría mejorarán la capacidad de la firma para servir tanto a sus clientes de siempre como a los nuevos.

Un cambio en la programación de la auditoría podía haber sembrado el pánico en Sikazian y en la compañía. La auditoría se produciría antes de lo esperado.

Volví a la página de búsquedas. Seguí mirando por encima, encontrando más resultados, pero ninguna respuesta. Finalmente, en la tercera página, encontré un artículo titulado «La última ganadora del concurso es una mujer de Savannah». Craig había dicho que la persona ganadora vivía en Georgia. El subtítulo de la noticia de Associated Press decía que Ida Clare Green, de Savannah, Georgia, estaba «emocionada y excitada». Solo un periodista novato podía haber utilizado adjetivos tan patéticos. Aunque todo el mundo tenía derecho a empezar por algún lado, era evidente.

Los minutos que me quedaban para limpiar se agotaron mientras buscaba de nuevo la necrológica de Ida Clare Green. Era una lástima que la primera vez que la leí no le prestara la suficiente atención. Aunque hasta que Sikazian negó lo ocurrido no sabía que iba a necesitarla. Tenía aún pendiente ordenar el salón, que en aquel momento estaba cubierto de papeles, libros y envolturas de caramelos, como si acabara de explotar el laboratorio de química de un instituto. Se me ocurrió que, en caso de necesidad, podía meterlo todo de cualquier manera en un armario y dejarlo allí hasta que Russell se marchara a casa. Aunque, naturalmente, antes tendría que hacer espacio en el armario en cuestión. Decidí que me llevaría menos tiempo adecentar el salón.

La necrológica apareció en la sexta página de resultados. Ida Clare Green había fallecido el 12 de marzo de este año. No había referencia alguna a la causa de la muerte, pero la Iglesia Presbiteriana Independiente había celebrado el funeral el 19 de marzo a las dos de la tarde.

Era imposible que Sikazian no estuviera al corriente de lo sucedido. ¿Por qué me habría mentido? La ganadora había fallecido antes de percibir el segundo pago, pero Sikazian había afirmado no saber nada al respecto. Como Ruth diría, allí había algo que no era *kosher*.

Busqué el número de teléfono de la iglesia.

—Buenas tardes, Iglesia Presbiteriana Independiente. Le habla Velma, ¿en qué puedo ayudarle?

«¿Podrían ser unas tortitas bien cubiertas de sirope?».

Pregunté por Ida Green.

—Acabo de mudarme aquí desde Macon y creo que no llegué a conocer a la señora Green. Espere un momento mientras pregunto al pastor Beauregard.

La manecilla del reloj corrió algunos minutos. Russell no tardaría en llegar. A aquel ritmo, no tendría tiempo ni para el armario ni para el salón. Tendría que esconderlo todo debajo del sofá.

—Al habla el reverendo Bubba. ¿En qué puedo ayudarle?

«¿Un predicador llamado Bubba? Aquello solo podía pasar en el sur».

—Quería preguntar por el funeral que se celebró en honor a Ida Clare Green el pasado marzo.

—Lo recuerdo, sí.

Solté aliviada el aire.

—¿La conocía?

—En absoluto. No era miembro de la iglesia. Su vecina me pidió que oficiase el funeral.

Era raro que lo recordara, entonces.

—¿Sabe cómo podría localizar a esa vecina?

—Lo siento, pero Mabel falleció hace tres semanas, después de una larga enfermedad. La echaremos de menos, pero poco podemos hacer cuando el Señor nos reclama para acudir a su casa.

Estupendo.

—¿Podría decirme cómo falleció Ida?

Hizo una pausa.

—Perdió el control del coche durante una tormenta. Se estrelló contra un poste de la luz y murió al instante.

Intenté superar mi frustración poniéndome a deambular de un lado a otro de la estancia.

—¿Recuerda alguna cosa más, reverendo? ¿Tenía Ida otros amigos o familiares?

—¿Me permite preguntarle porqué está tan interesada en la señora Green?

«Piensa, Jen».

—Estoy escribiendo un artículo sobre el concurso *Tu vida* y la señora Green es una de las dos ganadoras que falleció de repente.

—Entiendo. Mire, la única persona que asistió al funeral, además de los miembros de la iglesia, fue un hombre con barba que llegó tarde y se sentó en el último banco. Luego le oí decir que era el padre de la señora Green. Incluso tenía una fotografía reciente de ellos dos.

—¿Y qué hay de raro en eso?

—Que Mabel me contó que la señora Green no tenía parientes con vida. Por eso se ocupó ella de lo del funeral. Y el hombre no nos acompañó al cementerio. Lo cual me pareció extraño.

«Y lo es».

—¿Sabe si alguien se enteró de cómo se llamaba ese hombre?

—No tengo ni idea, pero es posible que firmara en el libro de asistentes. Nadie lo reclamó, pero lo hemos guardado por si acaso alguien lo solicita posteriormente. Espere un momento.

El reloj marcó el paso de varios preciosos minutos más. No me quedaba mucho tiempo, de modo que adelanté y puse mientras las patatas en el horno.

—Se llama Kingsley Franklin. ¿Le dice algo ese nombre?

—Pues no. ¿Tiene alguna dirección?

El pastor descifró la dirección de Savannah que había escrita junto al nombre. Le di las gracias por su ayuda.

Con mano temblorosa, colgué el teléfono. ¿Había sido realmente un accidente la muerte de Ida? Era imposible saberlo en este momento. ¿Y si las muertes de Ida y Aletha estuvieran relacionadas de algún modo? Eso eliminaría el factor de la coincidencia. ¿Y qué pasaba con Craig Marshall? ¿Cómo encajaba en todo esto? No tenía ni idea, pero, por primera vez, tenía la sensación de haber hecho algún avance en la investigación.

Siguiente parada: Savannah. Porque allí había también algo que no era *kosher*.

Seguí ordenando el salón hasta que sonó el teléfono. La foto de Brittany llenó la pantalla. Cogí la llamada.

—Hola, ¿qué tal vas?

—Estoy preparándolo todo para mi cita. ¿Y tú qué haces?

—Poca cosa. Quería hablar contigo sobre lo de esta mañana.

Entré en mi cuarto con el teléfono.

—Tengo que ir vistiéndome mientras hablamos, así que no te preocupes si me oyes respirar fuerte, ¿vale?

Oí que reía.

—Vaya, y eso que pensaba que yo te gustaba.

—Seamos realistas. —Cogí unos vaqueros—. Ah, he buscado de nuevo la necrológica de la otra concursante que murió. Y esta vez he conseguido algunos detalles.

—¿Sí? Magnífico. ¿Y qué has averiguado?

Mientras me vestía, le repetí la conversación que había mantenido con el reverendo Bubba y concluí mi explicación con mi intención de desplazarme allí para investigar un poco sobre el terreno. Después de salir victoriosa en mi batalla con los zapatos, cogí una blusa roja de seda para rematar el conjunto.

—¿Le has preguntado al reverendo Bubba si el padre de Ida se parecía a Santa Claus?

¿Sikazian?

—No se me ha ocurrido. Además, no iba a matar una cucaracha con una apisonadora. A lo mejor era Edna Babbit disfrazada.

Las carcajadas de Brittany me obligaron a apartarme el teléfono del oído.

—Me la estoy imaginando.

—Ya lo veo. Bueno, el caso es que lo averiguaré mañana cuando vaya allí.

—¿Y si de verdad hay algo siniestro en todo esto?

—Supongo que no es más que una coincidencia, pero tengo que asegurarme.

Trasladé la conversación al cuarto de baño.

—Pienso que deberías mantenerte al margen. Podrías meterte en problemas.

—No sé cómo. Por lo que sé hasta el momento, lo único que Ida y Aletha tenían en común era el concurso. Si alguien de la organización del concurso está obteniendo algún beneficio matando a las ganadoras, creo que desplazarme hasta allí es la mejor manera de obtener información. Y como yo no he ganado el concurso, no tendría por qué pasarme nada.

A menos que el asesino quisiera hacerse también con los proyectos. En cuyo caso, la librería podría ser mi perdición.

—Supongo que tienes razón, pero no me gusta nada la idea de que vayas sola.

—Pues ven conmigo, si tan preocupada estás. —No respondió, de modo que seguí hablando mientras cogía el cepillo de dientes—. Vamos, ven, será divertido.

—No puedo. No tengo a nadie que me sustituya en la biblioteca —dijo, lamentándolo sinceramente.

—¿Y Lacey? ¿No podría ayudarte?

Estrujé el tubo de dentífrico y me metí el cepillo en la boca.

—Sé que tiene cita con el médico. Además, mañana nos visita un grupo escolar. No puedo cogerme el día libre.

Noté que el enfado empezaba a sustituir al lamento en su tono de voz.

—Eres una aguafiestas. —Escupí el dentífrico en el lavabo, pero también en el espejo, la repisa y en mi manga—. ¿De qué querías hablarme?

Brittany inspiró hondo.

—Estoy preocupada por ti. Ahora más que nunca. Tengo la extraña sensación de que va a suceder algo malo. ¿Por qué no dejas que la policía se ocupe de todo este asunto de Savannah?

Froté la mancha de la manga. No me daba tiempo a cambiarme y tampoco tenía otra ropa que ponerme.

—Porque no me fío de que Olinski me tome en serio. Siempre me ha acusado de tener una imaginación hiperactiva y no he visto nada que

187

me convenza de que pueda haber cambiado en este sentido. Todo irá bien. Te lo prometo.

—Eso no lo sabes.

«¡Por el amor de Dios!».

—¿Desde cuándo eres adivina?

—No es necesario ser adivina. Está claro que estás sobrepasada. Prométeme que irás con cuidado.

Me pasé la mano por el pelo por costumbre, y luego tuve que volver a peinarme.

—Iré con el máximo cuidado posible. ¿Te parece bien?

—Y esta noche también. Con Russell.

«Pero ¡¿qué demonios?!».

—Iré con cuidado. No te preocupes. No dejaré que se aproveche de mí. En exceso. Además, no he tenido ni tiempo para ducharme, de modo que si lo intenta es que está loco.

—Hablo en serio.

—Te lo prometo, iré con cuidado. ¿Te basta con esto?

—Tendrá que bastarme.

No tuve oportunidad de reflexionar sobre lo que Brittany me acababa de decir. Porque justo en aquel momento sonó el timbre. Russell, con diez minutos de antelación.

«Inspira hondo, suelta lentamente el aire».

Capítulo dieciséis

Volví a arreglarme el pelo delante del espejo y luego corrí a mirar por la mirilla. Russell estaba de perfil y ocupaba el centro del telescopio invertido, vestido con un jersey grandote de color burdeos y pantalón de pinzas beis. Un saco de patatas sexi. Las pulsaciones me retumbaban en los oídos. Llené los pulmones de aire y abrí la puerta.

Sonrió. Abrí la boca, pero no me salió ni una sola palabra.

Me ofreció una rosa roja. En la otra mano llevaba dos botellas de vino, una de blanco y la otra de tinto.

—¿Puedo pasar?

Se me subió toda la sangre a la cabeza.

—Pues claro, perdón. —Como una colegiala delante de su primer amor, noté que se me encendía la cara y me vi obligada a entrelazar las manos para que no se diera cuenta de que me temblaban con violencia. «Pero ¿qué me pasa?»—. Gracias por la rosa. Es preciosa. —Le indiqué el balcón—. ¿Te importaría poner en marcha la barbacoa mientras la pongo en agua?

Corrí a la cocina y me apoyé en la encimera.

Después de colocar la flor en un jarrón alto, me serené lo bastante como para enfrentarme a él. Russell había encendido el fuego en la pequeña barbacoa del balcón y había abierto la botella de vino tinto, que había dejado luego en la mesa. Se movía con la elegancia de un gato, rápido y seguro de sí mismo, e incluso había traído de casa su propio sacacorchos. Scott parecía un hipopótamo en comparación. Y Olinski, ni digamos.

Russell me sorprendió casi comiéndomelo con los ojos y sonrió.

Eludí su mirada.

—He comprado un par de entrecots y unas gambas, aunque nunca he intentado hacerlas en la barbacoa.

El sol enmarcaba su figura como si fuera una vidriera de la Virgen y el niño.

—Tranquila, yo sí. Las pondré en la plancha justo antes de que esté lista la carne.

Cuando las brasas se pusieron al rojo vivo por debajo de una capa de ceniza fina, dispuso la carne en la rejilla. Entre tanto, corté pepinos y tomates para una ensalada. Con el lento declive del sol, el aire que entraba a través de la puerta abierta del balcón era más fresco. Hablamos poco.

Mientras se asaba la carne, Russell abrió la botella de vino blanco y nos sentamos en el sofá.

—¿Fue agradable la visita a casa de tu madre?

Me pasó una copa.

—Todo lo agradable que puede ser, supongo. Mi madre puede llegar a ser bastante complicada a veces.

—¿No crees que todas las madres lo son? Porque la mía es como si hubiera escrito un libro sobre el tema.

El moscatel fluyó por mi esófago. El calor volvió a ascender, poco a poco.

—Pues podrían escribirlo conjuntamente.

El sol se reflejaba en el líquido amarillo claro de mi copa.

—¿Y tu padre? ¿Lo viste también?

Esbozó una mueca tensa.

—Preferiría no hablar de él, si no te importa.

Apuré la copa y se la ofrecí para que volviera a llenarla.

—Mi madre volvió a casarse después de que muriera mi padre. Ojalá no lo hubiera hecho.

Russell alisó las arrugas de su pantalón.

—¿Por qué lo dices?

—Mi padrastro y yo no nos llevamos muy bien. Cuando se casaron, yo tenía ocho años y nunca me trató como una hija, por mucho que intentara hacer el papelón cuando estaba mi madre presente. Empecé a escribir a modo de válvula de escape. Resultó que lo hacía bastante bien, y seguí con ello.

—¿Bastante bien? —Rio entre dientes—. No es lo que me han dicho.

—No te creas todo lo que te dicen.

—Intentaré no hacerlo, pero la gente es bastante insistente. ¿Qué más te gusta hacer?

—De hecho, paso la mayor parte del tiempo escribiendo. Aunque también me gusta ver películas clásicas.

—¿Has salido a navegar alguna vez?

—No se me ha ocurrido nunca.

Sus palabras flotaron en mi cabeza. No tenía costumbre de beber. Mejor que bajara el ritmo si no quería correr el riesgo de cometer otra locura.

—Pues tendrás que venir conmigo algún día. Tengo un amigo que me presta su barco de vez en cuando. ¿Sabes nadar?

—Un poco. Aunque no he tenido muchas oportunidades para poder practicar.

—Habrá que trabajar en eso. —Se levantó—. Voy a mirar qué tal va la carne y a poner las gambas. No quiero que la cena se queme por culpa de mi bocaza.

Le llevé una bandeja para la carne y puse la mesa.

Russell depositó la carne, con un dorado perfecto y el punto exacto de cocción, al lado de la ensalada que había dejado yo en el centro de la mesa, y entró en el baño.

Retiré las patatas del horno.

Russell volvió a la mesa con el reloj en la mano, sujetándolo con dedos elegantes y gráciles. Adjetivos que no suelen asociarse con las manos de un hombre.

—¿Pasa algo?

—No, no te preocupes. Me lo he mojado un poco y no quiero que el agua pase bajo el cristal. Me fastidia mucho que se empañe.

—Bonito reloj.

Hizo girar la correa flexible de oro para sacudir otra gota y me lo mostró.

—Gracias. Fue el regalo de graduación de mi madre.

Me llamó la atención la intrincada filigrana que decoraba la esfera del reloj. Tallada a mano, apostaría. Le di la vuelta y descubrí unas iniciales grabadas en la parte posterior.

—¿Quién es RCB?

Russell negó con la cabeza.

—Supuestamente tenía que ser RCJ, pero cuando fui a reclamar a la tienda, resultó que el chico que había hecho el trabajo estaba ensimismado pensando en su nueva novia, Brianna. Y ya ves lo que salió. El encargado se ofreció a cambiármelo, pero al parecer era la tercera vez que el chico cometía aquel error. Y como no quería que perdiese el trabajo por mi culpa, le dije que no tenía importancia.

Le rocé la mejilla con un beso y le devolví el reloj.

—Fue un detalle por tu parte.

Se puso el reloj en la muñeca izquierda.

—La carne tiene una pinta estupenda. Voy a buscar las gambas y así podremos empezar.

Comimos en silencio, básicamente, y luego Russell me ayudó a recoger. Cuando los platos estuvieron guardados en el armario y la cocina limpia y reluciente —dos limpiezas en un solo día era todo un récord—, preparé café para acompañar el pastel de manzana que había comprado para el postre.

—Hasta ahora solo he hablado yo. Hablemos un poco de ti, para variar —dijo Russell.

Se instaló a mi lado en el sofá y estiró sus largas piernas por delante de él. Incluso así estaba sexi.

Me acurruqué a su lado.

—¿Otra vez? ¿Qué quieres saber ahora?

—Lo que te apetezca contarme. ¿Qué haces cuando no estás escribiendo?

—Pensar en lo que voy a escribir. Aunque últimamente he empezado a correr. O a intentarlo, mejor dicho.

Extendió el brazo sobre el respaldo del sofá.

—¿A intentarlo?

Le conté mis aventuras con los Corredores de Riddleton, y cuando le expliqué lo que sucedió cuando me presentaron a Angus, le entró tanta risa que le salió el café por la nariz.

Cuando consiguió recuperarse, me preguntó:

—¿Piensas correr la carrera de diez kilómetros de la ciudad?

—Estoy planteándomelo. Aunque en estos momentos me preocupa más qué voy a hacer con la librería.

—¿Qué quieres decir? —dijo, enderezando la espalda.

—Aletha me legó Lectores Voraces en su testamento.

Russell se volvió hacia mí, sorprendido.

—¿Qué Aletha te dejó la librería?

—No te preocupes. —Le di un codazo—. No pienso despedirte.

Sonrió, pero sus ojos no reflejaron aquella sonrisa.

—No estoy preocupado, en absoluto. Me comentó que quería cambiar el testamento, pero no pensé que llegara a hacerlo. Estaba enfadada. —Llenó de nuevo su copa—. Prefiero mil veces que la tienda haya ido a parar a ti que a Tim. Él la habría vendido a la primera oportunidad que se le hubiese presentado para luego comprarse otro juguete caro.

—Me alegro de que pienses eso. Tengo ganas de empezar a trabajar contigo. —Me acarició el lóbulo de la oreja—. ¿Qué te parece si lo comentamos mientras tomamos el postre?

Me siguió hacia la cocina.

—¿Qué tenemos?

—Pastel de manzana. Como el que nunca me hacía mi madre.

—Qué buena pinta. Mi favorito.

Comimos pastel y bebimos café, y nos sentamos el uno pegado al otro en el sofá.

La estancia giraba perezosamente a mi alrededor, y debería de haberme apartado un poco, pero no lo hice, sino que descansé la cabeza en el respaldo del sofá y crucé las manos sobre mi estómago, intentando relajarme. Mi mente no paraba de dar vueltas a todo lo que había averiguado a lo largo del día.

—He descubierto que la ganadora del pasado año murió en un accidente de coche al principio de este. Mañana voy a ir a Savannah a investigar.

Russell se apartó.

—¿Piensas que también fue asesinada?

—No, no estoy diciendo eso. Sería demasiado extraño. Solo que Sikazian, el director del concurso, me dijo que no había muerto ningún otro concursante. Me parece raro que me mintiera sobre esto.

—A lo mejor se le pasó.

—Es posible, pero me he enterado también de que un hombre mayor intentó hacerse pasar por el padre de la fallecida en el funeral. Que incluso mostró a los asistentes una fotografía de ellos dos juntos. Sin embargo, ninguno de los amigos de la mujer le había oído comentar nunca que tuviera familia y, además, el hombre en cuestión no acompañó al cortejo fúnebre al cementerio.

—Podría ser que estuvieran distanciados y por eso no hablaba de él. Vete tú a saber. —Me cogió la mano—. Preferiría que no fueras.

Entrelacé los dedos con los de él, las palmas de las manos entraron en contacto y sentí un hormigueo.

Me besó los nudillos, de uno en uno, y la onda sísmica que provocó me llegó hasta los dedos de los pies.

—No creo que sea seguro.

—Si no te conociera, pensaría que te importo de verdad.

Le di un golpe en el costado con la mano que tenía libre. Me pasó el brazo por detrás de los hombros y acercó su cara a la mía.

—Me importas de verdad.

La electricidad crepitó entre nosotros cuando unió su boca a la mía y me rozó los labios, esparciendo promesas de lo que podía estar por venir. Al sur de mi ombligo se encendió una bola de fuego. Me miró a los ojos y, en aquel momento, todo excepto él dejó de existir.

Hasta que sonó el teléfono y el momento se evaporó.

—Deja que suene.

—Solo miro quién es. Podría ser importante.

Me soltó a regañadientes. Corrí a coger el teléfono. El nombre de Tim llenaba la pantalla y la pasión se difuminó por completo. «¿Quiero hablar con él?». No, pero era posible que tuviera información sobre Aletha. Deslicé el dedo por la pantalla.

—Hola, Jen. Quería disculparme por el comportamiento que he tenido esta tarde.

«¿En serio? ¿He interrumpido un beso por esto?».

—No pasa nada. Entiendo que te quedaste en *shock*.

—Sí, pero aun así no tengo excusa. Lo siento.

Me volví hacia Russell, moví la boca en silencio para decirle «Tim» y me encogí de hombros.

Russell me respondió agitando la mano indicándome que le dijera adiós.

—Disculpas aceptadas. Mira, es que tengo que salir y…

—Olinski ni siquiera me dijo nada en el funeral. Supongo que es buena señal, ¿no te parece?

Inspiré hondo y lo solté lentamente.

—Tal vez. Hablando de Olinski, ¿conservas todavía la cadenita que te di?

—Sí, ¿por qué?

—Porque tendrías que dársela. Podría ser una prueba.

—Lo dudo, pero lo haré. Se la llevaré mañana. ¿Por qué no me acompañas, por si acaso quiere hablar contigo sobre el tema?

—Lo haría, pero mañana tengo que ir a Savannah por un asunto. Te llamaré en cuanto esté de vuelta, ¿vale?

Y corté la llamada.

Retomé mi posición al lado de Russell, pero la ira había sustituido a la pasión en sus ojos.

—¿Qué pasa?

—Habría sido mejor que no le comentaras lo de tu viaje de mañana.

—¿Por qué?

—No me fío de él.

—Normal, él tampoco se fía de ti. —Sonreí y le presioné el bra-zo—. No me pasará nada. No creo que sea el asesino de su mujer.

—Pero no lo sabes seguro. Hay muchas evidencias que apuntan en su dirección y la policía cree que lo hizo él.

195

—Pues ven conmigo. Así serás mi guardaespaldas.

Russell esbozó un mohín y me miró con ojos entrecerrados.

—Pues mira, igual lo hago.

Me empezaron a sudar las manos.

—¿De verdad? Sería estupendo. No me apetece conducir sola hasta tan lejos.

—Pues ya no tendrás que hacerlo.

Se levantó y miró hacia la puerta.

«No, siéntate».

—¿Dónde vas?

—Tengo cosas que hacer en casa. Mañana tengo que ausentarme.

Y me guiñó el ojo.

—Sí, eso me han dicho. —Una losa de granito sustituyó la bola de fuego—. ¿A qué hora quieres salir por la mañana?

—Te recogeré a las ocho. ¿Es demasiado temprano?

—No, estaré listo.

—Perfecto. Nos vemos, pues, a esa hora.

Me estampó un beso en la frente y se marchó.

Vacié en mi copa lo que quedaba de vino blanco, puse la tele y me adormilé en el sofá mientras en mi cabeza daban vueltas mis planes para la librería.

Me desperté con el sonido de las noticias y busqué a tientas el mando para apagar la tele. Me dolía la cabeza y tenía la boca seca. Encontré la tecla adecuada, pero me contuve cuando me fijé en la noticia que ocupaba la pantalla.

«El hombre encontrado muerto anoche en el Moonlight Motel ha sido identificado como Craig Marshall, de treinta y tres años, director del departamento contable de la empresa organizadora del concurso *Tu vida*. La causa de la muerte se desconoce por el momento. Se ruega a cualquiera que disponga de información sobre este suceso se ponga en contacto con el...».

Capítulo diecisiete

El miércoles por la mañana, el despertador no sonó con música, sino con la cháchara de un locutor de radio de esos que hablaban de forma agresiva y que me apresuré a silenciar. Fastidioso, pero efectivo. Era imposible volver a quedarse dormida después de aquel barullo.

Di los toques finales a la rutina del café y empecé a albergar dudas sobre el viaje. Sin embargo, cabía la posibilidad de que en Savannah estuviera el secreto de la conexión entre el concurso y la muerte de Aletha. La noticia de anoche fortalecía más si cabe esta idea.

«Craig ha muerto». El hombre con el que había hablado el lunes había fallecido en un sórdido motel frecuentado por narcotraficantes y prostitutas. ¿Qué tipo de asunto lo habría llevado a un lugar como aquel? Me había dado la impresión de ser una persona recta.

¿Y sería coincidencia que hubiese muerto justo después de Aletha? Dos personas, ambas relacionadas con el concurso *Tu vida*. ¿Qué podía tener en común un director de contabilidad con la ganadora de un concurso? Si los preparativos para la auditoría que estaba llevando a cabo Craig hubieran destapado algo incriminatorio, era posible que el criminal trabajara también para el concurso. Que fuera alguien que tuviera algo muy importante que perder si la información salía a la luz. Sikazian era el que más tenía que perder, pero Santa me parecía demasiado patético para ser un asesino. La señora Babbit tal vez, pero él no.

¿Y qué tenía que ver Aletha con ello? Tal vez la conexión existiera solamente en mi imaginación.

Volvía de nuevo a la teoría de la coincidencia. No era precisamente mi favorita, pero no tenía manera de demostrar que no lo fuera.

A pesar de que la idea no me gustara nada, sabía que tenía que llamar a Olinski. Y mientras esperaba que el detective se pusiera al teléfono, volteé de un lado a otro la tarjeta que me había dado.

—¿En qué puedo ayudarte, Jen?

Escuchó mi teoría sobre la posible conexión entre las muertes de Aletha e Ida y el silencio que siguió me perforó los tímpanos. Necesitaba creer que me estaba tomando en serio, pero era imposible sentirme convencida.

—Me parece que tu imaginación se está desmadrando otra vez. No estamos en una de tus novelas. Deja de buscar cosas que no existen. Aunque, ya que te tengo al teléfono, me gustaría formularte unas preguntas sobre ese dinero caído del cielo.

«Gracias por tomarme tan en serio».

—¿Qué dinero caído del cielo?

—Aletha Cunningham te ha legado Lectores Voraces en su testamento. ¿Por qué crees que lo hizo?

«Ya estamos otra vez». Dejé la tarjeta de visita en la mesa de centro.

—Según lo que dejó escrito, fue porque amo los libros tanto como los amaba ella. Supongo que sabía que seguiría adelante con sus planes para que más niños se interesaran por la lectura. Además, creo que es posible que tuviera en mente divorciarse de Tim.

Olinski carraspeó.

—Sí, es el rumor que nos ha llegado. ¿Estabas al corriente de que pensaba dejarte la tienda en herencia?

—No. Fue una auténtica sorpresa.

—¿Nunca te lo mencionó? ¿Ni te lo insinuó siquiera?

Empecé a trazar el recorrido que tenía marcado en mi apartamento.

—No, jamás, y estoy segura de que su hermano tampoco tenía ni idea. Aunque sí que es posible que su marido lo sospechara.

—¿Qué te hace pensar eso?

—Dijo algo así como que no podía creer que al final acabara haciéndolo.

—Imagino que sabes que si hubieses estado al corriente del contenido del testamento habrías tenido un buen motivo para matarla.

«Ya estamos».

—Pues a mí me parece que no, ya que no sé absolutamente nada sobre cómo se gestiona una librería. No tengo ni idea de qué se tiene que hacer y ni siquiera tengo tiempo para ocuparme de un negocio así. Tengo mis propias obligaciones y debo preocuparme por ellas. Plazos de entrega que cumplir.

—Estoy seguro de que sabrás sacar el negocio adelante sin problema.

Mi voz subió un decibelio.

—¿Por qué no te dedicas a averiguar por qué tanta gente relacionada con el concurso *Tu vida* está muriendo en circunstancias sospechosas?

—Jen, debes mantenerte al margen de todo esto. Dejar que hagamos nuestro trabajo.

Un decibelio más.

—¿Mantenerme al margen? Sigues contándome como sospechosa, no sé si lo recuerdas. Estoy metida en el tema, te guste o no.

—No te hemos acusado de nada. No te hemos hecho venir a comisaría para interrogarte. Deja el asunto en paz antes de que me obligues a hacer algo que no me apetece hacer, como arrestarte por interferir en una investigación policial —dijo, con un tono que me recordó a mi profesora de matemáticas de cuarto curso cuando me equivocaba por tercera vez con el mismo problema.

Mi tono de voz recuperó la normalidad.

—Solo intento ayudar. Si las muertes están relacionadas, todo esto podría ser mucho más complicado que la posibilidad de que yo hubiese matado a Aletha para quedarme con la librería. ¿Te interesa que se haga justicia o simplemente cerrar el caso? Yo estoy intentando hacer lo correcto, pero no quieres escucharme.

—Ya basta. —La rabia controlada acentuó su voz—. Quiero cerrar el caso solucionándolo, por supuesto. Pero piénsalo bien. ¿Y si resulta que tienes razón? ¿Y si existe una conexión? De ser así, sería muy peligroso que te metieras por medio. No quiero que sufras ningún daño. De modo que te lo digo por última vez, olvídate del tema. ¡Por favor!

Dos pitidos confirmaron el fin de la conversación. Pues estupendo. Tenía que correr a prepararme.

El chorro de la ducha bombardeó mi nuca y mis hombros, enviando parte de mi tensión hacia las alcantarillas de Riddleton. En las baldosas de color azul celeste aparecieron nubes jabonosas, como si flotaran en el cielo, y dejé que mi cabeza flotara con ellas. Cuando Olinski había dicho que le preocupaba mi bienestar casi me lo había creído. Casi. Aunque la posibilidad de que solo le preocupara que estropeara su investigación estaba muy presente. Y como nunca sabía qué pensaba en realidad, intentar descifrar su mente resultaba agotador.

Eran las siete cincuenta, me sequé y me vestí. A las ocho y cuarto empecé a patrullar por mi apartamento. Como un león enjaulado acechando el reloj. ¿Dónde se había metido Russell? Tenía aún el ego herido por la repentina partida de anoche, pero me esforcé por mantener el entusiasmo pensando en la aventura que teníamos por delante.

A las ocho y media, mi impaciencia ganó la partida. Lo llamé y lo desperté de un sueño profundo.

—Lo siento, he pasado mala noche.

Intenté convencerlo de que se quedara en casa y siguiera durmiendo, pero insistió en venir conmigo. De modo que pasé cuarenta y cinco minutos más deambulando por el apartamento. O quemaba mi frustración o el viaje hasta Georgia me volvería loca. O más loca de lo que ya estaba.

Cuando Russell llamó a la puerta, el estupor sustituyó al enfado. Estaba apoyado en la pared, con los ojos cerrados, la cara blanca como el papel y su pelo, siempre perfecto, cayéndole sobre la frente. Cuando le toqué el brazo, abrió los ojos, sonrió y me ofreció un saludo poco convencido.

—Estás horrible.

—Gracias. De eso se trataba.

Reí aun sin quererlo.

—¿Seguro que estás bien para el viaje?

—Segurísimo. No ha sido más que un poco de indigestión y no he dormido mucho, pero estaré bien. Te lo prometo.

—Pues vámonos. —Lo cogí por el codo—. Iremos en mi coche para que puedas dormir por el camino. Así cuando lleguemos allí ya te encontrarás mejor.

—Iremos más cómodos en el mío.

Y tenía razón. Tenía más sentido ir en el espacioso Honda, y el camión de basura del condado tenía menos porquería dentro que mi Nissan.

—De acuerdo, pero conduzco yo.

Russell ocupó el asiento del acompañante.

—Lo creas o no, lo peor ya ha pasado. Un poco de descanso y estaré bien.

Vale. De acuerdo. Aunque su cara parecía leche cuajada.

—¿Te has tomado algo?

—Sí, un mejunje de color rosa. En nada estaré estupendamente.

Yo tenía mis dudas, pero ¿qué le iba a decir?

—Bien, pero si te encuentras peor, me lo dices. Ten en cuenta que, si se te ocurre vomitar en el coche, te daré una paliza que te dejará sin sentido. Cuando estés mejor, claro.

En el suelo del lado del conductor, una solitaria mancha de barro rompía la uniformidad de la alfombrilla negra del Honda que, por lo demás, estaba inmaculado. Aunque solo fuera por eso, por su excelencia en los quehaceres domésticos, debía conservar a aquel chico. Mi coche me había parecido mucho más sucio cuando lo había sacado del aparcamiento. Me volví para bromear con Russell al respecto, pero ya estaba roncando.

Me paré para comprar un McMuffin con huevo y un café, y vi que movía los párpados, aunque sin llegar a abrirlos. Mientras circulábamos por la autopista, fui echándole miradas de reojo de vez en cuando. Sí, respiraba. Mi lado maternal se despertó de su estado de hibernación eterno y me entraron deseos de acercarme a su asiento y acunarlo, pero mi lado realista ganó la partida. Si cedía a mi impulso, nunca llegaríamos a Savannah. De modo que me limité a apartarle el pelo que le caía en la frente.

Brittany había dicho la verdad. Mis sentimientos hacia él eran más profundos de lo que estaba dispuesta a reconocer. ¿Por qué le preocuparía eso a mi amiga? ¿Qué vería ella que yo no veía? Ni idea. De hecho, seguía todavía sin saber por qué había pegado a Timmy Hardwick cuando me robó el dibujo que yo acababa de hacer pintando con los dedos aquel primer día en el parvulario. O por qué desde entonces se había autonombrado mi protectora.

Llegamos a la I-95, y Russell se agitó un poco, pero volvió a relajarse en cuanto me hube incorporado. Busqué algo en la radio, pero no encontré nada excepto publicidad, predicadores y música comercial. Creo que dejar que me arrancaran las uñas con pinzas sería incluso más entretenido que aquello.

Paré para echar gasolina en cuanto llegamos a Savannah, y Russell se despertó. Consulté el GPS mientras él iba al baño. Había completado el recorrido de doscientos cuarenta kilómetros en dos horas y media. No estaba nada mal.

Cuando Russell volvió a entrar en el coche, tenía los ojos brillantes, la mirada enfocada y su palidez había cedido el paso a un mínimo de color. Buscamos la dirección de Kingsley Franklin en Gwinnett Street. Según la aplicación, podía seguir por Bay Street hasta llegar al Boulevard Martin Luther King Jr. Parecía sencillo. Sabía, por supuesto, que necesitaría de un nivel de elegancia que no poseía para conseguir que aquel hombre me explicara por qué se había hecho pasar por el padre de Ida Green en su funeral. Pero merecía la pena intentarlo.

Llegamos a nuestro destino con solo un obstáculo, cuando el GPS había intentado mandarnos hacia una calle sin salida.

La casa de Kingsley Franklin funcionaba también como un pequeño supermercado.

—¿Qué opinas? —dijo Russell, examinando el aparcamiento.

Dos chicos de unos veinte años estaban apoyados en la pared a ambos lados de la puerta, una imitación blanca y proletaria de los leones de la Biblioteca Pública de Nueva York. No alcanzaba a leer el emblema de las sucias gorras de béisbol que cubrían sus cabezas y, claramente, sus pantalones vaqueros eran más negros que azules.

—Poca cosa.

—A lo mejor antes había una vivienda y la derribaron.

Pero las grietas en los cimientos del edificio y las manchas negras de las tejas que lo cubrían indicaban lo contrario.

—Durante este último año, seguro que no.

—¿Qué quieres hacer?

—Creo que entraré y hablaré con ellos. A lo mejor saben algo de ese tipo.

Russell se apoyó en el coche y se cruzó de brazos mientras yo me encaminaba hacia la entrada con un paso valiente totalmente falso y me preparaba para la reacción de los chicos que aguantaban la pared. Pero no pasó nada. Russell, a pesar de su estado, debía de haberles parecido suficientemente amenazador.

Cuando abrí la puerta, una ráfaga de aire frío me asaltó los ojos, que tuvieron que adaptarse a la penumbra. El mundo volvió a enfocarse y me encontré ante un sinfín de artículos de todo tipo para automóvil colgados de ganchos. Era un supermercado auténtico, con un poquito de todo: ambientadores con aroma a pino, comprobadores de voltaje, bornes para baterías. En una estantería baja: una oferta de un cuarto de galón de aceite para el motor, otro de anticongelante y uno de líquido limpiaparabrisas de uno noventa y nueve dólares, por solo dos dólares más.

Al fondo de la tienda, una cajera con piel curtida de tono anaranjado estaba inclinada sobre el mostrador. Las raíces de su pelo rubio teñido eran del mismo color que la ajada formica donde apoyaba los antebrazos.

Me aventuré hacia ella, y mi respiración entrecortada me permitió no inhalar más aire mohoso del necesario. Bajo mis pies, los tablones del suelo, a buen seguro podridos por debajo del linóleo amarillento, emitían ominosos crujidos.

Cuando llegué al mostrador, la empleada se volvió para dirigirse a un hombre rollizo de mediana edad que estaba sentado detrás de una mesa en un rincón. Tenía el color y el vigor del pliego de papeles que sujetaba en la mano y su bigote hitleresco empezó a moverse al ritmo de la voz de la mujer, enronquecida por el *whisky*. Un conejo oliendo la zanahoria. Un conejo grande y rechoncho con el pelaje apelmazado.

Tamborileé sobre el mostrador con los dedos y observé el pollo momificado que había en el interior de la vitrina de comidas calientes.

Por fin, el rechoncho hombre conejo le indicó a la mujer con gestos que se volviese hacia mí. Lo hizo, y con el movimiento tiró al suelo el expositor de Slim Jim. Las chispas que echaron sus ojos llegaron hasta mí. «¿Qué he hecho?».

—¿En qué puedo ayudarla?

Su tono me dejó claro que no lo decía sintiéndolo. De hecho, estaba segura de que no llegaba ni al puesto número diez de su lista de prioridades.

Tiré de mi encanto.

—Estoy buscando a un hombre llamado Kingsley Franklin. Me dio esta dirección, pero igual me equivoqué al tomar nota. ¿Sabe dónde podría encontrarlo?

—No me suena de nada.

Al menos podría haber fingido que se lo pensaba un momento.

—¿Y una mujer llamada Ida Clare Green?

Me fulminó con la mirada.

—Tampoco.

Señalé al hombre conejo.

—¿Y él?

La mujer puso mala cara y se volvió hacia el hombre.

—Oye, tú, ¿te suena un tal Kevin Thompson o una...? —Se interrumpió y volvió a mirarme—. ¿Quién era la otra?

Me mordí la capa superior de piel de la lengua.

—Ida Clare Green y Kingsley Franklin.

El gordo se quedó mirándome mientras parecía traducir mis palabras a su lengua materna, por mucho que no tuviera el más mínimo problema con el idioma en el que le hablaba la empleada. Al final, negó con la cabeza y volcó de nuevo su atención en los papeles que tenía delante. No entendí sí quería decir que no le sonaban de nada o que no entendía la pregunta. Fuera lo que fuese, comprendí rápidamente que allí no encontraría ninguna ayuda.

Cuando me disponía a marcharme, la cajera me detuvo.

—Oiga, ¿no es usted la señora que ha escrito ese libro? Sí, el libro ese de los gemelos.

—Sí, soy yo.

Me mostró una dentadura manchada de nicotina.

—El libro me encantó. ¿Cuándo va a sacar el siguiente?

Por lo visto, la mujer era capaz de mantener una conversación si quería hacerlo. Inspiré hondo y apreté la mandíbula.

—Pronto, se lo prometo.

Cuando subí al coche, Russell arrugó la nariz.

—Hueles a pollo.

Bajé la ventanilla.

—Es el plato del día.

—¿Qué te han dicho?

—Que no les suena de nada.

Russell bajó también su ventanilla, lo que permitió que una leve brisa arrastrara parte de aquel hedor.

—Voto por ir a comer algo y pensar qué hacemos a partir de aquí.

—¿Tienes hambre?

Se dio unas palmaditas en un vientre planísimo, que sospechaba que estaría incluso mejor sin camiseta. Aparté la vista.

—Estoy muerto de hambre. Tengo la sensación de que llevo una semana entera sin comer.

—¿Qué tenías pensado?

Russell miró por la ventanilla del lado del acompañante.

—Cualquier cosa. ¿Qué te parece ese Burger King de la otra acera?

—Me parece estupendo.

Russell pidió un menú Doble Whopper. Tomamos asiento en un par de bancos de plástico azul y comí despacio mi Whopper pequeño con patatas mientras él devoraba en silencio su comida. Un mago invisible lo había devuelto a la vida con una varita mágica. O con una patata frita mágica. Russell no reconoció mi existencia hasta que el último bocado desapareció de la vista.

—¿Y ahora qué quieres hacer?

—Pues no lo sé muy bien. Cuando decidí venir aquí tenía la

sensación de que ese tipo era quien decía ser. Esperaba algún tipo de inspiración, pero sigo esperando a que llegue.

Intenté concentrarme mientras Russell tamborileaba con los dedos sobre la mesa.

—Yo soy más de transpiración. Creo que deberíamos probar otro método.

—¿Como cuál?

—Eso depende. ¿Qué sabemos hasta el momento?

Mi pelo sudoroso me caía sobre la frente y lo aparté.

—Sabemos que Ida murió en un accidente de coche y que Kingsley se hizo pasar por su padre en el funeral.

—Bien. ¿Y por qué se hizo pasar por su padre?

Russell cesó el tamborileo y se recostó en el asiento. Evité su mirada para mantener mis hormonas a raya.

—El principal motivo que se me ocurre es el de quedarse con su herencia.

—Exactamente.

Me masajeé la nuca.

—Pero ¿cómo podía estar al corriente de la situación si es verdad que esa mujer no tenía familiares vivos?

—No lo sé, pero el caso es que se enteró. —Russell se frotó su suave barbilla igual que muchos hombres se acariciaban la barba—. Y utilizó la fotografía para demostrar que tenían una relación.

—¿De dónde saldría esa foto? Tenían que conocerse.

—A menos que utilizara Photoshop.

Me revolví en el asiento.

—De acuerdo, pero a partir de aquí, ¿dónde vamos?

Russell lució sus hoyuelos.

—Tengo algunas ideas.

Entrecerré los ojos ante la insinuación, aun sintiéndome tentada.

—Debe de haber una manera de encontrarlo. El hecho de que diera una dirección falsa me hace sospechar más incluso que esa suplantación de personalidad en el funeral. Tiene que estar escondiendo algo.

—Necesita una manera de llegar al dinero, si es eso lo que busca. Chasqueé los dedos.

—El concurso paga mediante una transferencia. Tiene que tener una cuenta bancaria.

—En este caso, lo que debemos hacer es localizar esa cuenta.

—Conozco a la persona que podrá ayudarnos.

Russell arqueó una ceja.

—Mi vecino Charlie. Es un genio de la informática. Me costará la cena más interminable de mi vida, pero estoy segura de que me ayudará. —Si no había otro remedio, al menos su atuendo del día me distraería de su falta de dotes de comunicación—. Lo llamaré para que empiece a mirar.

Mi intento fue directo al contestador, y el buzón de voz de Charlie había alcanzado el límite de su capacidad. Tendría que hablarlo con él luego, cuando llegara a casa por la noche.

—A lo mejor podríamos intentar obtener más información sobre Ida Clare Green —se me ocurrió—, nos podría llevar hasta Kingsley. Ya que estamos aquí, hagamos todo lo que podamos.

—Merece la pena intentarlo. ¿Qué sabemos de ella?

—Poca cosa. Todo lo que sé lo obtuve de la iglesia donde se celebró su funeral.

Saqué el teléfono y llamé a la Iglesia Presbiteriana Independiente. No me respondió nadie y no había contestador.

—Bien, en este caso, señora mía —Russell se levantó y me tendió la mano—, opino que lo mejor es que volvamos cuanto antes a casa.

Acepté su mano y me levanté.

—Pues opino, caballero, que tienes razón. Pero antes necesito ir al baño de las princesas.

—Te espero fuera.

Cuando salí, Russell, que se había quedado esperando en la puerta, dijo:

—Es increíble el calor que hace hoy. Habría hecho mejor viniendo en pantalón corto.

Me sequé la humedad de la frente.

—Sí, también yo. Aunque la verdad es que me habría gustado disponer de algo más de tiempo para disfrutar el viaje. Seguro que en la ciudad hay cosas interesantes que hacer.

Me pasó el brazo por el hombro, que respondió con un hormigueo.

—El deber ante todo. Volvamos a casa y pongamos a Charlie a trabajar.

Cuando nos acercábamos al coche, Russell señaló el parabrisas.

—¿Qué es eso?

Alguien había dejado un papel doblado debajo del limpiaparabrisas del lado del conductor. Lo saqué y lo desplegué mientras Russell miraba por encima de mi hombro. Impreso en letras mayúsculas de gran tamaño, podía leerse:

KINGSLEY FRANKLIN ESTARÁ EN EL EMBARCADERO
DEL RÍO ESTA NOCHE A LAS DIEZ. VEN SOLA
Y SIN AVISAR A LA POLICÍA A MENOS QUE QUIERAS
ESCRIBIR TU PROPIA NECROLÓGICA,
Y TAMBIÉN LA DE TU AMIGO.

Capítulo dieciocho

Russell me arrancó la nota de las manos.

—Esto es el colmo. —Se dispuso a abrir la puerta del Honda—. Vamos a ir directos a la policía. Esto ya es demasiado.

—Ni lo sueñes. Pienso acudir a este encuentro. ¡Y sola!

De ninguna manera estaba dispuesta a ceder el control de la expedición.

—Al único lugar donde vas a ir es a casa, y eso después de que hayamos hablado con la policía. ¿Entendido?

Mi presión arterial amenazaba con estallar por mi cabeza y convertirme en un volcán humano.

—¿Perdón? Si tú quieres irte, aquí están las llaves.

—No digas chorradas. ¿Y cómo piensas volver? La excursión es larga.

—No es tu problema cómo decida volver.

Me cogió por el brazo.

Me aparté.

—No lo hagas, Jen.

La solemnidad de sus ojos castaños se suavizó y su voz se volvió suplicante.

Titubeé, pero al instante reiteré mi decisión.

—Pienso acudir a este encuentro. Aletha ha muerto. Alguien tiene que averiguar por qué, y por lo que parece yo soy la única interesada en hacerlo.

Me apuntó a la nariz con el dedo índice.

—La policía está para ocuparse de estas cosas. Estás loca si piensas que voy a permitirte que cometas una estupidez de este calibre. Me importas. Me pediste que te acompañara para que velara por tu seguridad. No sé si lo recuerdas.

A pesar de que me sentí tentada a morder aquel dedo que seguía apuntándome, di un paso al frente. Y él un paso atrás. Uno a cero a mi favor.

—Y tú estás loco si piensas que voy a marcharme cuando estoy ante la oportunidad de entender de qué va todo esto.

Sus facciones, rojas como un hierro candente, se tensaron. Inspiró hondo varias veces y dijo:

—Piensa con racionalidad. ¿Por qué te ha dejado una nota? ¿Por qué no ha querido hablar contigo aquí y ahora? ¿Y por qué te pide verte de noche en un lugar donde seguro que no habrá nadie? Por lo que sabemos, este tipo podría ser un psicópata.

—Y por lo que sé, tú también.

Russell sonrió.

—Cierto, pero mejor que dejemos los comentarios graciosos para más adelante. —Me cogió ambas manos—. No quiero que te pase nada. Llevo toda la vida buscándote. Deja que la policía se ocupe del tema.

«¿Buscándome? ¿Un tío como él?».

Me aparté y, para poner cierta distancia entre los dos, me senté en el capó del coche con los brazos cruzados. No conseguiría camelarme para que cambiara de opinión.

—La policía no tendrá ni el más mínimo interés en todo esto.

Russell me agarró por los hombros y su cara se relajó.

—¿Cómo lo sabes? Podemos explicarles la situación. Decirles que es muy importante. Darles al menos la oportunidad de que lo investiguen.

Separé sus manos de mi cuerpo y las retuve entre las mías. Tenía las palmas suaves, sin callos, unas manos que no habían sufrido ni un minuto de trabajo manual.

—Lo sé porque lo sé. Mi compañera de habitación en la universidad recibía amenazas por escrito y un día decidió llevarlas a la policía.

No le hicieron ni caso y tres semanas después fue atacada en el aparcamiento. Capturaron al tipo e, incluso entonces, insistieron en que las notas no tenían nada que ver. Que la caligrafía del tío no encajaba con la de las notas o alguna sandez por el estilo. Como si no fuera posible cambiar la forma de escribir solo con sujetar el boli de un modo un poco distinto. En la nota pone que nada de policía. ¿Cómo sabemos que ahora mismo, justo en este momento, no nos está vigilando? Si quiero averiguar cosas, tendré que ir sola.

Russell me soltó la mano y me apartó el pelo de la frente. Me miró a los ojos.

—Si te mueres, la información no te servirá de nada.

Su mirada me hipnotizó, pero me propuse no caer presa de ella.

—Todo irá bien.

—Sé que crees lo que dices. ¿Acaso no tuvimos ya una conversación similar anoche?

—Ahora que lo mencionas, me suena. Y es una lástima que no podamos utilizar la misma solución.

Entrecerró los ojos para protegerlos del sol de la tarde.

—A lo mejor sí podemos.

—¿Cómo?

—Iré contigo.

—No puedes. La nota dice que vaya sola, y no estoy de humor para escribir mi necrológica. Tampoco la tuya. Me duele la cabeza.

—Tú sí que eres un dolor de cabeza. —Me dio una palmada en el hombro—. ¿Y si no se entera de que estoy allí?

Miré el cielo y parpadeé por el resplandor.

—¿Te refieres a que podrías esconderte en algún lado?

—Pues claro, ¿por qué no?

Podría ser una solución factible.

—¿Y si nos sigue?

—Me quedaré agachado en la parte de atrás.

—Es demasiado arriesgado, Russell —dije, llevándome las manos a las caderas.

—Iré con cuidado. No pienso permitir que vayas sola. Móntatelo como quieras, pero estaré allí —dijo, proyectando la mandíbula hacia delante, pero manteniendo una mirada cariñosa.

Tal vez tener un testigo no fuera tan mala idea.

—De acuerdo.

Sonrió.

—Estupendo.

La musculatura de mis hombros se puso rígida y empecé a sentirme como si tuviera la cabeza metida en un torniquete. Teníamos que conseguir que aquello funcionara.

—Pues bien, ahora que hemos cerrado el tema, ¿qué quieres hacer?

Me deslicé por el Honda hasta llegar al suelo, dejando una franja limpia en el capó. No me había dado la impresión de que estuviera tan sucio. Me sacudí el trasero del pantalón.

—En primer lugar —respondió Russell, mirando el reloj—, me parece que después de las diez será muy tarde para volver conduciendo a casa. Creo que deberíamos buscar una habitación para pasar la noche.

El calor me ascendió por el cuello y mi cabeza empezó a pensar a toda velocidad. Aún no estaba preparada para eso.

Y como si me hubiera leído los pensamientos, Russell levantó las manos.

—Podemos pedir dos habitaciones, o camas separadas, lo que prefieras. Piensa que ya estamos cansados y que aún falta mucho para la hora del encuentro. Volver a casa en coche a altas horas de la noche no sería seguro.

—Sí, tienes razón. ¿Dónde quieres que nos alojemos?

—He visto varios moteles en Bay Street, justo antes del cruce. ¿Por qué no miramos en alguno de esos?

«Inspira hondo, suelta lentamente el aire».

Acabamos en una sola habitación con dos camas y dividimos la factura. La habitación no estaría lista hasta al cabo de un par de horas, de modo que teníamos algo de tiempo libre.

—¿Por qué no nos acercamos al lugar de reunión para echarle un vistazo? —sugerí.

—¿Estás segura de que no preferirías ir a la policía?

—Segurísima. Y creo que eso ya lo habíamos dejado claro, ¿no?

Busqué en el teléfono la ruta más corta hasta nuestro destino. Nos llevó unos quince minutos llegar. El paseo estaba lleno de turistas y locales disfrutando del sol de finales de verano. Tres parejas distintas —una procedente de Alemania, otra de Suiza y una de Idaho— nos pidieron que les hiciéramos una foto a la sombra de la réplica del enorme barco a vapor blanco con el nombre Savannah River Queen pintado en el casco.

Russell compró un par de polos helados a un vendedor ambulante. Nos sentamos en la barandilla que nos separaba del río, nos comimos los helados y disfrutamos de la ligera brisa. El sol resplandecía sobre el agua.

—¿Qué piensas? —preguntó Russell, siguiendo una barca con la mirada.

Miré la multitud de paseantes.

—Pienso que por la noche no se parecerá en nada a ahora. Seguro que esto estará desierto.

—Lo sé, y tampoco veo dónde podría esconderse alguien.

—Lo que significa que no podrás esconderte en ningún lado. Tendrás que quedarte en el coche.

—Al menos, haga lo que haga ese tipo, tendrá que hacerlo al descubierto.

—Sí, aunque confío en que solo quiera hablar.

—Es un sitio para hablar.

Russell arrancó del palo con la boca lo que quedaba de polo.

La habitación tenía el diseño típico de un motel moderno, con un papel pintado insulso y moqueta a conjunto. Colores relajantes de otoño: anaranjados y dorados de la temporada de la cosecha. Un cuadro con un paisaje de la pradera ocupaba el ancho de las dos camas. Incluso el aire que se respiraba carecía de sustancia.

Hojeé la consabida Biblia y la guía turística que había en la mesita de noche mientras Russell repasaba la totalidad de los más de doscientos canales de la tele. Llevábamos solo cinco minutos juntos y ya nos ignorábamos. Lo cual no era buena señal.

A ninguno de los dos le apetecía salir, de modo que pedimos una *pizza* para cenar. De *pepperoni* y champiñones mi mitad, y de salchichas y aceitunas negras la suya. Comimos en silencio. Intenté combatir el cansancio mientras Russell seguía cambiando canales. Recuerdo que en una ocasión le pregunté a Gary por qué los hombres tenían esta costumbre y que su respuesta —«¿Y por qué quieres saberlo? Tráeme otra cerveza»— no fue de gran ayuda.

Me comí tres porciones de mi mitad y me adormilé un rato. Cuando me desperté, Russell estaba durmiendo en la otra cama con la caja vacía de *pizza* a su lado. Una escena adecuada para una pareja con cincuenta años de matrimonio a sus espaldas. ¿Bueno o malo? Ni idea.

Completamente despierta e incapaz de estarme quieta, con el encuentro de la noche ocupando la totalidad de mi cabeza, decidí dar un paseo para no despertar a Russell. De camino al vestíbulo, recorrí un largo pasillo con puertas idénticas de color naranja. Cada habitación debía de tener su propia historia. Quizá una pareja inmersa en una aventura extramatrimonial detrás de una puerta, un ladrón de bancos que pretendía eludir a la policía en la habitación contigua, y una mujer con dos niños que se escondía de un marido maltratador en la siguiente. Los gemelos Davenport podrían pasar meses tratando de solucionar los crímenes que potencialmente se escondían en aquel lugar. Una cantidad inmensa de combustible para una nueva novela. Siempre y cuando llegara el día en que consiguiera acabar la que tenía a medias en mi mesa de trabajo.

El vestíbulo del motel añadía escasa variedad a la monotonía, de modo que decidí aprovechar para llamar a Brittany al trabajo, sabiendo que era justo el día de la semana en que tenía turno hasta muy tarde. La versión de música ambiental de *Hello Dolly* me entretuvo hasta que se puso al teléfono. «Podría adivinar la melodía con solo tres notas».

—No me montes un escándalo, pero sigo en Savannah. Pasaremos la noche aquí y volveremos mañana.

—¿Pasaremos?

La imagen de Russell tal y como acababa de dejarlo, tumbado en la cama, me hizo sonreír.

—Russell me ha acompañado para protegerme de los malos.

—Seguro. ¿No te parece que estás corriendo demasiado? —Su sarcasmo fluyó por las ondas hertzianas.

El teléfono empezó a pesarme en la mano.

—No es lo que piensas, Brittany.

—¿No? ¿Y qué otra cosa podría ser?

Me costaba entender el tono agudo y penetrante que había adoptado su voz, pero no me apetecía pelearme. Necesitaba explicarle lo de la nota que había encontrado en el parabrisas.

—¿Estás loca?

Debía de estarlo, puesto que todo el mundo me decía lo mismo.

—Intento encontrar algo que me sirva para convencer a Olinski de que Tim no mató a Aletha, y de que tampoco la maté yo. Murió otra ganadora del concurso y un desconocido se presentó en su funeral. Además, Craig ha muerto en circunstancias sospechosas y…

—¡Espera un momento! ¿Que Craig ha muerto? ¿Cuándo ha sido eso?

—La otra noche, en un motel de Blackburn. Salió en las noticias. Aunque no sé ni cómo fue ni por qué.

Brittany suspiró.

—Qué lástima. Parecía un buen tipo.

—Lo era, por eso necesito encontrar el vínculo de unión, si es que lo hay. ¿Tanto cuesta entenderlo?

—No, pero ¿para qué va a servir todo esto si acaban matándote?

Brittany la rabiosa atacaba de nuevo. Alguien con quien últimamente tenía que enfrentarme más a menudo que nunca.

Me apoyé en la pared mientras seguíamos hablando. Cuando al marcharme completase la encuesta de satisfacción, sugeriría que pusiesen unas cuantas sillas en el vestíbulo.

—¿Por qué crees que alguien podría percibirme como una amenaza?

Yo no soy nadie, y además no sé nada. Y, si te digo la verdad, si ese tipo acaba presentándose, me llevaré una sorpresa.

—Todo el mundo se considera invencible hasta que se convierte en una estadística.

—Lees demasiado.

—Y tú escribes novelas de misterio. Deberías ser más sensata —dijo—. Llama a la policía. Te protegerán.

—¿Crees que ese tipo va a salir con las manos en alto si me presento con la policía?

Enderecé la espalda y cambié el peso del cuerpo al otro pie. Brittany cambió de táctica.

—¿Qué opina Russell de todo esto?

—Le gusta tan poco como a ti. Ha insistido en acompañarme para velar por mi seguridad. ¿Feliz?

—Es un comienzo, pero sigo pensando que deberías dejar que la policía se ocupase del tema. —Su voz se relajó—. Además, ¿quién te protegerá a ti de él?

—¿Qué te hace pensar que quiero protección? —repliqué, riendo.

—Eso es lo que me preocupa.

—No hay motivo de alarma. Tenemos camas separadas.

Brittany recuperó nuestra rutina de siempre.

—Igual que Ricky y Lucy Ricardo. ¿Y de dónde salió el pequeño Ricky?

Cambié de nuevo el peso del cuerpo al otro lado. Sentía hormigueo en las piernas solo de pensar en la aventura que me esperaba esta noche.

—Ellos empujaron las camas. Las de la habitación que nos han dado están clavadas al suelo.

Brittany rio entre dientes.

—Pues mira, con esto me siento mucho mejor. Eres adulta, haz lo que te dé la gana. Lo único que quiero es que nadie te haga daño.

Lo único que ocupaba mi cabeza en aquel momento era el encuentro con Kingsley Franklin.

—Yo tampoco quiero sufrir ningún daño, y no creo que lleguemos a eso.

—Te tomo la palabra. Pero hazme un favor, te lo ruego. Llámame esta noche cuando estés de vuelta en el motel para que sepa que estás bien.

—Lo haré. Siempre y cuando no haya quedado atrapada en las redes de la pasión. Porque, de ser así, tendrás que esperar hasta mañana.

—Lo digo en serio. Si a las once no he tenido noticias tuyas, pienso llamar a la policía, ¿entendido?

El teléfono se resbaló entre mis dedos sudados.

—Te lo prometo, a esa hora ya te habré llamado, pase lo que pase.

De repente sentí como si un ejército de hormigas corriera por mi nuca, como si alguien estuviera observando cómo guardaba el teléfono en el bolsillo. ¿Estará también aquí el Gran Hermano? El recepcionista estaba concentrado en la televisión del vestíbulo y al otro lado de la ventana no se veía nada raro. Debía de haber absorbido la paranoia de Brittany para sumarla a la mía.

Sonó el teléfono. Un número desconocido. Lo cogí al segundo tono.

—Jen.

La voz conocida me erizó los pelos del cogote.

—¿Qué puedo hacer por ti, Olinski?

—Yo tengo una pregunta mejor. ¿Dónde está Tim Cunningham?

Engullí parte de mi rabia.

—¿Cómo quieres que lo sepa?

—¿No está contigo?

Me vino a la cabeza la imagen de la cara dormida de Russell.

—Te aseguro que no está conmigo. No tengo ni idea de dónde está.

—Las evidencias indican que Tim y tú estuvisteis trabajando conjuntamente para libraros de su esposa. ¿Lo ayudaste?

Un cubito de hielo se deslizó por mi espalda.

—Deberías saber de sobra que no tiene ningún sentido preguntarme eso. No tengo ni idea de si Tim mató a su mujer, pero estoy segura de que no ayudé a quien lo hizo y de que no tengo ninguna aventura con Tim Cunningham.

—Pues tengo tres testigos que dicen que sí la tienes.

—Eso es ridículo. ¿Desde cuándo haces caso a los chismosos?

Olinski soltó el aire.

—No quería llegar a esto, Jen, pero tienes que presentarte en comisaría para ser interrogada mañana por la mañana.

—Pero ¿qué dices? Me conoces bien. Jamás le haría daño a nadie.

—Si te conozco o no es un detalle que carece de importancia. Tengo que hacer mi trabajo. Y quiero verte en comisaría a las nueve en punto.

«¿Estará hablando en serio?».

—No estoy en la ciudad en estos momentos, de modo que el interrogatorio tendrá que esperar.

—No es una petición. Iré a buscarte para que vengas si es necesario.

—Pues buena suerte.

Silencio. Al cabo de un rato, dijo:

—¿Dónde has dicho que estabas?

—No lo he dicho.

Y colgué.

Capítulo diecinueve

Russell roncaba suavemente en la cama cuando volví a la habitación, pero la conversación con Olinski había aumentado mi nivel de estrés hasta el doce en una escala del uno al diez. Su existencia me ponía siempre en un estado de alerta máxima. Era la única persona, además de mi madre, capaz de enojarme hasta ese punto.

Me senté en la mesa que había junto a la ventana, con las cortinas abiertas lo suficiente como para ver los coches que pasaban. La luna en cuarto creciente se suspendía en la línea del horizonte, y a pesar del resplandor de las luces de la ciudad, se veía ya el brillo de algunas estrellas. Me dejé ir contemplando aquella vista tranquila, intentando adivinar la Osa Mayor, la Osa Menor y Orión, el cazador. Si pudiera quedarme aquí sentada contemplando eternamente las estrellas, tendría la vida perfecta.

Un día más que muerde el polvo. Me vino a la cabeza la letra de la canción de Queen que contenía una frase similar y me obligué a concentrarme en otra cosa. Por desgracia, esa otra cosa tenía que ver con Tim Cunningham. ¿Por qué habría desaparecido? No era el acto de un hombre inocente, sin la menor duda. ¿Me habría equivocado con él? Y Olinski me había insinuado que habíamos matado a Aletha conjuntamente. Me parecería muy divertido si no tuviera el poder de arrestarme por ello. La reunión de esta noche me proporcionaría tal vez la posibilidad de demostrarle a Olinski que no era una escritora excéntrica y sin sentido común que no tenía ni idea de cómo funcionaba el mundo real.

¿Qué conexión podía haber entre el misterioso Kingsley Franklin e Ida Clare Green, aquí en Savannah, y entre Aletha Cunningham y Craig Marshall en Carolina del Sur? No parecían tener ninguna relación, pero mi instinto clamaba a gritos lo contrario. ¿Qué tenían en común Ida Clare Green y Aletha Cunningham? Que ambas habían ganado el concurso *Tu vida* y que ambas habían muerto. Pero faltaba alguna cosa en medio. Quizá Craig Marshall había descubierto algo y por eso lo habían matado. Algo que unía todos los cabos sueltos.

Una luz estroboscópica roja brilló en el cielo. Una estrella avión. «¿Dónde está mi billete?». Necesitaba un cambio. Mis viejas rutinas habían dejado de funcionar. Había pasado demasiado tiempo nadando como un perrito y quizá había llegado la hora de aprender a nadar de verdad. ¿Pero por dónde empezar?

Russell gruñó y me volví hacia él. Estaba moviendo las manos y los ojos. ¿Tendría una pesadilla conmigo de protagonista? Paranoia. Mi neurosis favorita. El doctor Margolis no me había ayudado con esto.

Se giró hacia el otro lado y se tranquilizó. No me apetecía interrumpir su tan necesario descanso, pero teníamos que irnos pronto. Si me marchaba sin Russell, se preocuparía, pero, más importante si cabe, mi seguridad dependía de su presencia. Necesitaba averiguar quién había matado a Aletha, pero ¿estaba dispuesta a morir en el intento?

Le toqué en el hombro. Pero siguió durmiendo. Le di más fuerte y lo llamé por su nombre. Abrió los ojos, pero sin centrar en absoluto la mirada.

—Hola, dormilón. Es hora de levantarse.

Estiró los brazos por encima de su cabeza y golpeó sin querer el cabezal.

—¿Qué hora es?

Reí y miré el despertador.

—Casi las nueve y media. Tenemos que salir en unos minutos.

Sacudió la mano.

—No puedo creer que haya dormido tantísimo. ¿Qué has estado haciendo todo este rato?

Tenía el pelo de punta y las marcas de la colcha se entrecruzaban en su cara. Mi corazón se puso a bailar claqué. Inspiré hondo para ralentizar el ritmo de mi respiración. No había tiempo para esas cosas.

—Reflexionar sobre el significado de la vida. Ver cómo me iban creciendo las uñas.

—Suena maravilloso.

—La verdad es que es aburrido, eso de darle tanto al coco. Acabo siempre con dolor de cabeza.

Parlotear me ayudó a liberar un poco la tensión que recorría mis músculos. Tamborileé con los dedos sobre la pierna, me obligué a parar, y empecé entonces a dar golpecitos con el pie en el suelo. Patético.

—Normal. Deja que me eche un poco de agua en la cara y nos vamos.

Arrojó en la cama la toalla que había utilizado para secarse las manos y emergimos a la agradable noche de septiembre, con un ambiente cargado de humedad pero sin frío. En menos de un mes empezaría a necesitar una chaqueta, pero disfrutaría de la sensación. Me gustaba fingir que el otoño existía en estas latitudes, por mucho que no fuera así.

Cuando llegamos al coche, abrí la puerta de atrás para que Russell entrara.

Se detuvo en seco.

—¿Qué haces?

—Abrirte para que te escondas detrás, tal y como dijiste que harías.

—¿Aquí? ¿Y no podemos esperar a que lleguemos?

El sudor generado por la adrenalina empezó a empaparme la camiseta en la zona de las axilas. Le respondí apretando los dientes y haciendo gala de una compostura totalmente artificial.

—Mejor aquí, podrían estar siguiéndonos. Se supone que tengo que ir sola. Escóndete detrás. Fue en lo que quedamos.

—¿Y cómo sabes que no nos está vigilando ahora?

—No lo sé, pero ¿cómo quieres que lo haga? ¿Quieres que meta el coche en la habitación? O subes atrás o no vienes. Tú decides.

Soltó un suspiro de agotamiento.

Noté una fuerte tensión en el pecho. Russell simplemente quería ayudarme.

—Lo siento, pero quiero tener la oportunidad de hablar con ese tipo. No quiero echarlo todo a perder.

—Lo sé. Me comportaré.

Cogió una bolsa de lona que había en el suelo y la dejó en el asiento.

—¿Qué es eso?

—Mi ropa de deporte.

Dejó la bolsa más atrás.

—Yo nunca hago deporte. Excepto lo de ir a correr los sábados por la mañana. Y decir que voy a correr los sábados por la mañana es una exageración, ya que solo he ido una vez. A menos que cuente también mi intento fallido del otro día.

Russell se metió como pudo en el espacio que quedaba detrás del asiento del conductor.

—Te creo, ¿pero no te alegras de no tener que ser tú la que tenga que meterse en este espacio en estos momentos?

Le alboroté el pelo y lo empujé.

—Nadie ha dicho nunca que jugar al caballero de la brillante armadura fuera a ser fácil.

—Ja, ja.

—Siento mucho que tengas que viajar tan incómodo. Vámonos.

Repetí el trayecto que habíamos realizado por la tarde y aparqué junto al paseo peatonal, desde donde Russell tendría una vista despejada del punto de encuentro y mi coche no destacaría por ser el único aparcado. El ambiente, silencioso y pesado, me envolvió como una nube. Sentí un escalofrío en la espalda.

Mi teléfono marcaba las 21:57. Salí del coche y crucé la calle hasta llegar a la zona peatonal con suelo de cemento. El Savannah River Queen, adornado por la niebla que se movía por encima del agua, se cernía sobre mí. No había ni rastro de Kingsley Franklin. Caminé lentamente siguiendo el barco en toda su longitud, arrastrando la mano por la barandilla. No me quedaba más remedio que esperar. La luna asomaba la cara entre las nubes y su reflejo neblinoso otorgaba al río un aspecto pantanoso. Excepto que no había espadañas ni troncos podridos, sino aceite brillante de motor y basura flotante. La neblina nunca conseguía esconder estas cosas, aunque sí el coche de Russell. Si yo no podía verlo, ¿podría verme él? Confiaba en que sí.

Hacia las diez y cuarto, renuncié a seguir patrullando y descansé el pie en el listón inferior de la barandilla, de cara al agua. Lo más probable era que no se presentase, pero merecía la pena esperar unos minutos más para asegurarme. Las olas rompían contra el casco del barco, y el impacto hacía que se alejara unos pocos centímetros de su amarre. Tiré del cabo, y el barco se acercó de nuevo al muelle. Una fuerte sensación de poder por haber movido un objeto tan grande con solo las manos me sacudió el cuerpo. Un momento macho.

Eché la cabeza hacia atrás para poder ver mejor el barco, y mi imaginación me regaló la música y el empavesado que debían de acompañar en su día a los caballeros con sus polainas y a las damas con sus sombrillas. La cubierta inferior albergaría a los jugadores, con sus puros y sus cartas marcadas, y las paletas de las enormes ruedas los impulsarían por el Misisipi. Lo único que faltaba era Mark Twain.

Oí unas pisadas y me tensé de repente. Por el rabillo del ojo capté un resplandor metálico y, de pronto, un objeto me golpeó la mandíbula. Volví rápidamente la cabeza. Unos brazos enérgicos me inmovilizaron. Pataleé con fuerza, conseguí conectar con algún hueso y distraer al agresor lo suficiente como para poder liberar un brazo. Un trapo con un olor extraño me cubrió la nariz y la boca. Contuve la respiración.

Tiré del brazo que me sujetaba. Mi tacón impactó contra una espinilla, pero el golpe solo provocó gruñidos. El corazón me iba a mil y el sudor me escocía en los ojos. Me retorcí para soltarme, pero la mano que me tapaba la boca forzó mi cabeza hacia atrás. Sentí un crujido en el cuello. El dolor estalló en mi cráneo. La nariz me ardía como consecuencia del vapor acre que desprendía el trapo. Se me llenaron los ojos de lágrimas. Mis pulmones necesitaban aire. Desesperada, inhalé y me abrasé la garganta. Todo se volvió negro.

Cuando recuperé la conciencia, el agua gélida inundaba mi boca y mi nariz. Me ardían los senos nasales. Agité los brazos en un intento de mantenerme en la superficie. Pero una fuerza invisible tremenda me impulsaba hacia abajo. El agua se cerró por encima de mí. Y empecé a hundirme.

El corazón retumbaba en mi pecho y me concentré en recuperar la calma. ¿Por qué no habría aprendido a nadar mejor? «Dios, dame por favor esta oportunidad y te prometo que me volveré practicante». Me había criado sin religión, pero en las trincheras no existían ateos, y tampoco en el fondo de un río.

Dejé de hundirme. La superficie iluminada por la luna brillaba lejos, por encima de mí. Extendí los brazos para dirigirme hacia allí. Pero no conseguí moverme. Alguna cosa me retenía por los tobillos. Me palpé los pies. Parecía una cuerda gruesa que sujetaba algún tipo de peso. Estaba flotando atada por encima de ese peso, como uno de esos buceadores que ponen en las peceras. Las burbujitas giraban a mi alrededor y se me adherían a la piel. Si pudiera desatarme de la cuerda, tal vez tendría una oportunidad de salvarme. ¿Sería capaz de contener la respiración el tiempo necesario? Necesitaba a Tim Cunningham, el rey de los cabos. ¿Y dónde se había metido Russell cuando más lo necesitaba?

Mis dedos estaban helados y rígidos y se mostraron incapaces de retirar la cuerda que me retenía los tobillos. El agua fangosa me cegaba. Alguna cosa me tocó las piernas. Un pez. El esfuerzo por apartarme hizo que la cuerda se me clavara en la carne. Los huesos de los tobillos chocaron entre sí. Una punzada de dolor me ascendió por las piernas. Me mordí el labio y me hice sangre.

La corriente me mecía y la cuerda parecía querer separarme los pies de los tobillos. Comprendí que mis muchos años de práctica en la bañera quizá acabarían resultándome útiles. ¿Cuánto tiempo sería capaz de contener la respiración? Dos minutos, quizá tres. ¿Cuánto tiempo habría pasado ya? Veinte segundos. Probablemente un poco más. Veinte años, según mis pulmones, sometidos a una presión cada vez mayor. Tenía que controlar el tiempo a medida que iba pasando.

«Uno Misisipi, dos Misisipi, tres Misisipi».

Aquel cabo grueso seguía reteniéndome los tobillos. Tiré de la cuerda, pero mi mano resbaló. Empezaba a ver lucecitas y mis pulmones se resistían a la fuerza que se acumulaba en su interior.

«Once Misisipi, doce Misisipi».

Con dedos entumecidos, examiné la cuerda. No estaba deshilachada por ningún lado, parecía nueva. ¿Y por qué eso me parecía importante? «Dios mío. Ayúdame».

La fibra áspera de la cuerda se me clavaba en la piel.

«Veinte Misisipi, veintiuno Misisipi, veintidós Misisipi».

Necesitaba concentrarme.

Mis dedos siguieron examinando el cabo mientras las palabras «cuerda nueva» se repetían en mi cabeza. ¿Qué había dicho Tim sobre el tejido de los cabos cuando eran nuevos?

«Treinta y cinco Misisipi, treinta y seis Misisipi».

Que cedía. Que el tejido de los cabos nuevos cedía al humedecerse, pero solo cuando no era sintético. «Dios mío, por favor, que no sea sintético». Tenía que conseguir que la cuerda cediera lo suficiente como para poder liberarme de ella.

Moví los pies en direcciones opuestas, pero se me acalambraron los muslos y tuve que parar. Introduje todos los dedos que pude entre la cuerda y el tobillo y tiré con fuerza. Cuando retiré la mano, descubrí que el espacio entre los pies se había agrandado. Era una cuerda de fibra natural. «Gracias, Dios mío». Había conseguido espacio casi suficiente para liberar un pie.

«Cuarenta Misisipi, cuarenta y uno Misisipi».

Me quedaba como mucho un minuto. Mis pulmones pedían aire a gritos. Combatí el impulso de respirar.

«Cuarenta y cinco Misisipi, cuarenta y seis Misisipi».

Tiré del pie izquierdo para liberarlo de la cuerda, pero se me quedó atascado. Pataleé y volví a meter los dedos. Nada. Me estaba quedando sin tiempo.

«Sesenta y cinco Misisipi, sesenta y seis Misisipi».

Me dolían los pulmones. Los latidos del corazón vibraban en mi estómago. De un modo u otro, pronto tendría que respirar. Solté unas cuantas burbujas e intenté liberar de nuevo el pie. Imposible.

Tiré de la cuerda e intenté quitarme las zapatillas. Se me habían hinchado los pies, pero, finalmente, las Nike cayeron hacia el fondo. «Setenta y ocho Misisipi, setenta y nueve Misisipi».

Me quedaba una única oportunidad. Mis pulmones no aguantarían más tiempo. Cuando tiré de la cuerda, mi pie izquierdo logró liberarse. Lo conseguiría. Pero entonces, el nudo se tensó alrededor de mi tobillo derecho.

«Noventa Misisipi, noventa y uno Misisipi».

Se me había acabado el tiempo.

El aire salió de mis pulmones y tiré de la cuerda una última vez. Mi resistencia claudicó en forma de burbuja al mismo tiempo que el pie se liberaba del nudo.

El agua adoptó un tono gris descolorido, salpicado con lucecitas centelleantes. Pataleé con fuerza hacia la superficie.

Capítulo veinte

Emergí a la superficie y vomité un agua que insinuaba la presencia de aceite de motor, peces y restos vegetales podridos. Cogí aire y tosí. Cada vez que respiraba era una intensa agonía, cada latido que daba mi corazón, una puñalada en el pecho. El agua me rozaba la barbilla y eché la cabeza para flotar bocarriba.

Tenía que salir del agua. Giré sobre mí misma en círculo para situarme. Mis vaqueros empapados me impulsaban hacia abajo. La luna se había escondido detrás de una nube. Me envolvía una oscuridad inquietante. Las olas rompían contra el barco a vapor, que parecía alejarse, lo cual me sirvió para orientarme mientras la corriente me arrastraba río abajo.

Un intento de grito de ayuda dio como resultado un lastimero gemido que ni siquiera yo pude oír. La caballería no vendría a salvarme esta vez. Estaba sola. No, no lo estaba: tenía conmigo a los gemelos, que a buen seguro me ayudarían. ¿Qué haría Dana de estar en mi lugar? Lucharía.

Mis ojos se adaptaron a la penumbra y un objeto grande y oscuro se materializó cerca de la orilla. Era imposible saber si avanzaba también con la corriente. Pateé en el agua con las piernas entumecidas y me impulsé hacia mi objetivo. Mi respiración se convirtió en jadeos breves y entrecortados.

La nube se deslizó en el cielo y la luna asomó lo bastante como para iluminar un pequeño embarcadero, que escoraba hacia un lado. Mi próximo destino.

Me dejé llevar por la corriente y braceé como un perrito durante un tiempo que me parecieron horas, pero la luna no cambiaba de posición y las luces de la ciudad no se acercaban. Era como si llevara plomo en los brazos. Los músculos de mi espalda empezaron a sufrir calambres.

El embarcadero se materializó por fin delante de mí y nadé hacia el poste más cercano hasta conseguir rodear con los brazos la columna de madera cubierta de alquitrán. La musculatura de mi nuca se relajó, y al instante sentí una punzada de dolor en la cabeza. Cerré los ojos.

Los espasmos me sacudieron los hombros. ¿Tendría fuerza suficiente para impulsarme y salir del agua?

Me agarré al borde de la plataforma con la mano derecha y reuní la energía necesaria para hacer lo mismo con la izquierda. Pero en cuanto estuve colgada de los brazos, mis hombros se rebelaron. Emití un gruñido ronco.

Cuando los espasmos se apaciguaron, comprendí que necesitaba moverme si no quería volver a caer al agua. Obligué a mis tercos brazos a entrar en acción e impulsé la parte superior del cuerpo hasta las tablas erosionadas. Descansé el peso en los antebrazos. Un montón de percebes se me clavaron en la piel.

Me impulsé un poco más sobre el embarcadero. Me quedé con medio cuerpo temblando sobre las tablas.

Descansé hasta reunir fuerzas suficientes para subir la pierna izquierda al embarcadero. Una punzada de dolor en la cadera estuvo a punto de proyectarme de nuevo hacia el río. Grité y me mordí el labio inferior. La sangre resbaló por mi barbilla.

Necesité de otros tres intentos para levantar la pierna izquierda lo suficiente como para poder descansar la rodilla en el borde. Temblores incontrolables me obligaron a vomitar un cubo entero de agua de río y *pizza* sobre el embarcadero. Me pasé la lengua por los labios. La brisa había hecho descender mi temperatura corporal e, incapaz de mandar órdenes a mis músculos, me acurruqué y me sumí en un estado de relajada inconsciencia.

Cuando volví en mí e intenté sentarme, vacié lo poco que

quedaba en mi estómago. El dolor encendió todas las terminaciones nerviosas de mi cuerpo y mi cabeza empezó a pensar. ¿Dónde estaba Russell? ¿Lo habría matado antes a él mi atacante? No, de haber sucedido, seguro que habría oído o visto algo. A menos que hubiera pasado mientras yo estaba inconsciente. Tenía que encontrarlo, pero antes de poder hacerlo, alguien tenía que encontrarme a mí. Era imposible que pudiera pasarme la noche entera vagando por las calles vacías en busca de ayuda, cuando permanecer sentada ya era todo un reto.

Mis piernas de goma oponían resistencia bajo el peso de la ropa mojada. Me recosté sobre los codos. Y de repente, vi que un lobo enorme avanzaba hacia mí.

Meneé la cabeza y el agua crujió en mis oídos. No era un lobo. Sino un pastor alemán.

—¡Hola, chico!

El perro lobo levantó las orejas y vino hacia mí.

«Sé simpático, por favor».

La poca adrenalina que me quedaba revoloteaba en mi estómago, sin fuerza suficiente para tener miedo de verdad. Esta vez no tenía la posibilidad de luchar o salir corriendo.

Cuando el perro estuvo más cerca, vi que tenía las mamas cargadas de leche. Era hembra, y acababa de tener cachorros.

Se detuvo a un metro y medio de distancia. Me quedé quieta. La perra me observó con unos ojos que a la luz de la luna parecían verdes. Era un animal magnífico: negro y pardo, con un toque de plateado en el morro. Bien cuidado. Dio un paso más hacia mí. Levanté la mano y se paró de nuevo.

—Ve a buscar ayuda, chica. Jenny se ha caído en el pozo.

La perra se sentó y ladeó la cabeza. No había visto *Lassie*.

El frío me estaba tensando los músculos y helando los huesos y me estremecí. Con el hocico entre las patas delanteras, el pastor alemán siguió estudiándome mientras yo tosía. Y entonces, sus orejas se pusieron tensas, se levantó de repente y se fue por donde había venido.

—Espera, no te vayas.

Me miró por encima del hombro.

—¡Princesa! —Una voz de mujer—. ¿Dónde te has metido, Princesa?

La perra dio varios pasos más.

La poca energía que me quedaba la gasté en el esfuerzo de sentarme. Mis músculos abdominales protestaron con ganas.

—¡Socorro!

El grito fue lo bastante potente para que lo captaran los oídos caninos, pero no los humanos. Volví a toser.

—¿Quién anda ahí? —preguntó la mujer a la oscuridad—. ¿Princesa?

La perra emitió un ladrido que más bien parecía un rugido. Un sonido aterrador.

La mujer silbó y Princesa se marchó corriendo. Sus mamas cargadas de leche se balancearon bajo su cuerpo. Volvía a estar sola. Era una suerte que no tuviese suficiente energía para caer presa del pánico.

Me tumbé de nuevo en el suelo y cerré los ojos. Mi cabeza palpitaba con cada latido, un ritmo que acabó adormilándome. El golpe de la puerta de un coche al cerrarse, luego voces, después nada.

Abrí los ojos al oír aquellos sonidos y me apoyé sobre los codos, doloridos y llenos de astillas. El haz de una linterna osciló sobre mí. ¿La caballería, por fin?

Ladeé la cabeza sobre las tablas y una cara pecosa, coronada con pelo rojo, se cernió sobre mí. ¿Eric? No, no podía ser.

—Jen, ¿estás bien?

Respondí con más tos. Me ardían los pulmones.

—Lacey, llama al 911. —Eric me apretó la mano—. Aguanta, Jen, la ayuda viene de camino.

Era él, y Lacey también. ¿Cómo me habrían localizado? Aunque eso era ahora lo menos importante. Le devolví el apretón. Una respuesta verbal me exigiría más esfuerzo.

El reflejo de unas luces rojas en las nubes anunció la llegada de la ambulancia y un enfermero corrió para taparme con una manta, que poco hizo para aliviar mis temblores incontenibles.

En el hospital, una sonriente enfermera rubia me tapó con otra

230

manta para que entrase en calor. Cuando empecé a descongelarme, el dolor zumbó por mis músculos. Luego, la enfermera me ayudó a desvestirme. En mi refriega con el embarcadero me había arrancado tres uñas de cuajo. Mis uñas nunca me habían preocupado mucho, pero aquello era demasiado, incluso para mí.

Mi ropa apestaba al inconfundible olor a aceite de motor y pescado. Cuando la enfermera me entregó una bolsa de plástico, busqué con la mirada una papelera. No pensaba volver a ponerme aquella ropa nunca más. Y curiosamente, me daba igual. Y también me daba igual que mis Nike favoritas se hubieran quedado en el fondo del río. Eric se alegraría, eso sí. Porque de este modo tendría oportunidad de poder elegirme unas zapatillas nuevas.

Pero nada de todo aquello tenía ya importancia. Había estado a punto de morir y la manta caliente y el camisón abierto por la espalda se habían convertido en mis nuevos mejores amigos. «Lo siento, Brittany».

Un médico me examinó las manos, que tenía hinchadas y amoratadas, y las quemaduras que la cuerda me había dejado en los tobillos. Mi temperatura registraba unos tropicales treinta y cuatro grados y medio, lo cual cerró la decisión de dejarme en observación. Y me iba bien, siempre y cuando incluyera una cama caliente y la posibilidad de dormir.

Un policía, R. Murphy, según constaba en la placa plateada que colgaba del bolsillo de su camisa, entró para interrogarme mientras la enfermera se ocupaba del papeleo de mi ingreso. Apenas podía levantar la cabeza de la almohada, pero supuse que cooperar me ayudaría a averiguar si sabían alguna cosa de Russell. Sacó una libreta.

—Señorita Dawson, ¿podría explicarme qué le ha pasado esta noche?

Le ofrecí la versión condensada de los sucesos del día, junto con una descripción de Russell y su coche.

—Debería haberse puesto en contacto con nosotros cuando recibió esa nota. Tiene suerte de estar viva.

—Lo sé.

Me pasé la lengua por los labios e intenté tragar saliva. ¿Tendrían algo de beber en aquel desierto?

—¿Podría describirme a su atacante, por favor?

Volví la cabeza y el mundo a mi alrededor empezó a girar vertiginosamente. Cerré los ojos para apaciguar las náuseas.

—No lo vi. Me agarró por detrás. Tengo el vago recuerdo de algo brillante y de un dolor muy fuerte en la barbilla antes de que me pusiera un trapo en la boca, pero nada más.

El policía levantó la vista de la libreta.

—¿Brillante? ¿Cómo qué?

Me disponía a encogerme de hombros cuando una punzada de dolor me obligó a cambiar de idea.

—¿Un reloj, quizá? Ni idea.

La enfermera reapareció.

—Ya está todo preparado, señorita Dawson. Agente, me temo que de momento tendrá que irse. Puede seguir hablando con ella después, cuando esté en planta.

—He terminado. —Cerró la libreta—. Señorita Dawson, si recuerda cualquier otra cosa, llámeme a comisaría. Mañana por la mañana, después de que hayamos acabado de analizar la escena, vendrá a verla un detective para recoger su declaración. Si hemos averiguado algo, se lo hará saber.

Me hizo entrega de una tarjeta y se volvió para marcharse.

Le llamé.

—¿Agente?

—¿Sí?

Levanté el brazo con la intención de apartarme de la frente un mechón de pelo sucio, pero un doloroso tirón me detuvo antes de conseguirlo.

—¿Y Russell, el chico que estaba conmigo? Estoy preocupada por él.

El agente Murphy bajó la vista y luego volvió a mirarme.

—Lo buscaremos.

—Tienen que encontrarlo. Estaba observándome desde el coche. El atacante debió de ir primero a por él, porque si no habría salido a ayudarme. Debe de estar en algún sitio, desangrándose quizá.

«U ocupando mi lugar en el fondo del río», pensé.

El policía intercambió una mirada con la enfermera.

—Si averiguamos alguna cosa se lo haremos saber enseguida. Buenas noches.

—¿Lista para irnos? —me preguntó la rubia, señalando la silla de ruedas.

De ninguna manera iba a subir yo a esa cosa.

—Puedo andar.

La enfermera dio unos golpecitos al respaldo de la silla.

—Es política del hospital. Nadie con un brazalete de plástico se mueve por aquí sin ruedas. Además, ¿le apetece pasear enseñando el trasero a sus amigos?

—Supongo que no.

Intenté sentarme, pero mi musculatura estaba rígida. Lo único que podía hacer era girar la cabeza hacia la izquierda y me di cuenta de que mi hombro derecho no soportaba mi peso. Con Lacey y Eric escoltándome, conseguí bajar de la camilla de observación y dejarme caer en la silla de ruedas.

Me concentré en los músculos isquiotibiales para apartar la atención de los tobillos y los hombros. Cada vez que la silla daba un salto, una punzada de dolor me recorría el sistema nervioso por entero. Era como si me hubiese pasado por encima una locomotora.

La enfermera rubia me instaló en una habitación individual, y cuando la enfermera de planta hubo acabado de tomarme las constantes vitales y de rellenar todo el papeleo, eran casi las dos de la mañana. Ninguna parte de mi cuerpo se movía con comodidad. Y había partes que no se movían en absoluto. Me di por vencida.

Lacey se sentó en la silla que había al lado de la ventana y Eric a los pies de la cama.

—¿Te apetece hablar? —preguntó Eric.

—Un poco. Pero estoy cansada.

—Me lo imagino —dijo Lacey.

Me incorporé en la cama medio centímetro, antes de rendirme.

—¿Cómo habéis dado conmigo?

Eric se frotó las manos en los pantalones.

—Brittany me llamó en cuanto acabó de hablar contigo.

Me volví hacia Lacey.

—¿Y tú?

Lacey sonrió.

—Eric me llamó para que le hiciese compañía. Vimos una mujer con un perro y nos dijo que había oído algo junto al río, de modo que fuimos a mirar y allí estabas.

—¿Y vinisteis en coche hasta aquí para hacer qué, exactamente?

—Para protegerte, por supuesto. Para eso están los amigos —respondió Eric—. ¿Por qué viniste hasta aquí?

El relato salió de mí como si lo hubiera ensayado, y no es que esperara una respuesta. Me daba igual, mientras accedieran a ayudarme en la búsqueda de Russell. Porque poco podía hacer yo desde una cama de hospital.

Lacey fue la primera en hablar.

—¿Así que piensas que Russell sigue aún por aquí, víctima de quienquiera que te atacase?

—Sí.

Eric y Lacey intercambiaron una mirada.

—De acuerdo —dijo Eric—. Veremos qué podemos averiguar y vendremos a verte por la mañana. Estoy seguro de que te darán el alta a primera hora. Te llevaremos a casa.

—Gracias.

Apagaron la luz al marcharse y el analgésico que me habían puesto empezó a surtir efecto. Mi cabeza, sin embargo, no podía parar de pensar. ¿Qué le habría pasado a Russell? Tenían que encontrarlo. Localizar el coche. Y cuando lo encontraran, tal vez podrían dar con mi atacante.

Necesitaba llamar a Brittany. En la mesita de noche había un teléfono. Me puse de lado para poder cogerlo. Una oleada de dolor me recorrió el hombro y volví a tumbarme bocarriba. El golpe al entrar en contacto con el agua debía de haber sido fuerte. O con lo que fuera que me había golpeado.

Pero Brittany estaría preocupada. Volví a intentarlo. No fue la tarea más dura que había realizado en mi vida, pero casi.

Marqué lentamente. Era el único número de teléfono, aparte del mío, que me sabía de memoria. Su voz adormilada respondió al sexto tono.

—Hola, solo quería decirte que estoy bien.

Los analgésicos me estaban dejando grogui. Estupendo.

La voz de Brittany adoptó una tonalidad tierna.

—Estaba muy preocupada. ¿Cómo estás?

Dejé caer la cabeza sobre la almohada, bizqueando. El teléfono se quedó pegado a mi oreja.

—Bien... ahora. Eric y Lacey están aquí. Mañana por la mañana me llevarán a casa.

—¿Desnuda? Eric me ha dicho que has tirado toda tu ropa. Te llevaré algo.

—Gracias. —Me acerqué un poco el teléfono y vi una mano moviéndose delante de mí. ¿Sería la mía? Sí, colgaba de mi brazo. Reí como una tonta—. Y necesitaré también unos zapatos. Mis zapatillas descansan en el lecho del río. Ten en cuenta que tus pies de muñeca son muy pequeños.

—No te preocupes, me encargaré de eso. Descansa y nos vemos mañana.

Moví los dedos. Gusanos blancos y blandengues. O anémonas de mar.

—Britt, a Russell le ha pasado algo.

—Más le vale, porque si está bien, me encargaré personalmente de matarlo.

Volví a reír.

—Qué gracioso, he pensado lo mismo. ¿También te han dado analgésicos? —Pero antes de que pudiera responderme, seguí hablando—: Tenías razón. Debería haberte hecho caso. Lo siento.

—¡Jamás pensé que oiría estas palabras de tu boca! Olvídalo. A toro pasado todos somos muy sabios, ¿no te parece? Pero la verdad es que no sé qué habría sido de mí si te hubiese perdido.

No me merecía tanta bondad. Brittany era mejor amiga que yo. Intenté rascarme la nariz, me equivoqué en el cálculo y me metí el dedo en el ojo. Aunque ni lo noté. ¿Qué me habrían dado?

—Yo sí que no sé qué haría sin ti.

—Lo que dices es por el efecto de los fármacos. Además, si sigues haciendo tonterías como esta, quizá no te quedará otra que averiguarlo.

—Tienes razón. Siento haber sido tan egoísta.

Me quedé dormida con el teléfono en la almohada, pegado a mi cabeza.

Capítulo veintiuno

A las seis de la mañana, la auxiliar de enfermería entró en la habitación para tomarme las constantes vitales. Le dije que ya que podía hablar alguna constante debía de tener, pero insistió en llevar a cabo las correspondientes lecturas. Si las heridas que había sufrido no me habían matado, acabaría haciéndolo aquel horario de locos. Mi última experiencia en un hospital había sido cuando nací. Imagino que entonces tampoco debieron de dejarme dormir.

A las seis y cuarto volví a adormilarme, y a las siete y media me despertaron con el desayuno. El olor a beicon frito me revolvió el estómago y rechacé aquella mezcolanza viscosa a cambio de otra inyección de analgésico. Pero no hubo suerte. La enfermera me trajo una pastilla y la bandeja con la comida se quedó sin tocar. Con los controles de la cama conseguí subirla un poco hasta quedarme sentada, pero era incapaz de girar la cabeza hacia ningún lado ni de levantar el brazo por encima del nivel del hombro. Reservé un intento de prueba para ver qué tal me funcionaban las piernas para la hora del postre.

Bebí un poco de zumo de naranja, que mi boca árida apreció pero que mi estómago intentó devolver a la cocina. Ante la imposibilidad de comer, me puse de costado, y el movimiento tiró de todos y cada uno de mis músculos. La cacofonía de dolor que siguió a aquello hizo que, en comparación, AC/DC sonara como la Filarmónica de Filadelfia. Confiaba en que la medicación no tardara mucho en surtir efecto.

Eric y Lacey llegaron hacia las ocho, agotados y desaliñados, como si hubieran seguido mi mismo horario de sueño.

—¿Qué tal estás? —preguntó Eric.

—Casi tan bien como me ves, me temo. ¿Habéis averiguado algo sobre Russell?

—No mucho, pero Lacey encontró un trozo de cuerda cerca de donde estaba aparcado el coche. Podría tratarse de la misma que utilizaron contigo, pero no lo sabremos hasta que los buzos la saquen del fondo del río. Es posible que tu atacante utilizara la misma cuerda para atar también a Russell.

—Sí, es posible.

Lacey alisó la manta que me tapaba las piernas.

—¿Cuándo se supone que te darán el alta?

—No lo sé, pero Brittany ha dicho que me llevará en coche a casa. No tengo nada que ponerme y este camisón no me cubre ni lo más esencial.

Eric se mordió el labio.

—En este caso, vamos a ver si averiguamos alguna cosa más por aquí y nos vemos cuando llegues a Riddleton.

—Me parece bien. Y muchas gracias por todo.

Lacey me presionó el hombro.

—Llámanos mientras si necesitas algo.

—Lo haré.

El doctor llegó a las nueve, me examinó y dictaminó que, a pesar de estar machacada y llena de moratones, ninguno de mis males era permanente. Le supliqué que me mandara a casa, donde al menos podría descansar un poco, y accedió a darme el alta. Y aunque lo reconsideré en el instante en que intenté moverme, sabía que el hospital se interponía entre yo y la que se había convertido en mi prioridad número uno: encontrar a Russell. Algo tenía que haberle pasado. ¿Por qué, si no, no estaba aquí?

Cuando llegó Brittany, me ayudó a sentarme y a vestirme como si fuera una niña pequeña, aunque yo no podía ni patalear ni gritar. Aún tenían que inventar el medicamento para el dolor que funcionase así de bien.

Justo cuando Brittany acababa de atarme los cordones de los zapatos, entró en la habitación un hombre de pelo canoso, vestido con traje negro y una identificación colgada al cuello. Su rostro, enjuto y cetrino, contaba la historia de infinitas investigaciones llevadas a cabo en el bar de la policía local.

—Soy el detective Edwards. Tengo que formularle algunas preguntas.

Hablaba como si tuviera la boca llena de canicas.

—Anoche ya le conté al agente todo lo que sabía.

El hombre asintió y sacó del bolsillo la libretita obligatoria de todo policía, en mucho mejor estado que la de Olinski.

—Es para su declaración.

Con un poco de suerte, no tendría que repetir la historia dos o tres veces más. La recité de cabo a rabo y terminé con:

—¿Han encontrado ya a Russell Jeffcoat?

El hombre me clavó la mirada, unos ojos que tenían el color azulado del agua de lavar los platos.

—Hemos localizado el coche, abandonado en una calle secundaria no muy lejos de donde la encontramos a usted. ¿Sabe algo al respecto?

¿Por qué tendría que saberlo? ¿Qué se pensaba ese hombre, que había ido en coche hasta allí, me había atado las piernas y me había tirado al río? ¿Que me había quedado empapada y malherida en mi intento de ahogar a Russell?

—Claro que no. ¿Algún rastro de él?

—No, pero en el maletero hemos descubierto algunas manchas de sangre. Los forenses han tomado muestras para su análisis, pero no sabremos nada hasta mañana. ¿Tiene idea de a quién podría pertenecer esa sangre?

¿Sangre en el maletero? ¿Estaría herido Russell?

—Lo único que sé es lo que ya le he contado. ¿Cree que ha sido asesinado? ¿Están buscando su cuerpo en el río?

—Todavía no.

—Tiene que estar en algún lado.

Cerré los puños con fuerza y mis dedos hinchados irradiaron un dolor agónico. Tenía que conseguir que alguien, además de mí, se

239

interesase por la desaparición de Russell. Yo había acabado en el río, ¿por qué no también él? ¿Y de quién sería la sangre en el maletero del Honda, sino suya?

—Tengo una llamada de anoche al 911 que me gustaría que escuchara. Dígame si reconoce la voz.

—De acuerdo, adelante.

El detective tecleó en su móvil y se oyó la voz de una mujer que decía: «911, ¿qué tipo de emergencia tiene?».

«Tiene que ayudarme, por favor. Mi amiga está sufriendo un ataque».

Se me aceleró el corazón.

—Es Russell.

La llamada continuaba.

«Señor, dígame dónde está».

«Estoy en el muelle».

Unos crujidos y el sonido de la puerta de un coche abriéndose.

«¡Oiga! Pero ¿qué hace? ¡Pare!».

«¿Señor? Señor, ¿está usted bien?».

«¡Suélteme!».

Los gritos de un hombre. Y la llamada se cortó.

El zumo de naranja me subió a la garganta. Me tapé la boca con la mano. Brittany cogió rápidamente el cuenco que había en la mesa bandeja y lo sujetó mientras yo vomitaba. Las náuseas pasaron y bebí un sorbito de agua para calmar el estómago.

Edwards guardó el teléfono en el bolsillo de su chaqueta.

—¿Se encuentra bien, señorita Dawson? ¿Reconoce esa voz como la de Russell Jeffcoat?

Hice un gesto de asentimiento.

—Tienen que seguir buscándolo. Está metido en problemas.

Si acaso no era ya demasiado tarde.

La enfermera entró en la habitación con los documentos del alta, con el sello de «no asegurada» en la parte superior de cada hoja. Cuando acabé de hipotecar mi alma, me hizo entrega de mis copias y se marchó. Me informó antes de que en unos minutos vendría alguien con una silla de ruedas para acompañarme hasta la salida.

Me volví hacia el detective Edwards.

—¿Hemos acabado, detective? Quiero irme a casa.

—Ya tengo toda la información que necesito, pero aún no puede marcharse.

—¿Por qué no?

—Porque el detective Olinski está de camino.

—¿Para qué? —pregunté, intentando sentarme.

—Lo siento, señorita Dawson, pero debo retenerla aquí.

Brittany me ayudó a levantarme.

—Hablará en broma, ¿no? —dijo.

Me mordí el labio, que tenía ya inflamado. Empecé a respirar entrecortadamente. Me dio un ataque de tos y contuve la respiración.

Edwards introdujo los dedos a través de las hebillas del pantalón, dejando al descubierto su arma reglamentaria.

—¿Y usted es?

Brittany se aseguró de que me quedaba estable en el borde de la cama y se volvió entonces hacia el detective.

—Brittany Dunlop.

—Cumplo órdenes, señorita Dunlop.

De repente, se abrió la puerta de la habitación y entró Olinski. Vestía un traje azul arrugado y unas gafas de sol con cristal de espejo ocultaban sus ojos marrones. Le mostró la placa y la identificación a Edwards.

—Stan Olinski, Departamento de Policía de Riddleton.

El detective Edwards le estrechó la mano.

—Frank Edwards.

Mi intento de levantarme quedó abortado.

—¿De qué va todo esto? —dije.

Olinski se bajó las gafas de sol.

—Te avisé de cómo acabaría la cosa si seguías. Tienes que presentarte al interrogatorio por el asesinato de Aletha Cunningham. ¿Estás lista para irte? No me obligues a arrestarte.

¿Arrestarme? ¿De verdad se me consideraba sospechosa? Toqué con nerviosismo la única uña que no tenía vendada y me estrujé el cerebro en busca de una salida de todo aquel lío.

Brittany intervino entonces.

—Mira, Olinski, Jen acaba de pasar por un mal trago. ¿Por qué no dejas que vaya en mi coche y tú nos sigues para asegurarte de que no se escapa?

—Lo siento, pero no puedo permitirlo. —Se quitó las gafas de sol—. Además, no creo que ninguno de nosotros esté hoy para protagonizar una persecución de coches. ¿No te parece?

—No habrá ninguna persecución. Te doy mi palabra —dije—. Y sabes que siempre cumplo mi palabra. O, al menos, deberías saberlo.

—Podrías caer en la tentación.

Su sonrisa le alcanzó los ojos hasta que volvió a esconderlos detrás de las gafas de sol.

—Lo dudo.

Viendo que no cambiaba de postura, Brittany intervino.

—De acuerdo. ¿Dónde piensas llevarla?

—A Riddleton. Puedes seguirnos si quieres.

—Eso tenlo por seguro.

Se clavaron la mirada y Olinski fue el primero en apartar la vista. Uno a cero para Brittany.

Olinski me cogió por el codo.

—Vamos, tendríamos que ir tirando.

—No pienso ir a ningún lado contigo.

Me aparté. Mi hombro gritó de dolor, pero tenía que averiguar qué había sido de Russell. Y estaba claro que a la policía de Savannah le traía sin cuidado su desaparición.

—Vendrás, lo quieras o no. Y cómo lo hagas depende de ti.

Olinski se llevó las manos a las caderas. Con el gesto, la chaqueta se levantó mínimamente y su arma reglamentaria quedó al descubierto. Aquella maniobra debía de constar en el capítulo uno del manual de intimidación de los detectives.

Ignoré el hormigueo de las piernas, me levanté y me sujeté en la cama para mantener el equilibrio.

—Déjame en paz.

Olinski lo intentó ahora por las buenas.

—Mira, Jen, sé que has pasado una noche muy complicada y me alegro de verdad de que estés bien. Vuelve a Riddleton conmigo. Luego hablaremos un poco y podrás irte a casa. Pero si sigues con esta actitud, me veré obligado a arrestarte. Y no querrás que te meta en el calabozo, ¿verdad?

Me solté de la cama, enderecé la espalda y me balanceé como un rascacielos en un día ventoso.

—Tengo que averiguar quién me ha hecho esto.

—Déjalo en manos del detective Edwards y la policía de Savannah.

Los detectives intercambiaron una mirada y Edwards asintió.

Pero la policía había avanzado muy poco hasta el momento. No podía confiar el destino de Russell, ni el mío, a aquella gente.

—De acuerdo. Pero ¿qué pasa con Russell?

—Todo el mundo quiere encontrar a Russell Jeffcoat.

Tenía que ganar tiempo para encontrar la manera de salir de esta.

—¿Dónde está tu compinche?

—¿Quién?

—La detective Almidonada, ya sabes.

Olinski rio entre dientes.

—La detective Havermayer continúa con la investigación en Riddleton. No es necesario que seamos dos para escoltarte a casa, ¿no te parece?

Mi cabeza siguió buscando posibilidades y no encontró ninguna. Ni siquiera Dana acudió esta vez en mi ayuda.

—¿No te parece?

—De acuerdo —dije—. Vámonos.

El rostro de Olinski se relajó.

—Créeme, será mucho mejor así.

El detective Edwards descansó la mano en el hombro de Olinski.

—Detective, ¿podríamos hablar un minuto aquí fuera?

Los dos detectives salieron al pasillo.

Brittany me cogió la mano.

—Todo irá bien.

—Si tú lo dices. A nadie le importa la desaparición de Russell, Britt.

—Seguro que les importa. Estoy segura de que consideran su desaparición tan grave como el ataque que tú has sufrido.

—Pues a mí no me lo parece.

Brittany se recogió un mechón de pelo detrás de la oreja.

—Lo quieras creer o no, lo entiendo. Voy a ver qué pasa. Enseguida vuelvo.

—De acuerdo. ¿Pero podrías antes ayudarme a ir al baño?

Me cogió del brazo y fuimos despacio hasta el cuarto de baño, que estaba al lado de la puerta que daba al pasillo. Me soltó.

—¿Estás bien?

—Sí, estoy bien.

Crucé la puerta y Brittany se fue a ver a los detectives.

Cuando me giré hacia el lavabo, la estancia empezó a dar vueltas a mi alrededor, como si un tornado hubiese aspirado el hospital. El borde del lavabo me mantuvo en equilibrio mientras me deslizaba por la pared hasta alcanzar el frío suelo de baldosas. Cerré los ojos. Al final, el torbellino me escupió.

Cuando volví a abrir los ojos, vi que Brittany estaba en cuclillas delante de mí.

—¿Estás bien?

Intenté esbozar una débil sonrisa.

—¿Cómo quieres que lo sepa?

Me dio unas palmaditas en el hombro.

—¿Quieres que vaya a buscar a una enfermera?

—No, estoy bien.

Con la ayuda de la pared y de Brittany me impulsé para levantarme. Brittany me sujetó hasta que me encontré estable y pude dar un paso hacia la puerta.

—¿Dónde te crees que vas? —preguntó Brittany.

—A averiguar quién está detrás de todo esto.

—Tú no vas a ir a ninguna parte que no sea a Riddleton.

«No, Brittany también llevándome la contraria».

—¿Por qué?

Brittany me apartó otro mechón intratable de la frente.

—Dice Olinski que en ningún lugar estarás más segura que con él, y esta vez, sintiéndolo mucho, tengo que darle la razón.

—¿Y qué pasa con Russell?

—No estás en condiciones de hacer nada.

—Estoy bien.

Y lo estaba, comparado con una mujer de noventa años.

—Mira: ¿Qué tal está usted? Encantada. Soy la reina Isabel.

Intenté hacer una reverencia y el resultado fue el mismo. Me caí hacia delante, pero Brittany me pilló al vuelo.

—Encantada de conocerla, majestad. ¿Piensa ayudarme o qué?

Olinski y Edwards entraron de nuevo en la habitación. Olinski sujetaba las gafas de sol con una mano y se frotaba los ojos con la otra. Me dirigí con cuidado hacia la cama, incapaz de descifrar la expresión de tensión dibujada en el rostro de Edwards.

—¿Qué ha pasado? —preguntó Olinski.

Brittany me miró y luego a Olinski.

—Nada, solo un pequeño mareo.

—Estoy bien.

Olinski volvió a ponerse las gafas.

—¿Estás segura de que no quieres que llamemos a una enfermera?

—Segurísima.

—De acuerdo, pues. Vámonos.

Me quedé boquiabierta.

—¿Así que hablabas en serio?

Capítulo veintidós

Me agité con nerviosismo en el asiento trasero del coche sin distintivos mientras el sol del mediodía tenía mi mejilla izquierda en el mismo estado en que debía de sentirse una hormiga bajo una lupa. Olinski se había negado a quitarme las esposas. Mis hombros gritaban de dolor. ¿Por qué habría insistido en ponérmelas? ¿Como venganza por no querer quedarme en casa como una buena niña y haberme ido a estudiar a la universidad sin tenerlo a él en cuenta? Sabía que debía estarle mínimamente agradecida a Olinski, pero después de los hechos de las últimas veinticuatro horas, no albergaba hacia él más que rabia. Y tal vez cierto sentimiento de humillación.

Esta vez la había pifiado. Olinski podía acusarme de interferir en una investigación policial, incluso de obstrucción a la justicia. A menos que fuera en serio lo de que me consideraba sospechosa del asesinato de Aletha. Estaba prácticamente segura de que los dos primeros eran delitos menores, aunque de todos modos podían acabar llevándome a la cárcel, un concepto que no constaba en mi lista de cosas pendientes de hacer en esta vida. El tercer delito podía acabar condenándome a cadena perpetua o abocándome a las drogas duras.

El sol me daba de pleno en los ojos. Los cerré y descansé la cabeza en el cristal de la ventanilla. Me adormilé con el calor igual que un gato en el alféizar de la ventana. Al menos no había barrotes, de momento.

Olinski abrió la puerta del lado del conductor para entrar.

—¿Lista?

—Cuando me quites estas esposas tan repugnantes.

—Tú sigue soñando.

Utilicé toda mi fuerza mental para intentar hacerle estallar la cabeza. No hubo suerte.

—Me duelen las muñecas.

—Habértelo pensado antes.

¿Antes de qué? Di una patada al respaldo de su asiento.

—No intentaré nada. No soy un criminal malvado, y lo sabes.

—Todo el mundo puede empezar a serlo algún día.

Me sonrió a través del retrovisor y disfrutó de la ilusión de tener cierto control sobre mí. Bueno, tal vez fuera algo más que una ilusión. Por el momento.

Pues vale. Extendí las piernas sobre el asiento y me recosté para aprovechar y dormir.

Cuando me desperté, un surtidor de gasolina ocupaba el espacio que abarcaba el cristal de la ventanilla y Olinski había desaparecido. Viajeros cansados y sudorosos cruzaban por delante del coche. Aunque no podían ver mis esposas, la humillación, atemperada tan solo por el enfado que llevaba encima, me hizo retorcerme de rabia.

Tenía que salir del coche. Podría arrastrarme por el asiento hasta la puerta, que estaba segura de que se podía abrir desde dentro, pero sentía un hormigueo en los brazos y mi cabeza retumbaba en consonancia. Me obligué a intentarlo de todos modos, hasta que vi que Olinski volvía hacia el coche con dos bolsas de plástico.

Abrió la puerta y sonrió.

—Mira quién se ha despertado. ¿Has dormido bien?

—¿A ti qué te parece?

—Si prometes comportarte, te quitaré esas esposas.

Lo fulminé con la mirada, pero no tenía alternativa.

—De acuerdo.

—Repite conmigo. Yo, Jennifer Dawson…

—Esto es una estupidez.

—¿Quieres recuperar las manos?

Sí, para estrangularlo.

—Está bien. Yo, Jennifer Dawson...

La sonrisa de Olinski se hizo más amplia.

—Excelente. Yo, Jennifer Dawson, juro solemnemente...

—Juro solemnemente...

—Comportarme perfectamente bien...

Obligué a mis dedos a relajarse.

—Comportarme perfectamente bien...

—Y no darle ningún tipo de problema al detective Stan Olinski.

—Y no darle ningún tipo de problema al detective Stan Olinski. ¿Feliz? Y ahora quítame estas malditas cosas.

—Tranquila, tranquila. Di «por favor».

Murmuré «por favor», sin apenas mover los labios.

Olinski ladeó la cabeza en mi dirección.

—Lo siento, pero no te he oído. ¿Has dicho algo?

A mis espaldas, cerré con tanta fuerza las manos en puños que imaginé que se me habrían quedado los nudillos blancos.

—Por favor. He dicho «por favor». ¿Me has oído esta vez?

Olinski me soltó el cinturón de seguridad.

—Alto y claro. Ahora, gírate.

Eso era muy fácil decirlo. Me moví en el asiento y descansé la barbilla en el respaldo. Olinski manipuló mis muñecas y las esposas se soltaron.

Me masajeé la piel, roja e irritada.

—Gracias. Muy humano por tu parte.

—De nada. Intentaré ser humano siempre que me sea posible. —Metió la mano en una de las bolsas—. ¿Tienes hambre? Te he traído un bocadillo. De jamón y queso. Recuerdo que era tu favorito.

Me pasó por encima del respaldo del asiento delantero un paquete envuelto en papel vegetal.

Se acordaba. Lo cual habría sido encantador por su parte de no tener una intención oculta. Fuera como fuese, la *pizza* que me había tomado la noche anterior había desaparecido hacía siglos. De quererlo, podría tocar sobre mi estómago vacío como si fuesen unos bongos, siempre y cuando supiese tocar los bongos.

Llegamos al final de la rampa de acceso a la autopista. Había terminado ya el bocadillo y la mitad del refresco que Olinski me había comprado. Al toser, derramé un poco de Pepsi sobre el asiento del conductor. Lo sequé con la servilleta, pero el tejido había absorbido con rapidez el líquido pegajoso, lo que complació a mi lado más malvado y odioso.

A diferencia de lo que sucedía en mi coche, en las alfombrillas no había nada, de modo que extendí el brazo para tirar los papeles en la bolsa.

Olinski sonrió con suficiencia.

—Me imaginaba que tendrías hambre. Ahí tienes otro.

Retiré el envoltorio y devoré el bocadillo como un lobezno hambriento.

—Gracias —dije, pensando que debería haber tragado antes de hablar.

—De nada.

Con la energía momentáneamente recuperada, decidí que era el momento de tocar el tema tabú.

—¿Significa esta muestra repentina de humanidad que me has perdonado por haber tenido la audacia de hacer lo que en aquel momento consideré que era lo mejor para mí?

—Hubo mucho más que eso, y lo sabes. Estaba convencido de que íbamos a casarnos. A formar una familia.

A través del retrovisor, vi su mirada dolida.

—Estuvimos saliendo casi cuatro años. ¿Acaso nunca prestaste atención a lo que te decía?

—Por supuesto que te prestaba atención.

—Siempre te dije que mi intención era ir a la universidad y hacerme escritora. Y sabes que eso nunca podría haberse hecho realidad si me hubiese quedado en Riddleton.

Se incorporó a la I-20 y dijo:

—Creía que me querías. Y Dios sabe bien lo mucho que te quería yo.

Lo quería, y él lo sabía. Presioné la mandíbula con fuerza.

—No lo bastante como para apoyarme e intentar trabajar para que la cosa funcionase.

—No quise retenerte. En tu mundo no había lugar para mí.

—Nunca me diste una oportunidad. —Y mientras pronunciaba esas palabras, me vi obligada a reconocer que Olinski tenía parte de razón. Sí, seguramente habría acabado la universidad, pero *Problema doble* y todo lo demás no habría existido. Demasiadas complicaciones y compromisos—. Vale, lo entiendo. Más o menos. Pero si te sentías así, ¿por qué sigues tan enfadado conmigo? Fuiste tú el que tomaste la decisión de cortar.

Sus hombros subieron y volvieron a bajar cuando inspiró hondo.

—Supongo que esperaba que me quisieses lo bastante como para quedarte, pero no fue así. Además, nunca imaginé que llegaras a tener tanto éxito. Imaginé que fracasarías estrepitosamente y volverías corriendo a mí. Y yo me habría mostrado magnánimo y te habría aceptado de nuevo. Y entonces nos habríamos casado y formado una familia.

No tenía ni idea de que sus sentimientos fueran esos. ¿Qué decir? Daniel carecía de experiencia en estas cosas y no tenía nada que aportarme.

—Por si te sirve de algo, me alegro de que tus sueños se estén haciendo realidad. Y me siento orgulloso de ti.

Lo dijo en voz baja y grave. En un tono que hacía mucho que no oía. Me sequé una lágrima que resbalaba por mi mejilla.

—Gracias. Me sirve, y de mucho. Pensaba que me odiabas.

—Y te odié, durante un tiempo.

—¿Por qué?

—Porque era más fácil que quererte.

Ahora fui yo la que inspiró hondo.

—¿Significa esto que podemos ser amigos? Cuando quieres, no eres tan malo.

—No soy malo, y punto. Siempre y cuando me brindes la oportunidad de no serlo. Además, a estas alturas, incluso tú misma estarás obligada a reconocer que pareces culpable. No estoy diciendo que lo seas, pero hay evidencias suficientes como para que el jefe Vick haya insistido en interrogarte.

Cerré la boca con fuerza para no expulsar la respuesta desagradable que luchaba por emerger. Liar aún más las cosas no tenía sentido.

—¿Y por qué estoy aquí? ¿No podías esperar a que llegara a casa? No presento riesgo de huida.

Olinski me miró a través del espejo.

—Era la única forma de mantenerte a salvo. Quienquiera que ha intentado matarte no estaba jugando. ¿Tienes idea de por qué razón alguien podría quererte muerta?

¿Para mantenerme a salvo? Deseaba poder creerle, pero su abrupto cambio de actitud me parecía inverosímil.

—¿Además de ti? Pues no. Si alguien que conozco quisiera verme muerta, ya estaría muerta y enterrada hace años. ¿Y no te parece que este atentado contra mi vida es prueba más que suficiente de que no tuve nada que ver con la muerte de Aletha?

—Sí y no. Cunningham sigue desaparecido. Si estuvierais metidos en esto los dos, podría estar intentando atar cabos sueltos.

—Me conoces bien. Y sabes que jamás me habría metido en algo así.

—Lo que yo sepa o crea saber carece de importancia. No soy el responsable del caso. El responsable del caso es el jefe de policía. Yo me limito a cumplir órdenes.

Miré por la ventana en busca de respuestas en el paisaje, pero pasaba a toda velocidad y no revelaba nada.

—¿Qué hacías en Savannah?

Me crucé de brazos y me relajé en el asiento. Mis músculos estaban más sueltos y solo los hombros seguían oponiendo resistencia.

—Una de las anteriores ganadoras del concurso falleció en un accidente de coche. Y que dos ganadoras hayan muerto en menos de un año es un hecho difícil de ignorar. Además, en el funeral de esa mujer se presentó un hombre que se hizo pasar por su padre. Nadie había oído nunca hablar de él y la dirección que dio era falsa.

—¿Y crees que podría estar relacionado con la muerte de Aletha Cunningham?

—No he encontrado todavía la conexión, pero tiene que estarlo. De lo contrario, sería demasiada coincidencia.

—Interesante.

Por una vez, parecía que Olinski me estaba tomando en serio. Sin despegar los ojos de la carretera, extendió el brazo para palpar el asiento del acompañante.

—Se me había olvidado. El detective Edwards me dio esto para ti. Míralo y dime si echas en falta alguna cosa.

Me pasó mi bolso por encima del asiento. Lo registré. Estaba todo, aunque no tal y como yo lo había dejado.

—Alguien ha estado revolviéndolo. —Seguí inspeccionando—. Faltan las llaves.

—¿Algo más?

Volví a repasarlo.

—Creo que no. Han sacado todo el contenido de mi cartera, pero lo han dejado todo en el bolso.

—¿Qué piensas que andarían buscando?

—No tengo ni idea.

Aparcamos delante de la comisaría de Riddleton. La bilis me subió a la garganta.

«Bienvenida a casa».

Viendo que mi cuerpo se negaba a cooperar, Olinski tuvo que ayudarme a salir del coche. Clavé la vista en la farmacia que había en la acera de enfrente. Mi receta de analgésicos debía de estar allí esperando a que la recogiera. Y mientras arrastraba mis piernas de madera escaleras arriba, miré de reojo la librería abandonada de la puerta contigua y tragué la losa que se me había formado en la garganta.

«Toda tuya, amiga mía».

Brittany me esperaba en la entrada. Debía de habernos adelantado cuando paramos a repostar. Un agente vio llegar a Olinski y le indicó con señas que lo siguiera.

Olinski se giró hacia mí.

—Compórtate. Enseguida vuelvo.

Brittany se acercó a abrazarme.

Me froté los brazos para amortiguar aquel frío gélido artificial.

—¿Qué pasa?

—No lo sé, pero algo gordo.

—¿Por qué lo dices?

Brittany recorrió la estancia con la mirada.

—Hace un rato ha sonado el teléfono y, de repente, todos han empezado a correr de un lado a otro como ratones en una fábrica de queso.

—Me pregunto qué pasará.

—Yo también, aunque a lo mejor no tiene nada que ver con nosotros. —Me pasó el brazo por los hombros—. ¿Qué tal estás?

—Molida, pero bien. Además, he hecho algunos avances con Olinski.

Olinski apareció justo en aquel momento.

—Por aquí, Jen. Brittany, esto podría llevar un buen rato.

Brittany levantó la barbilla.

—Esperaré. Mira, entre tanto iré a buscarte lo de esa receta.

—Gracias, Britt. Eres una buena amiga.

—Lo sé.

Olinski me condujo hasta una sala pequeña amueblada con una mesa y tres sillas y con una pared cubierta por el famoso espejo espía. Saludé con la mano a quien pudiera estar al otro lado.

Olinski sonrió con suficiencia.

—No nos está mirando nadie.

—Y tú tienes permiso para mentirme.

—Cierto, pero creo que me conoces lo suficiente para saber que digo la verdad.

—Creía conocerte, pero ahora ya no estoy tan segura. Acabemos de una vez con esto para que pueda volver pronto a casa. He tenido un día duro.

Me leyó mis derechos y miró la cámara colocada en lo alto, en una esquina.

—Debo informarte de que el interrogatorio va a ser grabado.

Mensaje recibido. Me daba igual que estuvieran siguiendo el interrogatorio desde el otro lado del cristal o que quedara grabado para la posteridad. Incluso que pudiera utilizarse como prueba contra mí en un juicio. Ninguna de esas posibilidades iba a alterar mi estado de ánimo actual.

—¿Entiendes los derechos que acabo de leerte?

Lo fulminé con la mirada.

—Sí.

Y eso que habíamos hecho las paces. Ya estábamos de nuevo en la misma situación.

—¿Renuncias al derecho de tener un abogado presente durante el interrogatorio?

Umm…, ¿debería tenerlo? ¿Confiaba lo suficiente en Olinski? Tal vez sí.

—Renunciaré al abogado por ahora. ¿Pero puedo cambiar de idea si no me gusta cómo lo estás gestionando?

Olinski se recostó en su silla.

—Claro, pero tengo que decirte que si lo haces parecerá que tienes algo que esconder. Estamos teniendo una conversación, simplemente eso. Para intentar aclarar unas cuantas cosas.

«Lo que tú digas».

—Correré ese riesgo.

Deslizó el documento de renuncia por encima de la mesa y lo firmé. Se cruzó de brazos.

—Muy bien, empecemos. Cuéntame todo lo que hiciste desde las dos de la tarde del viernes anterior a la explosión hasta las tres de la tarde del sábado.

Se lo conté con todo detalle y varias veces, además, mientras Olinski prestaba atención en busca de posibles discrepancias en mis relatos. Tenía los horarios perfectamente claros y con testigos, excepto el rato que estuve escribiendo y durmiendo un poco entre que salí de la librería y fui a cenar con Russell; durante la noche, desde que me dormí hasta que me reuní con los corredores en el parque, y las pocas horas que transcurrieron entre que acabé de correr y fui a comer al lago con Brittany. Naturalmente, de haber sabido que necesitaba una coartada para aquellos espacios de tiempo que había pasado sola, me habría asegurado de tenerla.

Después, Olinski desvió la conversación hacia la pluma estilográfica encontrada en la escena del crimen y la desaparición de Tim. No tenía información nueva que aportar sobre esos temas. Cuando vi que se disponía a empezar una vez más desde el principio, ya fue demasiado. El agotamiento cargado de adrenalina empezaba a poder conmigo y me dolía todo el cuerpo.

—Se acabó, Olinski. He dicho todo lo que tenía que decir sin un abogado.

—Si solicitas la presencia de un abogado, esta conversación tendrá que hacerse oficial. Hasta el momento, simplemente estamos charlando. Estoy dándote la oportunidad de contar tu versión de la historia.

Miró de nuevo hacia la cámara.

¿Qué estaba intentando decirme? ¿Estaba diciéndolo solo para aplacar a su jefe? Fuera por lo que fuese, no estaba dispuesta a correr riesgos.

—Creo que te he contado ya mi versión de la historia tres o cuatro veces. ¿Estoy arrestada?

Olinski se quedó unos segundos mirando la puerta. No entró nadie.

—No.

Me levanté.

—Entonces, puedo irme.

—Por el momento. Vuelve por la mañana para firmar la declaración escrita.

Me acompañó hasta el vestíbulo, donde Brittany seguía nerviosa y sentada en una silla de plástico.

—Espérate aquí un momento.

Brittany me miró y yo me encogí de hombros.

—No tengo ni idea de dónde va ahora, a menos que sea a pedir permiso para arrestarme.

—¿Crees que de verdad lo haría?

—Ojalá lo supiera.

Olinski reapareció, cabizbajo y con los hombros caídos.

Suponía que la respuesta era «no». Pero su evidente decepción me sacaba de quicio. ¿Tanto me odiaba? Creía que habíamos solucionado las cosas.

—Chicas, ¿queréis acompañarme, por favor?

Lo seguimos hasta su despacho. Delante de su mesa había dos sillas, y otra silla detrás, pero allí no se sentó nadie. Olinski fijó la vista en la pared, por encima de mi cabeza.

—¿Qué sucede? —pregunté.

—Cunningham ha muerto. Han rescatado su cuerpo del río Congaree hace unas horas. Llevaba allí un día, quizá más.

—¿Suicidio? —preguntó Brittany.

Olinski se rascó la nuca.

—El examen forense nos lo dirá con seguridad, pero por lo que parece recibió un golpe fuerte en la parte posterior de la cabeza antes de caer al agua. Tenía la ropa manchada de sangre.

Mi garganta se secó al instante y mi corazón se aceleró. Exculpación. Tim no había asesinado a su esposa, pero como el acusado en un juicio por brujería, había muerto para demostrarlo. Me empezaron a temblar las manos y mis pulmones atraparon el aire que contenían. Aletha y Tim habían muerto. Mi vida había cambiado para siempre. Y la única forma de darle sentido era descubriendo quién los había matado y por qué. Estaba decidida a averiguarlo, costara lo que costase.

Olinski alisó la solapa arrugada de su chaqueta azul.

—¿Dónde estuviste anteanoche?

«¿Me tomas el pelo?».

—¿Crees que maté a Tim? Hace tan solo unas horas, pensabas que era él el que había intentado matarme.

—Cualquier moneda tiene dos caras. ¿Dónde estuviste?

—En casa. Durmiendo.

—¿Puede corroborarlo alguien?

Entrecerré los ojos.

—Estaba sola.

Olinski esbozó un mohín.

—Lo cual no es ninguna coartada.

¿Actuaba por inercia o de verdad creía que yo había matado a Tim?

—No sabía que fuera a necesitarla.

Olinski apartó la vista.

Carraspeé antes de volver a hablar.

—¿Y ahora qué?

Me miró a los ojos.

—Empezaremos de nuevo e intentaremos averiguar qué se nos ha pasado por alto. Y tú te irás a tu casa y te mantendrás alejada de cualquier problema. Si no lo haces, el jefe me obligará a arrestarte. Estoy intentando ayudarte. Coopera, por favor.

Le devolví la mirada sin más comentarios.

—Lo digo muy en serio. Vete a casa y olvídate de investigar más, si no quieres que acaben matándote. Y mejor que hagas cambiar también la cerradura.

Ignoré la mirada de reojo de Brittany.

—Britt puede acompañarte a casa.

—No irá a su casa. Creo que esta noche deberías quedarte conmigo —dijo Brittany.

—Tal vez. Ya veremos. —Me volví hacia Olinski—. ¿Así que puedo irme?

—Sí, pero solo bajo estas condiciones.

Cogí a Brittany por el brazo.

—Estupendo. Vámonos.

Capítulo veintitrés

Brittany había dejado el coche aparcado delante de la comisaría y lo puso en marcha.

—Al final de la calle, gira a la izquierda.

Al llegar a la esquina, paró el coche y me miró.

—No es por ahí.

Me masajeé las sienes.

—Tú limítate a girar a la izquierda, por favor.

—¿Dónde vamos?

Entrecerré los ojos para ver mejor a través del parabrisas y la luz del sol me agravó el dolor de cabeza.

—A casa de los Cunningham.

Brittany apagó el motor y se cruzó de brazos.

—Voy a llevarte a casa. Ya has oído lo que ha dicho Olinski. Tu puesta en libertad tenía condiciones.

—Y me llevarás a casa. Después.

Me miró con muy mala cara, como si acabara de entrar en la Biblioteca del Congreso silbando despreocupadamente.

—Vamos, Brittany. Han intentado matarme. ¿Esperas que salga corriendo por patas? Creía que me conocías.

—Lo que espero es que hagas lo que has prometido que harías.

—¿Desde cuándo he prometido yo algo? Eso es lo que se ha pensado él. Pero debería haber sido más concreto. Quizá ponerlo por escrito.

—Has dejado que se lo creyera, pero tienes razón, debería haber sabido que no ibas a ser del todo sincera con él. No has llegado aún muy lejos con esto. Lo cual no es propio de ti.

Exhalé un prolongado suspiro.

—Quiero echar un vistazo para ver si soy capaz de encontrar alguna conexión con la muerte de Aletha o la desaparición de Russell. Si veo que hay alguien, ni siquiera saldré del coche.

Brittany me estudió por encima del borde de sus gafas.

—¿Palabra de *scout*?

Levanté tres dedos, como tenía que ser.

—Palabra de *scout*.

Me dio un puñetazo cariñoso en el hombro.

—Nunca fuiste una *scout*, tonta.

—Tampoco tú.

Puso el coche en marcha y giró hacia la izquierda.

La casa de los Cunningham estaba rodeada de policías. Aminoramos la velocidad al llegar al control que habían instalado en la entrada del jardín.

Eric nos hizo parar.

—A partir de aquí no se puede pasar.

—¿Por qué?

Podía hacerme la tonta si quería. A veces, incluso sin quererlo.

—Es la escena de un crimen. Tenéis que dar media vuelta.

—Acabamos de estar con el detective Olinski. Sabe que estamos aquí.

Eric me miró entrecerrando los ojos.

—Será por eso por lo que me ha llamado para dejarme claro que no debía dejarte pasar.

Apreté los dientes y miré a Brittany en busca de ayuda. Brittany bajó la vista hacia sus manos, que reposaban sobre su falda, y las comisuras de sus labios se movieron con nerviosismo.

Dimos media vuelta y regresamos por el camino de acceso a la carretera principal. Olinski había vuelto a ganar. ¿Qué podía hacer ahora? ¿Y dónde estaría Russell? La parte de mi cerebro que mantenía cerrada a cal y canto estaba insinuándome que Russell podía haber muerto anoche en Savannah. Y eso no podía aceptarlo. Las ideas retumbaban en mi cabeza, aunque ninguna tenía mucho sentido. Ni siquiera una llamada a los Davenport me aportó alguna ayuda. Una manta de agotamiento me cubrió de repente, y me cobijé debajo de ella.

Mientras esperábamos al final del camino de acceso a que el denso tráfico nos permitiera incorporarnos a la carretera, mis ojos se clavaron en el buzón de ladrillo de los Cunningham. Y sin saber por qué, me dio la impresión de que alguna cosa no encajaba. Bajé la ventanilla para poder observarlo mejor y detecté el problema justo en el momento en que el coche se ponía en marcha.

—Espera, espera.

—¿Qué pasa?

Brittany pisó el freno con tanta fuerza que se me clavó el cinturón de seguridad. La punzada de dolor me atravesó el cuello.

—Tengo que mirar una cosa.

Salí del coche y me acerqué renqueante al buzón. A media altura, en el borde, algo había arrancado un buen trozo de ladrillo y mortero y dejado restos de pintura azul.

Una voz grave me sobresaltó.

—Sí, hará cosa de un par de semanas, un tipo salió zumbando por el camino de acceso a la casa, le dio un golpe a ese buzón y siguió adelante, sin detenerse.

La cara del agricultor exhibía grietas profundas y manchas seniles adquiridas a lo largo de casi un siglo de trabajo duro bajo el sol subtropical. Guardaba en el interior de la mejilla izquierda una bola de tabaco de mascar del tamaño de un melocotón y una baba marrón goteaba desde la comisura de su boca hasta su pantalón de peto.

—¿Y vio cómo era ese hombre?

—Lo vi, sí. —Hizo un gesto hacia el arcén—. Tuvo que pararse un poco más allá para retirar el guardabarros, que se le había quedado clavado en el neumático, y así poder seguir circulando.

El agricultor cambió de mejilla la bola de tabaco y escupió. No le dio a la punta de su machacada bota de trabajo por un pelo. Luego se limpió la boca con el dorso de la mano y se la secó en la pernera del pantalón.

Asqueada, esperé a que continuase, pero necesitaba un empujoncito.

—¿Y qué aspecto tenía?

El anciano miró en dirección a una chabola abandonada que había al otro lado de la carretera y que imaginé que debía de ser suya.

—Era uno de esos tipos negros.

Lo cual reducía la búsqueda a una cuarta parte de la población del estado. Y era de poca ayuda. Cerré las manos en puños a ambos lados de mi cuerpo.

—¿Recuerda alguna cosa más? ¿Era alto?

—Oh, sí, bastante alto, eso sí que lo recuerdo.

«Gracias, colega. Estás siendo de gran ayuda».

—¿Le contó todo esto a la policía?

Volvió a escupir.

—Nunca me han preguntado nada.

«Nunca le habían preguntado nada». Era evidente que colaborar de manera voluntaria quedaba fuera de cualquier consideración. Algo relacionado con el código de comportamiento de los granjeros, imaginé. A aquel ritmo, me llevaría años que el hombre me proporcionara alguna información útil, aunque empecé a sospechar que daba igual. Casualmente conocía a un hombre con un coche azul que había sufrido un golpe. Le di las gracias por su ayuda.

—¿Lista para volver a casa? —preguntó Brittany.

Me acomodé en el asiento.

—Todavía no.

—Tenemos un trato. ¿Dónde quieres ir ahora?

—A casa de Marcus Jones.

—¿Por qué?

—Porque me ha mentido, otra vez.

* * *

A medida que nos acercábamos a casa de Marcus, la desesperación pareció absorber todo el oxígeno del aire. Siempre había querido creer que Marcus no había tenido nada que ver con la muerte de Aletha. Que había enderezado su vida, que ponía a su familia por encima de todo. Pero cada vez había más evidencias que apuntaban en su dirección.

Subí los peldaños del porche. Los ojos de Vangie se iluminaron al vernos. Le pregunté si me permitía echarle un vistazo al coche de Marcus y accedió sin problemas. La dejé en compañía de Brittany y me dirigí al jardín de atrás. El Grand Am azul seguía allí, pendiente todavía de reparar. Me arrodillé para examinar el guardabarros delantero derecho sin preocuparme por que el barro pudiera mancharme la ropa. Jamás volvería a preocuparme por detalles tan prosaicos como ese.

Introduje el dedo en el espacio de detrás del guardabarros y extraje un poco de aquella sustancia roja que en su día había supuesto que era óxido o barro. Separé el fragmento más grande que pude encontrar y vi que tenía el revelador aspecto moteado del ladrillo. Volví a introducir el dedo en el espacio y saqué un trozo de mortero. Marcus me había dicho que había chocado con un ciervo, pero ningún animal dejaba aquel rastro. Tal vez sí un ciervo en forma de buzón de ladrillo.

Mi cabeza empezó a pensar a toda velocidad mientras volvía renqueante a la casa. Era incapaz de procesar muchas cosas más. Tim había muerto, Marcus había mentido, Russell había desaparecido, la policía me consideraba la principal sospechosa del asesinato de Aletha y alguien había intentado matarme. Más que suficiente por un solo día.

Vangie y Brittany habían entrado en la casa, de modo que llamé a la puerta con pintura descascarillada y entré.

—¡Estamos aquí, cariño! —gritó Vangie.

Asomé la cabeza por la puerta y las encontré en la sala de estar, en la penumbra. Brittany se había acomodado entre los cojines del sofá con estampado floral descolorido, que ocupaba el espacio de toda una pared. Vangie estaba instalada en una silla de respaldo recto, en medio de la estancia. En una esquina, un ajado sillón reclinable de cuero marrón, el típico producto de la cadena La-Z-Boy, estaba encarado a un mueble para el televisor con una pantalla de diecinueve pulgadas.

—Pase y descanse. Su amiga ha estado contándome sus aventuras de los dos últimos días.

Busqué un lugar para sentarme.

Vangie me indicó una butaca con una tapicería que en su día debía de ir a juego con el sofá.

—Era el lugar favorito de mi marido. Ahora, nadie se sienta ahí excepto Marcus. Pero usted puede sentarse, si le apetece.

—Gracias.

La sonrisa de Vangie caldeó la estancia.

Tomé asiento y me mordí el labio superior en busca de alguna manera de abordar el tema. No tenía energía para andarme con florituras y seguir el estilo de Daniel, de modo que opté por el método de poner viento en popa a toda vela de Dana.

—Vangie, ¿dónde está Marcus? Necesito hablar con él.

El rostro de Vangie se arrugó, un gesto que le sumó diez años.

—Ojalá lo supiera, cariño. Pero la última vez que lo vi fue ayer, hacia las seis de la tarde.

Una conducta así parecía más propia del viejo Marcus que de su versión poscarcelaria. Mala señal.

—¿Dónde ha ido?

—¿Por qué lo pregunta?

—Porque podría andar metido en problemas.

«Porque podría estar implicado en un asesinato. Tal vez en dos».

Vangie abrió los ojos como platos.

—No llame a la policía, por favor. No sé qué haríamos si volviera a entrar en la cárcel. ¿Puede ayudarlo de alguna manera?

—Puedo intentarlo, pero para ello tendrá que ser sincera conmigo. ¿Dónde está?

—No lo sé. Recibió una llamada y se marchó corriendo. No lo he visto desde entonces.

—¿No le comentó nada?

La anciana negó con la cabeza.

—Esta mañana he hablado con su jefe y no ha ido a trabajar desde el lunes. Se tomó el martes libre para asistir al funeral y no ha vuelto desde entonces.

—¿Dónde están las niñas?

—Un amigo de Marcus las recogió ayer por la tarde, pero no estaba preocupada porque se las ha llevado un montón de veces. Es el mejor amigo de Marcus, además de Billy. Siempre salen juntos los tres.

Se me erizó el vello de la nuca.

—¿Billy?

—Un chico que Marcus conoció en la cárcel, mientras estaba a la espera de juicio. Desde entonces son amigos íntimos.

Billy el Bombardero. «Lo siento, Tim».

—¿Quién es ese amigo de Marcus que se llevó a las niñas, Vangie?

—No recuerdo su nombre. Y mira que lo he intentado. Supongo que me estoy haciendo vieja. Marcus lo conoció hará un par de meses. Es lo único que recuerdo. —Se quedó mirando la pared.

—Tengo una pregunta más para usted, y luego ya nos vamos.

Siguió mirando la pared.

—¿Vangie?

No hubo respuesta.

Volví a intentarlo, más fuerte esta vez.

—¡Vangie!

Parpadeó.

—¿Qué pasa, cariño?

Resoplé con fuerza.

—Me gustaría hacerle una pregunta más. ¿Dónde estaba Marcus el sábado por la tarde, cuando mataron a Aletha? —Vangie, con un pañuelo de papel arrugado entre las manos, apartó la vista—. No estaba en el cine con las niñas y usted, ¿verdad?

Se le llenaron los ojos de lágrimas.

Le di unos golpecitos cariñosos en la mano y Brittany y yo nos levantamos para volver al coche.

El cansancio me saturaba como un exceso de jarabe sobre un plato de tortitas. En el transcurso de los dos últimos días habían pasado muchas cosas, pero no había sacado nada en claro. Me habían golpeado, machacado, interrogado, había estado a punto de morir ahogada, y el único resultado que había obtenido era la prueba de que Tim no había matado a su mujer.

A menos que sí hubiera matado a Aletha y otro lo hubiera matado a él, una posibilidad que no tenía mucho sentido. ¿Por qué razón la persona que había hecho volar el barco habría matado a Tim cuando la policía pretendía cargarle precisamente a él el asesinato? Tal vez el cuerpo de Tim estuviera destinado a desaparecer, para que pareciese que se había dado a la fuga, pero había acabado emergiendo a la superficie. ¿Otro fallo?

Cuando ayer por la mañana emprendí mi viaje a Savannah, Tim Cunningham había matado a su esposa. Ahora, Tim estaba muerto y parecía que las acusaciones que había vertido contra Marcus no iban tan desencaminadas. ¿Podría Marcus Jones, con la ayuda de su amigo Billy el Bombardero, haber matado a Aletha? Tal vez, si de entrada le hubiese hecho caso al marido de Aletha, Tim seguiría vivo. Tal vez yo era tan responsable de su muerte como la persona que lo había echado al río. Tal vez todo lo que estaba pensando fuera simplemente resultado del agotamiento. Durante los dos últimos días, mi cerebro anegado había recibido poco sueño e incluso menos alimento. Las respuestas quedaban lejos de mi alcance. Me resultaba imposible llegar a ellas.

Miré el paisaje desfilar al otro lado de la ventanilla del coche. El sol estaba bajo y proyectaba un resplandor anaranjado sobre las cubiertas de los edificios.

—¿En qué estás pensando, que te veo tan concentrada? —preguntó finalmente Brittany.

Me volví hacia ella.

—Estoy intentando descifrar todo este lío.

—¿Cómo podría ayudarte?

—No lo sé. Tengo muchísimas cosas, pero nada encaja, no sé si me explico.

—Es como un rompecabezas. Y tienes mil piezas sobre la mesa.

—Exactamente, con la diferencia de que, con un rompecabezas, siempre hay la fotografía en la caja y puedes empezar por allí. Yo no tengo nada.

—Repásalo conmigo. A veces, expresarlo en voz alta ayuda.

¿Qué tenía que perder?

—De acuerdo. Empecemos con Ida Clare Green. ¿Cómo encaja esa mujer en todo esto?

—¿Te refieres a la mujer a cuyo funeral asistió un hombre haciéndose pasar por su padre?

—Eso es.

Brittany se incorporó a la autopista y preguntó:

—¿Por qué querría hacerse pasar por su padre?

—Supongo que para quedarse con lo que quedaba del dinero del premio.

Me miró, una mirada fugaz.

—¿Cómo funciona eso?

—¿No te acuerdas de las reglas del concurso? Si un ganador fallece, la persona que hereda el proyecto asociado con el dinero del premio se queda con el resto de los pagos para que todo pueda seguir funcionando. Y, con carácter inmediato, recibe también un pago adicional para ayudar con los gastos, para que el proyecto no se venga abajo antes de que se produzca el siguiente pago programado.

—¿De modo que ese tipo podría haber recibido ya un pago?

—Sí, pero me ha sido imposible localizar la cuenta bancaria de Kingsley Franklin. Espero que Charlie sea capaz de ayudarme con esto.

Brittany frunció el entrecejo y dio varios golpecitos al volante.

—¿Quieres tratarlo con él?

—No conozco ningún otro friki de los ordenadores.

—Tampoco yo, por desgracia. Pues buena suerte.

Entramos en Riddleton y Brittany insistió en que paráramos en el supermercado. Discutir no tenía sentido. Me instalé mientras en el asiento de atrás para echar una siesta, aunque lo que en realidad ansiaba era meterme en mi cama. Antes, sin embargo, me iría bien darme un baño caliente.

Llegamos por fin a casa. Mi Sentra estaba aparcado en el lugar que le correspondía, pero la persona que me había robado las llaves lo había registrado de arriba abajo. Encontré servilletas, bolígrafos y la basura de todo tipo que almacenaba en la guantera a lo largo de un día normal amontonada sobre el salpicadero. La porquería que se acumulaba en el suelo del coche decoraba el aparcamiento, y una inspección detallada reveló la existencia de cortes en la tapicería. El relleno emergía por varias partes, las alfombrillas estaban cortadas en tiras y el material del interior de los paneles de las puertas estaba en el asiento de atrás.

¿Por qué me habrían destruido el coche? Las lágrimas me escaldaron los ojos. Pestañeé para intentar evitarlas, pero al instante empezaron a descender calientes por mis mejillas. En las últimas semanas había llorado más de lo que había llorado desde el instituto. ¿Acabaría esta pesadilla algún día?

«Inspira hondo, suelta lentamente el aire».

Después de una inspección rápida, llegué a la conclusión de que no faltaba nada. Los CD seguían en sus estuches, el equipo de música estaba intacto. Incluso la calderilla que guardaba en la consola brillaba bajo el sol. Quienquiera que hubiera hecho aquello no era un coleccionista de monedas. Ni un aficionado al chicle. El robo no era su móvil, y de haber sido simples gamberros no se habrían tomado la molestia de hacerse con mis llaves. Alguien estaba buscando algo. El destrozo de la tapicería dejaba claro que aquella persona tenía un lado malvado. Me habían robado la sensación de seguridad, pero nada de valor material.

Cuando me volví, vi a Brittany en lo alto de la escalera y con una expresión indescifrable. La llamé, pero me indicó con gestos que subiera. Algo me decía que era mejor no hacerlo, pero subí, de todos modos.

La puerta de mi apartamento estaba abierta. Cuando entré en el salón me quedé helada y mi corazón empezó a retumbar con una fuerza casi audible. Habían destrozado mi casa, igual que habían hecho con mi coche. Detectar la ausencia de objetos valiosos sería una pérdida de tiempo, puesto que no los tenía y porque sabía, además, que no echaría nada en falta. O, como mínimo, nada que supiera que tenía. Brittany llamó enseguida al 911. Me ardían los ojos y mi cabeza empezó a correr a toda velocidad, inmersa en una versión de la Indy 500 sin línea de meta.

Mi madre siempre me decía que un día solo podía durar veinticuatro horas, y que durante esas veinticuatro horas se podía hacer cualquier cosa. Y yo, como adolescente de libro que era, siempre le había dado la razón. Pero hoy, cuando vi que el suelo se precipitaba hacia mí para recibirme, supe que mi madre estaba equivocada.

Capítulo veinticuatro

Olinski llegó mientras Eric y su nuevo compañero de trabajo, Leonard, terminaban su informe. Brittany le abrió la puerta y me encontró sentada en el suelo, con las rodillas contra el pecho y enlazándome las piernas. Lo más cerca que podía llegar a la posición fetal sin que nadie tuviera que llamar a una ambulancia. De ninguna manera pensaba ganarle a mi madre la carrera para ingresar en el loquero.

Saludó a Eric con una palmada en el hombro.

—¿Qué tal vais?

—Hola, Blink. ¿Qué haces aquí? No tenemos ningún cadáver. O, como mínimo, no lo hemos encontrado aún.

Brittany y yo intercambiamos una mirada. Contuve una risilla, inapropiada dadas las circunstancias. ¿Blink?

Mi reacción provocó una mirada malévola que Olinski proyectó desde el rabillo del ojo.

—¿Habéis mirado ya debajo de la cama?

—Sí. Me cuesta creer que alguien con prisas se tomara el tiempo necesario para meter toda esa basura allá abajo.

Olinski sonrió y tiró de las solapas de su chaqueta arrugada.

—No tendrían prisa. Siempre tiene este aspecto.

Eric le dio un puñetazo en el hombro.

—¿Ah, sí? ¿Y cómo lo sabes?

La réplica provocó una mirada asesina en broma por parte de Olinski.

—¿Pero habéis mirado allí?

—Lo dirás en broma, ¿no?

—No. ¿Y si resulta que la Colonia Desaparecida de Roanoke está allá abajo?

Leonard intervino.

—Oye, pues tal vez sí que deberíamos mirar. He oído decir que dan una recompensa.

Se echaron todos a reír. Le saqué la lengua a Olinski en cuanto me dio la espalda. Un gesto inmaduro pero reconfortante.

—Olvídalo, Leonard. Recógelo todo y vámonos. —Eric miró a Olinski—. Novatos.

—¿Qué tal va?

Eric se encogió de hombros.

—Bien, supongo. Se queja mucho, pero aparte de eso, va captándolo.

Olinski recorrió la estancia, despacio. Sin tocar nada, pero observándolo todo, igual que había hecho en su momento Havermayer. Me guiñó el ojo y se dirigió entonces a Eric.

—¿Qué habéis encontrado?

Eric se pasó la mano por su cabeza pelirroja.

—Poca cosa. No falta nada, por lo que parece. Hemos echado el polvo para buscar huellas dactilares, pero ese tipo debía de llevar guantes.

Cerró su libreta y la guardó en el bolsillo de la camisa.

Olinski se volvió hacia mí.

—¿Tienes idea de qué podrían andar buscando?

—No, pero tiene que ser bastante pequeño, teniendo en cuenta los lugares donde han buscado. Me sorprende que no hayan mirado en el tubo de dentífrico.

Tosí para aclarar la mucosidad que se me acumulaba en la garganta. Brittany me pasó una botella de agua.

Olinski volcó de nuevo su atención en Eric.

—Sondea a los vecinos. Si averiguas alguna cosa, házmelo saber, ¿entendido?

—Sí, por supuesto, Blink.

Leonard se arrodilló y cogió un objeto de entre todo el desorden reinante alrededor de la mesita de centro. Nos mostró una pequeña pieza de plástico de forma cuadrada, con la parte inferior redondeada y un orificio rectangular en la parte superior.

—¿Qué es esto?

No lo había visto nunca.

—No tengo ni idea.

Eric le tendió la mano.

—Déjame verlo.

Leonard se lo pasó.

Eric, sujetando el objeto con la mano enguantada, frunció el entrecejo y le dio la vuelta.

—Es un garrucho de plástico.

—¿Un qué? —preguntó Olinski.

—Un garrucho. Se utiliza para envergar las velas.

Los tres policías se quedaron mirándome. Y mi corazón rebotó contra el esternón.

—No sé ni lo que es ni de dónde ha salido. No estaba aquí cuando me fui de casa ayer.

Olinski se volvió hacia Eric.

—Mételo en una bolsa. —Y a continuación, dirigiéndose a mí y en un tono mucho más serio, dijo—: Reza para que no encontremos tus huellas dactilares en esta cosa.

—No os preocupéis, no las encontraréis.

Eric y Olinski se fueron hacia la puerta, donde yo no pudiera oírlos. Miré a Brittany y luego miré a los dos hombres. Eric hizo un gesto de asentimiento después de que Olinski le dijera alguna cosa, me dijo adiós con la mano y cruzó la puerta. Leonard lo siguió.

Olinski volvió con nosotras.

—¿De qué va todo esto? —pregunté.

Olinski levantó las cejas.

—¿A qué te refieres?

—¿Qué estabais cuchicheando Eric y tú?

—Nada. Le he pedido que lo organice todo para que esta noche den un par de vueltas adicionales por aquí, para vigilar la casa. ¿Has hecho cambiar ya las cerraduras?

—¿Acaso he tenido tiempo? Además, ¿qué sentido tiene cambiarlas ahora? Llamaré al cerrajero para que venga mañana por la mañana a primera hora.

Olinski palpó el interior del bolsillo lateral de su chaqueta y extrajo de su interior una cadena dorada y un destornillador.

—Te he traído esto, por si acaso. He pensado que quizá lo necesitarías.

Un candado con cadena. De los que rompen los ladrones de las películas cuando fuerzan las puertas de una patada.

—No se ve muy robusto.

Olinski atornilló la cadena a la jamba de la puerta.

—No impedirá que entren, pero sí los ralentizará un poco. Pon una silla o cualquier otra cosa debajo del pomo de la puerta. Es solo por una noche, ¿entendido?

«Estupendo. Ya me siento mejor».

—Entendido. Ningún problema, Blink.

Atornilló a la puerta la placa metálica para el pasador.

—Muy graciosa.

—¿De dónde ha salido este apodo?

—Es una larga historia.

—Tenemos tiempo.

Olinski retrocedió unos pasos para examinar el resultado de su trabajo.

—Está bien. Cuando era un novato había un sargento que siempre me llamaba Olinki en lugar de Olinski. Bueno, el caso es que su mujer era una de esas que se hacen llamar cristianas renacidas y le tenía prohibido decir palabrotas cuando se cabreaba. Y como cada vez que tenía que pronunciar mi nombre acababa soltando un taco, porque no le salía correctamente, al final decidió cambiármelo y siempre andaba diciendo: «¿Dónde está ese tal Blink?». A los chicos les pareció gracioso, empezaron a llamarme Blink y en Blink me quedé.

—Pues ya lo tengo claro. —Extendí los brazos hacia ambos lados—. ¿Te gusta mi apartamento? Últimamente he estado cambiando la decoración.

—Es una mejora, la verdad.

Lo aplasté contra la pared con la mirada.

—Ja, ja. ¿Quieres ayudarnos a poner orden en este caos?

Sus ojos marrones centellearon bajo la luz del techo.

—Ni lo sueñes. Quiero decir que lo siento muchísimo, pero tengo ya un compromiso previo para esta noche.

«Seguro».

—Pues antes de que te marches para cumplir con tu compromiso, ¿qué hay de Russell? ¿Habéis tenido noticias?

Juntó las cejas.

—En cuanto a dónde se encuentra en estos momentos, nada, pero hay algo que quizá podría interesarte.

Mi corazón se aceleró. Intenté tragar saliva, pero en mi boca no había líquido.

—¿Qué es?

Olinski estudió la parte superior de sus zapatos de policía, llenos de arañazos.

—No hemos conseguido encontrar nada que sustente su relato sobre quién es y de dónde viene. Es como si más allá de seis meses atrás no hubiera existido. Lo siento.

—Me contó que estaba intentando huir de su padre. Tal vez ha cambiado de nombre para que nadie pueda localizarlo.

—Podría ser. No sé qué decirte.

Tenía que ser eso. Mi cerebro no aceptaría otra cosa. De lo contrario, me habría contado una historia repleta de mentiras y yo me la habría creído. Mi trabajo se basaba en analizar a la gente, ¿no? Aunque si hasta el momento me había equivocado con todos los implicados, ¿por qué no también con Russell?

—¿Y qué más habéis averiguado acerca de quién mató a Aletha? ¿Y a Tim?

Bajó la vista de nuevo.

—¿Puedes dejar este asunto en paz, por favor? ¿Cuándo entenderás que esta gente no está jugando? Si sigues así, un día acabarás despertándote muerta.

No me tomé la molestia de comentarle que su predicción era fisiológicamente imposible.

Olinski se dirigió entonces a Brittany:

—Vigílala. No dejes que se meta en más problemas. —Y, volviéndose hacia mí, dijo—: Siento mucho todo lo que está pasando, Jen.

—Gracias.

Al menos no dijo: «Ya te lo avisé».

Se paró al llegar a la puerta.

—Y una cosa más. No planifiques más viajes. Tenemos que hablar sobre ese… ¿Cómo lo llamó Eric? Ah, sí, sobre ese garrucho.

Brittany cerró la puerta.

—Jen, creo que…

Mi cortocircuito emocional saltó.

—No quiero hablar sobre el tema.

Decidí concentrar toda mi energía en las labores de limpieza. No quería hablar ni pensar en Russell Jeffcoat ni en garruchos. Tal vez la idea de Scarlett O'Hara tampoco estaba tan mal.

Pero mi cerebro no tuvo mucho tiempo para poder descansar. Llamaron a la puerta.

Brittany abrió y Charlie, el rey de las discotecas, entró bailando en casa sin invitación previa. Brittany se escabulló rápidamente hacia la cocina.

«Gracias por tu ayuda, Britt».

Lo interrumpí, a medio paso de baile.

—Esta noche no me encuentro muy bien, Charlie.

Me agarró por el brazo.

—¿Qué te ha pasado en la cara?

—Anoche sufrí un pequeño accidente. Nada grave. Estoy bien.

Su rostro se ensombreció.

—¿Qué tipo de accidente?

Se preocupaba por mí, a su manera. Era una lástima que me resultara insoportable.

—Nada de lo que preocuparse. Todo va bien.

Me miró de arriba abajo y me desnudó con la mirada. Se me erizó el vello como si me hubiera tocado.

—Efectivamente, yo te veo muy bien.

Subió y bajó las cejas. Me estremecí y me llevé la mano a la boca.

—No estoy de humor.

—Entiendo por qué. Supongo que te gustaría saber quién ha hecho esto —replicó, extendiendo los brazos con una pirueta.

—¿De qué hablas?

Hundió las manos en los bolsillos de sus vaqueros. Era un día de atuendo discreto.

—Vi al tipo que te destrozó el coche. Pero no sabía que había entrado también en tu apartamento.

—¿Por qué no llamaste a la policía?

—El tío se marchó antes de que me diese tiempo a asimilar qué estaba pasando. Además, imaginé que querrías ir personalmente a por él. —Me miró de reojo—. Y que tal vez necesitarías un poco de ayuda por mi parte.

La idea de jugar conjuntamente a detectives con Charlie me sobrecargó las neuronas.

—¿Quién fue? ¿Cómo era?

—Tendrás que pagarme por la información.

Tensé la mandíbula.

—No tengo dinero en casa.

Hizo un paso de claqué.

—No quiero dinero. Sino una cena.

Eso era incluso peor.

—No tengo tiempo para esas cosas. Dime quién fue, y si no lo haces, te rajaré el cuello y te sacaré por ahí las tripas. ¿Qué te parece mi oferta?

—No…, no sé cómo se llama.

—Acabas de decir que sabías quién era.

—Porque lo tenía visto. Estuvo aquí la otra noche.

«¿Russell? Imposible».

—Vamos, Charlie. ¿Qué estás diciendo? Que estuvo aquí, ¿cuándo?

—El martes por la noche. Tarde.

Saqué el teléfono y busqué una foto de Russell.

—¿Es este?

Charlie frunció el entrecejo y estudió con detalle la fotografía.

—No podría asegurártelo. Pero podría ser.

«Buen intento».

—Olvídalo. No dices más que tonterías. No tengo tiempo para estas cosas.

Charlie puso la mano en la puerta.

—Hablo en serio. Estuvo aquí el martes por la noche. Te lo juro.

Me sostuvo la mirada. Estaba contando la verdad tal y como la recordaba. Otro testigo poco fiable.

—¿Cómo era?

—Alto, moreno. De constitución mediana. Llevaba pantalón claro y jersey oscuro.

La descripción encajaba con Russell. Y encajaba también con el setenta por ciento de la población masculina blanca y menor de cuarenta años del sur. Russell seguía en Savannah, a saber en qué estado, y sin medio de transporte. No podía haberme destrozado el coche. Debía olvidarme de esto. Ya había perdido demasiado tiempo buscando agujas en un pajar.

Empujé a Charlie para que se fuera y cerré de un portazo. Pero entonces recordé que lo necesitaba para localizar la cuenta bancaria de Kingsley Franklin. Volví a abrir la puerta.

—Oye, espera.

Sonrió.

Brittany y yo llevábamos una hora en el apartamento, luego tendría que irme de allí para dormir. Estaba tremendamente agotada y dolorida. Todo lo demás podía esperar. Aunque mi habitación no es que se viera muy distinta de lo habitual. Tenía que reconocerle a Olinski el mérito de haber hecho aquella observación. Por mucho que la información sobre el estado de mi cuarto la hubiera recibido indirectamente de Havermayer.

Pero antes de ponerme a descansar, tenía que hacer una llamada. Mi madre necesitaba estar al corriente de lo que me había pasado. No quería que se enterara por otro, aunque no imaginaba quién podría contárselo, la verdad. Pero la posibilidad existía, evidentemente.

Me armé de valor y pulsé la tecla.

—Hola, mamá.

—Vaya, esto sí que es una sorpresa.

Parecía feliz de oírme. Tendría que andarme con tiento. En el pasado me había tendido en más de una ocasión aquel tipo de trampa.

Intercambiamos las frases amables de rigor, que por una vez me parecieron sinceras, hasta que comprendí que no podía retrasar más mi explicación.

—Tengo que contarte una cosa.

—Bien, adelante.

Su voz sonó cautelosa, contenida. Nada que ver con la histeria que me esperaba. Si mi madre era capaz de hacer aquel esfuerzo, también podía hacerlo yo. Tendría que contener los exabruptos que tenía tan normalizados. Le ofrecí la versión de manual de las experiencias que había vivido los dos últimos días y contuve la respiración hasta que mi madre respondió.

Y lo hizo, por fin.

—Quiero que vengas y te quedes en casa conmigo hasta que todo vuelva a ser más seguro.

Me derrumbé en el sofá. Tenía los ojos llenos de lágrimas. De esas lágrimas calientes de rabia que me abrasaron la cara cuando se deslizaron por ella hasta alcanzar el cuello. De esas lágrimas que sabía que sería incapaz de detener hasta que el agotamiento pudiera conmigo. Luché por recuperar la compostura.

—Gracias, pero no puedo. No puedo correr el riesgo de ponerte en peligro. Además, Gary no lo aprobaría.

—De Gary ya me encargo yo. No te preocupes por eso.

Era la primera vez en todo, al parecer, aunque dudaba que pudiera conseguirlo.

—Muchas gracias por la oferta, de verdad, pero tengo que encontrar a Russell. Sigue desparecido y es como si a todo el mundo le trajera sin cuidado.

—Seguro que lo que dices no es cierto. La policía estará buscándolo.

—Cabría pensar que sí, pero no estoy muy convencida. Ni siquiera han localizado aún al asesino de Aletha.

—Es posible que cuando encuentren al uno, encuentren también al otro.

«No, tú también, no».

—Es posible, pero no creo.

—Jennifer, tienes que parar esto. Las investigaciones son para la policía. Deja el tema en paz antes de que te acabe sucediendo algo grave de verdad.

Le prometí quedarme con Brittany hasta que pasara el peligro. A cambio, mi madre dejó correr la idea de que me instalara en su casa hasta que se solucionara el caso. Además, había dejado que Olinski creyera que permitiría que Brittany cuidara de mí, de modo que tenía que ser honesta. Todos tenían cierta parte de razón, por mucho que no estuviera dispuesta a reconocerlo en voz alta. Lo cual no significaba que fuera a claudicar en mi búsqueda del asesino de Aletha. Si acaso, la destrucción de mi casa y mi coche había consolidado mi decisión. Los gemelos Davenport nunca se daban por vencidos, y yo tampoco.

Brittany estaba matando el tiempo en el cuarto de baño, haciendo correr el agua. Despejé la cama para poder dormir en ella. Decidí que, en vez de ir a dormir a su casa, le pediría a Brittany que se quedara aquí conmigo. Quienquiera que hubiera hecho aquello, o bien había encontrado lo que andaba buscando o bien sabía que lo que buscaba no estaba aquí. Lo cual hacía que mi casa fuera más segura que el apartamento de Brittany.

Brittany se asomó en la puerta cuando yo estaba acabando de poner las mantas.

—Te he preparado un baño caliente. Ve a ponerte en remojo mientras yo preparo la cena. Te sentirás mejor.

—Eres la mejor amiga que podría soñar.

Se ruborizó.

—Eso está muy bien, aunque creo que la mejor amiga que podrías soñar sería alguien como yo…, pero asquerosamente rica.

—Tienes toda la razón. Pero dudo que alguien asquerosamente rico pudiera ser como tú.

—Cierto. La pobreza tiene sus ventajas. —Señaló el cuarto de baño—. A la ducha.

—A sus órdenes.

Me desnudé y me sumergí en el agua centímetro a centímetro. Uno a uno, mis músculos empezaron a relajarse mientras las burbujas me cosquilleaban la piel. El vapor me destapó los senos nasales y la humedad alivió mi garganta áspera y seca. Por fin conseguí tragar y abrir los pulmones sin tener que toser.

Pero mi bañera no era lo bastante grande como para poder sumergirme correctamente. Pese a que mi último estirón me había dejado en un metro sesenta y ocho de altura, o sumergía la parte superior del cuerpo o las piernas, pero no todo a la vez. Si algún día acababa comprándome una casa, me aseguraría de tener una bañera donde cupiera entera. Tenía que tener claras mis prioridades.

Empezaba a adormilarme cuando Brittany llamó a la puerta para decir que la cena estaba lista. Contra mi voluntad, tuve que abandonar la sauna para apaciguar el estómago. Me envolví primero en una toalla y luego me puse el pijama.

Brittany había preparado una olla enorme de sopa de pollo con fideos y bocadillos calientes de jamón y queso. El queso suizo fundido se derramaba sobre el plato. Comimos en silencio.

Cuando hubimos saciado el hambre, Brittany preguntó:

—¿Y ahora qué pasa?

—Ojalá lo supiera.

—Debes de estar cerca de averiguar algo que alguien no quiere que sepas.

Engulló lo que le quedaba de bocadillo y se limpió la boca con una servilleta. Sus exquisitos modales en la mesa exasperaban a Gary. Lo cual a mí me entusiasmaba. Gary era un neurótico con las cosas que

279

consideraba importantes, pero los modales en la mesa no entraban en esa lista.

Agité la cuchara, con un trozo de fideo pegado incluido.

—Lo sé, ¿y?

—Que si supiéramos la respuesta a esto, sabríamos quién es el asesino.

Apuré lo que quedaba de sopa y aparté el plato.

—Ni siquiera tenemos una pista de quién podría ser.

Brittany recogió los platos y los dejó en el fregadero.

—Pero, por lo que parece, eso el asesino no lo sabe. Me da la impresión de que cree que sabes demasiado. Y por eso sufriste ese ataque. Quienquiera que sea ese tipo, la verdad es que no es muy brillante. A estas alturas debería saber que el cerebro del grupo soy yo. Y que si alguien va a averiguar qué está pasando aquí, ese alguien soy yo.

—Cierto, pero entonces el objetivo serías tú. No funcionaría.

Los ojos de Brittany se iluminaron.

—¿Por qué no? Seguro que con una diana en el pecho estaría monísima.

Las carcajadas me provocaron dolor en el costado, pero mi nivel de estrés descendió al plano más bajo que había tenido desde el día anterior por la mañana. Para eso estaban las amigas. Para eso, y para evitar expresamente tocar los temas que me ponían nerviosa y me revolvían el estómago, como Russell Jeffcoat. Y los garruchos. Lo que quiera que fueran esas puñeteras cosas.

Tal vez mañana, después de una noche de sueño sin interrupciones, mi cabeza estaría lo suficientemente clara como para abordar los temas más espinosos a los que me enfrentaba. Aunque también podría pasarme el día entero durmiendo. Lo cual me iría muy bien.

Capítulo veinticinco

Despejé la mesa y, por una vez, disfruté recogiendo la cocina. Los sucesos de los últimos días me habían servido para dar más valor a los aspectos más sencillos de la vida. Tal vez aún estaba a tiempo de convertirme en una buena ama de casa para algún chico afortunado. Aunque antes que eso preferiría volver a arrojarme al río Savannah, por mucho aceite de motor y porquería que hubiera en él.

Brittany guardó el último plato en el armario.

—¿Y ahora qué hacemos?

Me estiré para evaluar el estado de mis músculos: estaban más sueltos, pero seguían doloridos.

—Nada que exija movimiento. Son casi las nueve, ¿por qué no ganduleamos un poco? Podríamos ver una peli.

—Ahora nos entendemos. ¿Qué te apetece ver?

Me tumbé en el sofá mientras Brittany estudiaba los DVD. Mi exigua colección de películas habitaba en el armario que había al lado del televisor. Las habíamos visto todas cien veces, pero un clásico trillado funcionaría la mar de bien esta noche.

—Me da igual.

Brittany señaló el reproductor de DVD.

—¿Qué hay dentro?

—Ni idea. Ponlo.

Cuando el aparato se puso en marcha, las primeras escenas del vídeo promocional de *Tu vida* llenaron la pantalla. Brittany se dispuso a apagarlo. Se lo impedí.

—La otra noche me quedé dormida mirándolo y me olvidé de sacarlo. Veámoslo un momento. Igual entre las dos descubrimos algo de utilidad.

Brittany se encogió de hombros y se sentó conmigo en el sofá. La voz del narrador pretendía imitar a Ted Baxter, del viejo programa *El show de Mary Tyler Moore*. Era normal que me hubiera quedado dormida enseguida.

Los quince minutos de introducción seguían con un videomontaje de las ceremonias de presentación de los ganadores, que se habían transmitido en su día por televisión. A continuación, un *tour* guiado por la sede de la organización, similar al que habíamos realizado nosotras. Cuando el narrador empezó a presentar a los empleados, decidí que ya había tenido suficiente.

Mientras Brittany buscaba el mando a distancia para apagar el vídeo, la pantalla se iluminó con un pícnic para empleados y familiares. En una esquina de la imagen, aparecían Albert Sikazian y Edna Babbit oscurecidos en parte por un joven de pelo oscuro y barba tupida que juraría que había visto antes.

Agarré a Brittany por el brazo.

—Espera.

Rebobiné hasta el momento en que empezaba el pícnic.

Brittany se recostó en el sofá.

—¿Qué pasa?

Me acerqué a la pantalla.

—A ese tipo lo conozco, lo que pasa es que no consigo ubicarlo.

—¿Podría ser alguien que viste el día que hicimos el *tour*?

Posiblemente, pero aquel hombre me sonaba bastante más que alguien con quien me había cruzado por un pasillo hacía tres días.

—Ya me vendrá, tarde o temprano. Voy a apagarlo.

Abrí el armario de las películas y saqué el primer DVD que toqué. *Figuras ocultas*. Era buena. Volví renqueante al sofá, me senté y recosté la cabeza en mi brazo. Cuando cerré los ojos, mi cuerpo se relajó. Los últimos días me habían pasado factura. ¿Cuál sería el siguiente nivel después de exhausta? ¿Frita? ¿Quemada? Fuera el que fuese, yo lo había alcanzado.

Brittany me despertó hacia las diez. Cuando salí del baño vi que estaba poniendo sábanas en el sofá.

—¿Qué haces?

—No pensarás que voy a dejarte sola en casa esta noche, ¿verdad?

A pesar de lo que le había prometido a mi madre, mi ego aceptó el reto.

—No pasará nada. Alguien se ha imaginado que yo tenía en casa algún objeto deseable. Y ahora resulta que esa persona, o bien ha recuperado el objeto en cuestión, o se ha dado cuenta de que no está aquí.

—No pienso irme. ¿Y si en vez de ser un objeto que tú pudieras tener se tratara más bien de algo que tú sabes? ¿No se te ha ocurrido esa posibilidad?

—Yo no sé nada. ¿Y por qué alguien registraría todo mi apartamento en busca de una cosa que yo sé? No tiene sentido. Pero, de verdad, no es necesario que te quedes aquí y pases una noche de incomodidad por mi culpa. Ya has oído que la policía hará más patrullas por la zona y, además, tengo una pistola.

Brittany levantó la ceja izquierda, esa expresión tan suya y que tanto me fastidiaba.

—¿Qué pistola?

—La que me dejó mi padre.

—¡Ja! ¿Te refieres a ese trasto viejo que tu bisabuelo se trajo de Francia en 1918? Eso no es una pistola. Es una antigüedad.

—Te apuesto lo que quieras a que todavía funciona.

Quizá.

Brittany extendió la mano.

—Déjame verla.

Revolví el caos reinante en el armario de mi habitación y saqué la caja con la Luger que, a finales de la Primera Guerra Mundial, mi bisabuelo había recuperado de un soldado alemán fallecido. Por suerte, nadie había dado con ella durante los registros a los que me había visto sometida últimamente. Se la pasé a Brittany, y su olor aceitoso me trajo recuerdos de las historias que mi bisabuelo me contaba. La caja contenía también dos cargadores y un paquete de balas de nueve milímetros.

¿Tendrían fecha de caducidad las balas? No tenía ni idea. Olinski seguro que lo sabría. Pero nunca se lo había preguntado.

Insertar las balas en uno de los cargadores fue bastante más complicado de lo que cabía esperar. Los proyectiles se deslizaban por encima y acababan aterrizando constantemente en el suelo. Me dolía el pulgar y cada vez que tenía que agacharme para recoger una bala, la cabeza me retumbaba. Comprendí que me habría resultado más fácil permitir que Brittany se quedara, pero ya no podía dar marcha atrás. Ocho dolorosas balas más tarde, le hice entrega del arma a Brittany.

Brittany la observó con atención.

—¿Estás segura de que sabes cómo funciona este trasto?

—Lo averiguaré. En el instituto hice un trabajo sobre el control de armas, ¿te acuerdas?

Brittany enarcó las cejas.

Y yo apreté los dientes.

«Inspira hondo, suelta lentamente el aire».

—¿Cómo funciona? —me preguntó.

Cogí el cargador lleno de balas.

—Hay que introducir esto en el orificio que la pistola tiene en la empuñadura, echar hacia atrás el seguro para cargar una bala en la cámara y apretar el gatillo.

—A ver cómo la cargas.

Era bastante más complicado de lo que le expliqué, pero en cuestión de un minuto conseguí tener el arma cargada y lista para ser utilizada. Puse el seguro y guardé la Luger en la caja.

—¿Satisfecha?

—Imagino que sí.

—Muchas gracias.

Le señalé la puerta. Pero Brittany se mantuvo firme.

—Le prometiste a Olinski y, por cierto, también a tu madre, que esta noche la pasarías conmigo. Me da igual en qué apartamento durmamos, pero estaremos juntas. No pienso dejarte sola.

Había perdido la batalla, pero tenía que pensar en la guerra.

—De acuerdo. Tú ganas. ¿Cuánto cobras por hacer de canguro?

—Esta vez invita la casa. Voy a buscar cuatro cosas. Enseguida vuelvo.

Reapareció mientras estaba acabando de lavarme los dientes. Me volví hacia ella y le sonreí.

—Gracias por todo lo que has hecho hoy por mí.

Brittany me abrazó.

—Es mi trabajo. Tú habrías hecho lo mismo. De hecho, lo hiciste cuando más te necesitaba. Cuando Frankie murió, pusiste tu vida patas arriba para estar conmigo. Volviste a un lugar que aborrecías solo para estar a mi lado.

—Ya, aun así, nunca te digo lo suficiente todo lo que valoro lo que haces por mí.

Brittany me alborotó el pelo, que aún tenía húmedo. Se lo permitía, por muy poco que me gustara.

—No te preocupes, lo sé. Y ahora corta de una vez este rollo sentimentaloide. No te encaja en absoluto.

Y tenía de nuevo razón. Nunca había sido sensiblera. Estaba sufriendo una sobrecarga emocional.

—Sí, señora.

—Di buenas noches, John-Boy.

Otra de nuestras viejas rutinas, sacada directamente de la vieja serie *Los Walton*.

—Buenas noches, John-Boy.

Coloqué una silla debajo del pomo de la puerta, me metí en la cama y me quedé dormida antes incluso de pensar si sería capaz de conciliar el sueño.

Capítulo veintiséis

Cuando abrí los ojos era casi mediodía. Había superado la noche sin que nadie intentara matarme o secuestrarme. Con la excepción de un dolor de cabeza infernal, mi cuerpo se había recuperado bien… hasta que me moví. Quedarme el día entero en la cama me parecía un plan tentador, pero tenía una cita con mi novela. Ruth esperaba que hoy le entregara los tres primeros capítulos. Pero, por desgracia, no tenía nada listo para enviarle. Tal vez, que Aletha me hubiera dejado en herencia la librería no fuera al final tan mala cosa. Sería una forma de ganarme el pan mientras mi carrera como escritora se iba al garete.

Fui cojeando hasta el baño, apoyándome en las paredes, desesperada por poder caminar sin necesidad de utilizar los pies. Imposible.

En la ducha, me hice un masaje en la nuca y los hombros. Sinceramente, otro baño me habría ido mejor, pero perdería demasiado tiempo y corría además el riesgo de echarme una siesta en la bañera que no estaba programada.

Mi musculatura se había relajado lo bastante como para poder girar la cabeza hacia los lados y levantar los brazos. Progresaba adecuadamente.

En el espejo, las medias lunas azuladas que subrayaban mis ojos me anunciaron que había perdido una pelea importante, pero al menos no me dolían. Peinarme me recordó un poco una tortura medieval. Pero estaba mejor de lo que me esperaba.

Cuando me disponía a poner en funcionamiento la cafetera, una cerradura nueva en la puerta de entrada me llamó la atención. Brittany debía de haberle abierto al cerrajero mientras yo dormía. Encontré una nota escrita por ella en la encimera de la cocina.

«Pulsa el botón y lee esto mientras esperas».

«Esto» describía un sobre que contenía el papel que se le había caído de la cartera a Sikazian el día que tuvimos la presunta entrevista con él. Lo había dejado en la bolsa de la cámara de Brittany y me había olvidado de él por completo. Mientras se hacía el café, abrí el sobre, que contenía la hoja de un libro de contabilidad, con apuntes de pagos realizados a una compañía llamada RCB Enterprises SC. RCB. ¿Dónde había visto yo aquel nombre?

Tecleé RCB Enterprises SC en la barra de búsqueda de mi navegador. No obtuve resultados relevantes. Solo unas cuantas cosas de una parte u otra del parámetro de búsqueda, pero nada con todo el conjunto. RCB Enterprises SC no existía como entidad empresarial. Llamé a Brittany y la puse a trabajar en ello.

Volví a cargar el vídeo de presentación de *Tu Vida,* y cuando el barbudo que no reconocía del todo llenó la pantalla, lo dejé en pausa. Su cara redonda y sonriente miraba a la cámara mientras que, a su derecha, Edna Babbitt lo observaba. La mano izquierda del hombre descansaba sobre el hombro de Albert Sikazian, pero Santa parecía tener ganas de alejarse de él. Y del cuello del hombre colgaba una cadena fina de oro con una raqueta de tenis. La misma que yo había encontrado en la escena del crimen.

¿Habrían asesinado a Tim por tener el colgante que podía identificar al asesino de Aletha? Un colgante que yo le había entregado. De ser así, habría muerto por mi culpa. ¿Pero cómo podía haber averiguado el asesino que Tim tenía el colgante? Además, todo eso no explicaba por qué alguien había intentado matarme a mí. Tal vez aquella hoja con apuntes contables fuera más importante de lo que parecía.

Olinski necesitaba estar al corriente. Cogí el DVD, la hoja con apuntes contables y puse rumbo hacia la comisaría. Teníamos una imagen del asesino de Aletha. Ahora solo faltaba identificarlo.

* * *

Cuando llegué a lo alto del tramo de escaleras que daba acceso a la comisaría, me volví hacia la librería.

«Me parece que ya lo tenemos, Aletha».

La sargento de la recepción me informó de que Olinski y Haver-mayer habían ido al río para ver si encontraban más pruebas relacionadas con la muerte de Tim, de modo que pregunté por Eric.

Eric examinó la hoja.

—Si resulta que es verdad que esta compañía es falsa, esto tendría que ser prueba suficiente para obtener una orden judicial que nos permita acceder a los libros de contabilidad del concurso. Gran trabajo, Jen.

—Gracias, pero fue simplemente cuestión de suerte. Al director del concurso se le cayó, y yo recogí el papel del suelo.

—A veces es mejor ser afortunado que bueno, dicen.

—¿Existe algún modo de poder ver este DVD sobre el concurso? Sale un hombre que no soy capaz de identificar y que pienso que podría ser importante para la investigación.

Eric me acompañó hasta una sala equipada con un televisor y un reproductor de DVD. Puse la grabación, adelanté hasta llegar al pícnic con las familias de los empleados y lo dejé en pausa cuando llegué a la imagen que quería.

—¿Te suena de algo ese tipo?

Eric se acercó a la pantalla.

—Quizá. ¿Quién es?

—No lo sé. Ese es el problema. Creo que podría ser el asesino de Aletha.

Eric se levantó y me miró a los ojos.

—¿Qué te hace pensar eso?

—¿Ves el colgante que lleva? Lo encontré en la escena del crimen.

—¿Qué? ¿Y por qué no nos enteramos de esto hasta ahora?

La cara que puso, con el ceño fruncido, lo transformó en el geme-lo malo de Opie Taylor.

—Tim Cunnigham me dijo que podía ser de una amiga de Aletha, y me lo creí. Posteriormente le dije que se lo enseñara a Olinski. Supongo que no lo hizo.

Eric me estudió con ojos fríos y sus orificios nasales se ensancharon.

—Entregaré esto a los detectives para que hagan el seguimiento. Te sugiero que mantengas un perfil bajo durante un tiempo. Podrías acabar entre rejas por esto.

Esta vez me había pasado, sin la menor duda.

De camino a casa, paré en el Dandy Diner para comprarme una hamburguesa con queso y un batido, como solución por mi tremenda estupidez. Angus limpió el mostrador y yo me senté en un taburete para esperar el pedido.

En cuanto lo hubo pasado al cocinero, Angus rodeó el mostrador y se sentó a mi lado.

—Tardará unos minutos. Justo acabábamos de limpiarlo todo después de un pedido grande. Enseguida nos ponemos con ello.

—No pasa nada. No hay prisa. ¿Quién celebra una fiesta?

—No lo sé. Nunca había visto a esa mujer. Llegó sola, pero en el coche la esperaban un hombre y dos niñas. Solo eran cuatro, pero la mujer pidió comida para al menos una docena.

Enderecé la espalda.

—¿Qué aspecto tenía el hombre?

—No pude verlo bien. Estaba al volante y tenía la visera parasol bajada.

Cuando llegué a casa, Charlie estaba en el aparcamiento. Entré, y él se escabulló hacia su Ford Focus recién lavado.

«Vete, por favor». Me tomé mi tiempo con la esperanza de que se cansara y se fuera a su apartamento. Pero no hubo suerte. Se esperó en la acera, balanceándose sobre los tacones de sus botas camperas.

—Hola, Charlie —dije, pero no me paré.

Me siguió.

—Hola, preciosa. ¿A qué vienen tantas prisas?

Empecé a subir la escalera.

Atacó. Un lobo lanzándose a por un alce lisiado.

—Deja que te ayude con eso.

—No es más que mi comida. Puedo perfectamente.

Al llegar a lo alto de la escalera, busqué las llaves mientras ingeniaba maneras de librarme de él. Podría empujarlo escaleras abajo, pero recordé que ya estaba en la lista negra de Olinski y una excursión al calabozo interferiría con mis planes. No aprobaba la mala educación, pero había gente que no me dejaba otra alternativa. Abrí la puerta de un empujón.

—Gracias. Hasta luego.

Charlie metió el pie entre la puerta y la jamba.

—¿Adónde vas?

Fui directa hacia la cocina.

—Tengo mucho que hacer.

La expresión de su cara cuando me agarró por el brazo me tensó todos los músculos.

—Me estoy hartando de que me des falsas esperanzas.

¿En serio? Liberé el brazo y me froté el bíceps dolorido.

—Nunca te he dado falsas esperanzas. Siempre he sido sincera contigo. Lo que pasa es que no me escuchas.

—Estás jugando conmigo, y quiero que pares.

Chiflado.

—Adiós, Charlie.

Lo empujé hacia la puerta, la cerré y refunfuñé. Recordé que tenía información para mí. Abrí de nuevo la puerta y me encontré a Charlie delante de mí, con una sonrisa en la cara.

—¿Has olvidado algo?

—Sabes que sí.

—Te costará un precio.

—Una cena. Ya lo sé. ¿Qué has averiguado sobre Kingsley Franklin?

Se abrió paso, fue directo a sentarse en el sofá y descansó las botas en la mesita de centro.

—He encontrado su cuenta bancaria, y había un depósito y una

290

transferencia automática, como imaginabas. El depósito era del concurso *Tu vida,* por un importe de cincuenta mil dólares.

—¿Y la transferencia?

—Por el total de esa cantidad a una empresa llamada RCB Enterprises SC. He hecho un poco de investigación y resulta que RCB Enterprises SC es una empresa fantasma. No he podido obtener ninguna información sobre esa gente, pero seguiré indagando.

Cerré el puño con fuerza. ¡Éxito! Por una vez.

—Gracias, muchas gracias de verdad por tu ayuda.

Charlie se fue, después de que le prometiera que cenaría con él el domingo por la noche, y llamé enseguida a Brittany. Tampoco había tenido suerte en su búsqueda de información sobre RCB Enterprises SC. Lo cual no era ninguna sorpresa. Todos sus medios de investigación eran legales.

—¿Y ahora qué vas a hacer? —preguntó.

Empecé a trazar el recorrido habitual por mi apartamento.

—Supongo que tendré que llamar a Olinski y exponérselo todo.

—Buena idea. A lo mejor, te deja estar presente en el arresto cuando lo tengan ya todo claro.

—Lo dudo. Te llamo mañana, antes de ir a lo de la fiesta de mi madre. ¿Seguro que no quieres venir?

Brittany se echó a reír.

—Seguro. Antes me haría una endodoncia sin anestesia. Pero si me lo pides, iré.

—No, no pasa nada. Soy dura. Podré soportarlo.

Comí la hamburguesa con queso fría, la fui engullendo con tragos de batido de chocolate y cogí el teléfono.

Olinski respondió al tercer tono.

—¿Qué quieres, Jen?

—Supongo que has hablado con Eric.

—Lo he hecho, y en estos momentos no estoy muy feliz que digamos.

—Mira, escúchame y tal vez cambies de idea.

Me llevó cerca de diez minutos desarrollar mi caso. Se lo expuse todo: la importancia de aquel papel con apuntes contables, el colgante, el cambio en la fecha de la auditoria de la sede de *Tu vida,* la cuenta bancaria de Kingsley Franklin y la muerte de Ida Clare Green.

—Lo único que falta son los detalles. Y ponerle nombre al asesino, claro. El colgante tiene que estar en algún rincón de la casa de Tim Cunningham. El ADN que se encuentre en él podría solucionar el problema.

Olinski inspiró hondo durante un prolongado silencio y dijo por fin:

—Por desgracia, todo es circunstancial, pero me has dado mucho en qué pensar.

«Reflexionaré al respecto», una forma clara de mandarme a paseo.

—Pues te sugiero que pienses rápido. Russell podría estar metido en un grave problema.

Con mi deber cumplido, decidí concentrarme en lo único que podía hacer: escribir tres capítulos para Ruth. Porque mientras que mis experiencias recientes me habían ayudado a entender que el éxito profesional no llenaría todos los vacíos de mi vida, como en su día había imaginado que sucedería, escribir seguía siendo una parte importante del futuro que vislumbraba para mí.

Me senté a la mesa y releí el primer capítulo. El trabajo normal de un último borrador. Insertar una coma aquí, suprimir una coma allá. ¿Quería utilizar esa palabra en concreto? Tal vez mejor utilizar esta otra. No, la primera funcionaba mejor. Vuelta a cambiarla. Y así sucesivamente.

> *Dana acarició las espléndidas rosas de su madre, con cuidado de no pincharse con las espinas. Su madre había plantado el rosal el día del primer cumpleaños de los gemelos.*

No. Visualiza, no te límites a relatar, tonta del bote. Sustituye «las espléndidas rosas» por «las rosas de color rojo brillante». No, sustitúyelo por «las rosas de color rojo intenso». Sí. Mucho mejor. Aunque pensándolo bien, mejor dejarlo simplemente como «las rosas rojas».

Un par de horas más tarde, tenía tres capítulos aceptables para poder enviar. El lunes por la mañana me los encontraría de vuelta en mi bandeja de entrada, cortados a pedacitos por la mano experta de Ruth. Una cirujana habilidosa con la sensibilidad de Ted Bundy. Pero al menos había ganado algo de tiempo.

Me instalé en el sofá para relajarme delante de la tele unos minutos y casi al instante me quedé dormida. El teléfono sonó en mis sueños durante unos segundos, hasta que me desperté y me di cuenta de que sonaba de verdad. Lo cogí y miré la pantalla. Las dos de la mañana.

Alguien murmuró al teléfono.

—Jen, soy Marcus.

Me senté, medio dormida.

—¿Dónde estás? ¿Dónde están las niñas? ¿Están bien? Tu madre me contó que estaban con un amigo.

—Están aquí, y están bien.

—¿Dónde es «aquí»?

—Estoy en casa de los Cunningham. ¿Puedes venir? Necesito hablar contigo. Para explicarme.

—¿Y por qué no hablas conmigo ahora, por teléfono?

—¡Por favor! La he cagado y necesito que me ayudes. No puedo volver a la cárcel. Y si me traes el papel, te diré cómo encontrar a Russell.

—¿Qué papel?

—Ya sabes cuál.

—No, no lo sé. ¿Cómo voy a estar segura de que te llevo el papel que dices si no me explicas antes cuál es?

—El que le robaste a Sikazian.

La hoja con apuntes contables. Que estaba en manos de la policía. ¿Cómo es que Marcus conocía a Santa Claus? Una pregunta que formularle cuando nos viéramos.

—¿Está bien Russell?

—Sí. Ven, por favor.

—De acuerdo. Estaré allí en cuanto pueda.

Quería que le entregara la hoja con los apuntes contables a cambio de información sobre Russell, pero algo no encajaba. ¿Y si era una trampa para deshacerse de mí porque sabía demasiado? Me temblaban las manos, tenía la boca tan seca que ni siquiera podía tragar y el miedo me empapaba de sudor las axilas.

«Inspira hondo, suelta lentamente el aire».

CAPÍTULO VEINTISIETE

Tenía que serenarme. ¿Qué haría Dana Davenport en mi caso? Dana siempre mantenía la frialdad, fuera cual fuese la situación en la que se encontraba. Era mi contrapunto perfecto. Dana llamaría a Olinski. Y, por lo tanto, lo desperté en plena noche y obtuve de ello un placer perverso.

—¿Qué pasa? —respondió, con una voz apenas audible.

—Acaba de llamarme Marcus Jones. Quiere que me reúna con él en casa de los Cunningham. Dice que tiene información sobre el paradero de Russell Jeffcoat. Y quiere que le lleve la hoja con apuntes contables que encontré.

Eso lo despertó de golpe.

—Estoy en tu casa en media hora. Prepara café, y mejor que sea fuerte.

Lo del café me pareció una idea genial.

Con el burbujeo de la cafetera como telón de fondo, me dirigí a mi armario. ¿Qué ponerse para un encuentro a medianoche con un tipo que podría haber colaborado en el asesinato de mi amiga? Mejor algo que me hiciese parecer una chica dura. Porque si me vestía a conjunto con mi actual estado emocional, la cosa acabaría en menos de un minuto y conmigo como víctima número tres.

Elegí unos vaqueros, una camiseta, botas y una cazadora de cuero con varios bolsillos con cremallera, negro todo. Las botas y la cazadora, restos de la breve incursión en el *look* motero que había hecho a finales de mi primer año en el instituto, llevaban años viviendo, solas y abandonadas, en el fondo de mi armario, y nunca había tenido el valor suficiente para deshacerme de ellas. Lo cual ahora me iba muy bien.

Cogí la Luger de la mesita de noche y la guardé en un bolsillo interior de la cazadora. Pero las ocho pulgadas del cañón hicieron que me resultara imposible cerrar la cremallera. Confiaba en que, con un poco de suerte, la pistola no acabara cayendo al suelo y volándome los dedos de los pies. Suponiendo, claro está, que aún funcionara. A pesar de la exhibición de confianza que había hecho delante de Brittany, albergaba mis dudas. Crucé los dedos para no verme obligada a averiguarlo.

Cuando hube guardado el segundo cargador en el bolsillo delantero de los vaqueros, di por finalizados los preparativos. No tenía más que hacer que servir el café, cuyo aroma había convertido la sala de estar de mi casa en un Starbucks. Tal vez con ello conseguiría poner a Olinski de mejor humor.

La cafetera emitió su último burbujeo en el momento en que Olinski llamó a la puerta. Entró, vestido con vaqueros y zapatillas deportivas, seguido por Havermayer, que de forma incomprensible se las había apañado para parecer recién salida de la portada del *Vogue*.

«Pero ¿qué hace esta aquí?».

Serví café para todos.

—He estado pensando y creo que debería tener la manera de poder grabar mi encuentro con Marcus.

Olinski removió el café.

—No. Es demasiado arriesgado. Si se entera, podría hacerte daño.

—Lo dudo. No me parece de ese tipo de gente. ¿Y si se incrimina? Lo tendríamos todo grabado.

Havermayer intervino entonces.

—¿Dices que no parece de «ese tipo de gente»? Tenemos ya dos personas muertas y una desaparecida. ¿Qué te hace pensar que no podrías acabar tú también como cualquiera de ellas?

La detective Almidonada en plena forma. Ni siquiera se le podía achacar falta de sueño.

—Sé cuidarme sola, y creo que merece la pena correr ese riesgo. ¿Tenéis pruebas suficientes para acusarlo de alguna de esas muertes? —Havermayer me fulminó con la mirada y negó con la cabeza—. No creo. La verdad es que podría ser la única manera de tenerlas.

Olinski aporreó la encimera al dejar en ella la taza.

—De acuerdo, te pondremos un micro.

Me quedé paralizada con la cucharilla llena de azúcar suspendida en el aire.

—¿Un micro? ¿Un artilugio para grabar pegado al pecho con cinta adhesiva?

—Exactamente.

Introduje la cucharilla en la taza y removí.

—¿Es necesario? ¿No tenéis algún tipo de prendedor con una pequeña cámara que pueda ponerme en cualquier parte de la ropa?

La sonrisa de suficiencia de Olinski se clavó directamente en mi orgullo.

—Esto es Riddleton, no el FBI. Aquí no tenemos furgonetas con dispositivos electrónicos de última generación como las que salen en la tele. Además, quedaría como un tiro con tu cazadora.

Otra llamada en la puerta interrumpió mi sarcástica réplica. Era Eric. ¿Qué hacía Eric aquí? Olinski salió a la escalera con él y reapareció enseguida.

—Ahora vuelve. Le he enviado a buscar el micro y el papel que te han pedido.

Cuando Eric regresó, lo hizo con el artilugio que iban a adherirme al cuerpo y se lo pasó a Havermayer, que me indicó que la acompañara a mi habitación. Acto seguido, me dio la hoja con los apuntes contables que yo había entregado previamente a la policía. Se me revolvió el estómago y empecé a sudar, algo que no tenía nada que ver con la cazadora. De todos modos, la presencia de mi amigo Eric me ayudó a apaciguar un poco la ansiedad.

Havermayer estudió el caos reinante en mi habitación. Hizo un gesto de exasperación, pero agradecí que no hiciera ningún comentario.

Me quité la cazadora y la dejé sobre la montaña de ropa que había en la cama.

—¿Tengo que quitarme también la camiseta?

—Sería más fácil, sí.

Su tono sonó más o menos amigable. Tal vez se hubiera ablandado un poco. O quizá fuera que se había quedado sin almidón.

Me quité la camiseta, la dejé al lado de la cazadora y me pasé la mano por el pelo para alisarlo. Cualquier cosa con tal de quitarme de la cabeza la idea de que estaba exponiéndome por completo a la señorita Tabla de Planchar. Una situación que jamás en la vida me habría imaginado.

Havermayer desenrolló un cable negro largo con un micrófono en un extremo y lo conectó a una caja negra. Luego, con la ayuda de cinta adhesiva, me pegó el micrófono entre los pechos. Tanto el artilugio como sus dedos parecían de hielo. A continuación, me pasó el cable por encima del hombro izquierdo y sujetó la cajita en la parte trasera del pantalón, donde la cazadora pudiera ocultarla.

—Di algo.

Me quedé sin palabras por primera vez en la vida. Mi cerebro estaba seco, igual que mi boca.

—¿Como qué?

—Da igual. Solo di…

—Recibido. Estupendo —dijo Olinski desde el salón.

Havermayer se volvió hacia mí.

—Bien, ya puedes vestirte.

Me puse la camiseta y fui a coger la cazadora. Con el movimiento, la Luger cayó al suelo.

—¿Qué es esto? —preguntó Havermayer, señalando la pistola.

Me puse como un tomate.

—Había pensado en llevármela como protección.

—No necesitas protección, nos tienes a nosotros. No tienes que preocuparte por nada.

Eso estaba muy bien decirlo cuando no era ella la que tenía que meterse en la boca del lobo. Dejé la pistola en la mesita de noche y la seguí para volver al salón, esta vez sin el consuelo del peso del arma en el bolsillo. Un verdadero ejercicio de confianza.

Olinski me estudió con la mirada al verme reaparecer.

—¿Todo bien? Te veo estupenda.

Mi definición de «estupenda» y la definición de Olinski no tenían nada que ver.

Apreté la mandíbula para combatir el sudor frío que se estaba apoderando de mí y obligué a mis rodillas a sustentar el peso de mi cuerpo. No, no me sentía estupenda.

—¿Y ahora qué?

Eric consultó su reloj.

—Son casi las tres, así que deberíamos irnos. De lo contrario, Marcus empezará a sospechar. —Me presionó el hombro—. Todo saldrá bien. Tú hazlo hablar y nosotros nos encargaremos del resto.

Olinski asintió.

—Te seguiremos hasta casa de los Cunningham y aparcaremos en la calle para que nadie nos vea. En cuanto llegues al camino de acceso te quedarás sola. Pero nosotros estaremos escuchándote todo el rato.

—¿Y si me meto en problemas?

—Elige una palabra de rescate. En cuanto la pronuncies, entraremos.

Todas las palabras de mi cerebro de escritora desaparecieron por segunda vez en muy poco tiempo. No era de extrañar que fuera incapaz de terminar el libro. De hecho, me gustaba esa palabra.

—Libro. ¿Qué tal «libro»?

Havermayer frunció el ceño.

—¿Crees que podrás introducir esa palabra en una conversación?

—Soy escritora. Puedo introducir esa palabra en cualquier conversación.

Olinski y Eric rieron entre dientes, mientras Havermayer esbozaba un mohín. Parte de la tensión se disipó y mi frecuencia cardiaca disminuyó levemente. Superaría esto, aunque fuera lo último que hiciera. Y, con un poco de suerte, no tendría que preocuparme por lo de la palabra de rescate.

Olinski me miró a los ojos.

—Muy bien. Recuerda que el objetivo es hacerlo hablar. Sácale toda la información que puedas, pero no lo avasalles o empezará a sospechar.

Eric me puso la mano en el hombro.

—Relájate. Te cubriremos la espalda.

Asentí, tan poco convencida como lo estaba Havermayer de mi palabra de rescate.

Olinski abrió la puerta.

—Vayamos a pillar a los malos.

Mientras salían en tropel, me escabullí en mi habitación, cogí la Luger y la guardé en la parte posterior del pantalón, al lado de la caja.

Me senté al volante de mi Sentra, con la pistola clavándoseme en la espalda. Las nubes ocultaban la luna. El hombre del tiempo había anunciado tormentas, lo cual iría en mi contra. El retumbar de los truenos y los destellos de los relámpagos me distraerían en un momento en el que necesitaba estar totalmente concentrada. Pero, por desgracia, no tenía ni voz ni voto en lo referente a estos temas.

No encontré mucho tráfico por la carretera hasta llegar a la casa. Demasiado tarde para los que se iban de fiesta y demasiado temprano para la gente que trabajaba en sábado. Fui mirando por el retrovisor de vez en cuando, y me quedé tranquila al ver las luces del coche de Olinski siguiéndome a una distancia prudencial. Me paré al llegar al camino de acceso y Olinski me saludó desde la ventanilla del lado del conductor cuando se situó detrás de mí. Me dirigí hacia la entrada.

La visión de las frondosas ramas de los árboles que flanqueaban el camino me puso los pelos de punta y me provocó un fuerte escozor en la piel; era como si me hubiera sumergido en una lámpara de plasma. Continué por el camino de tierra y llegué al acceso para coches, una zona circular asfaltada con cemento delante de la casa. La fachada tenía un aspecto misterioso y estaba oscura, con la excepción de una luz en la ventana central de la planta superior. La habitación de invitados contigua al despacho de Tim. No se veían más coches. Era el escenario perfecto para una película de terror, y contribuí a ello poniéndome a temblar como una adolescente.

—Espero que sigáis aquí, chicos. Voy a salir del coche.

«Inspira hondo, suelta lentamente el aire».

Abrí la puerta del coche. Seguía sin haber movimiento en la casa. Enderecé la espalda y me dirigí hacia la puerta de entrada, ensordecida por el sonido de las hojas que crujían bajo mis pies. Podía hacerlo. Lo haría.

La lucecita del timbre brillaba en la oscuridad. Lo pulsé con mano firme.

Edna Babbitt abrió la puerta.

Mi corazón se aceleró. «¿Qué hace esta mujer aquí?». Esperaba un encuentro con Marcus. Tenía que hacer algo para que Olinski supiera qué estaba pasando.

—Edna Babbitt. Qué sorpresa verla por aquí.

La mujer se alisó el pelo sin necesidad alguna de hacerlo, puesto que el moño se lo sujetaba con puño de acero.

—Ojalá pudiera decir lo mismo de ti, estúpida.

Todo el miedo que pudiera tener se transformó en rabia.

—Apostaría a que soy mucho más lista de lo que se imagina.

—Lo dudo.

—¿Dónde está Marcus?

Edna sonrió. Un contraste grotesco con su conducta hostil.

—Arriba, esperándote. ¿Traes el papel?

Me palpé la cazadora.

—Lo tengo aquí, pero solo se lo entregaré a él.

Edna se hizo a un lado para dejarme entrar. Pasé por su lado y accedí al salón, que de pronto había dejado de parecerme un lugar reconfortante. El espectáculo de terror eclipsaba la presencia de Aletha.

Señalé las escaleras y el sudor me resbaló por la espalda. Confiaba en que la electrónica repeliera el agua. Y la Luger, claro está.

—Adelante. Usted primera.

Subió la escalera, procurando no darme del todo la espalda.

Deseaba empuñar la pistola, pero decidí que era mejor aguantar un poco más y no desenmascararme aún.

—¿Cómo es que está implicada en todo esto?

—¿Quién te dice que lo esté?

—-Bueno, está aquí, ¿no?

Edna llegó al final de la escalera y enfiló el pasillo en dirección al despacho de Tim. La luz brillaba ahora también por debajo de esa puerta, además de la de la habitación de invitados. Mis oídos buscaron con ansia signos de vida en el silencioso edificio. Y no encontraron nada. Era como si nos hubiéramos metido en una tumba. Y quizá lo habíamos hecho. En la mía.

Cuando pasamos por delante de la habitación de invitados, una franja de oscuridad interrumpió la luz que se filtraba por debajo de la puerta. Allí dentro había alguien.

Edna abrió la puerta del despacho de Tim, pero no entró. Ventanas con cortinas ocupaban la pared del fondo, mientras que un sofá y una mesita de centro llenaban el lado izquierdo de la estancia. La puerta abierta oscurecía el lado derecho. No se veía a nadie. ¿Sería una trampa?

Edna levantó la mano, con la palma hacia arriba, indicándome la puerta.

—Adelante. Marcus te está esperando.

Su tono de voz tenía un trasfondo siniestro.

Obligué a mis pies a moverse. En cuanto crucé el umbral, Edna cerró la puerta a mis espaldas con llave.

Capítulo veintiocho

Marcus Jones estaba en el suelo, inconsciente y esposado a la pata de una mesa. ¿Drogado?

Me agaché para comprobar su estado.

—¿Marcus?

Gimió y sus párpados se movieron. Oí pasos en la escalera. De pronto, Marcus extendió la mano que tenía libre y me apresó el tobillo izquierdo. Le clavé las uñas en los dedos, pero me estaba agarrando como la ardilla de *Ice Age* cuando cogía una bellota.

Cuando la puerta se abrió, la lluvia empezaba a aporrear el tejado. Me incorporé, me volví rápidamente y me encontré cara a cara con Russell y el orificio negro de la punta del cañón de una pistola. Era la primera vez que me enfrentaba a un arma. Y lo que salía en la tele no se parecía en nada a la realidad.

Se me revolvió el estómago y los ojos me ardieron por las lágrimas de rabia que empezaban a acumular.

«No puede ser él».

Russell rompió el silencio.

—Hola, Jen.

¿Cómo podía mantener la calma de aquella manera? Notaba la boca seca, como si hubiera engullido el desierto del Sahara entero. ¿Pensaba dispararme? La nuca se me empapó de sudor. Confiaba en que Havermayer hubiera utilizado cinta adhesiva impermeable. La cazadora me estaba irritando el cuello.

El aguacero amortiguaba todos los sonidos.

Russell me examinó de la cabeza a los pies.

—Bonito modelo. Así que vas de chica motera, ¿no? Nunca lo habría imaginado.

Parecía recién salido de un anuncio de la última película de James Bond, con traje gris, camisa blanca y corbata fina de color negro. No sabía ni si sería capaz de hablar. Sentía una fuerte tensión en el pecho y era como si la tráquea se me hubiera estrechado de repente y no permitiera el paso del aire. ¿Qué iba a hacer Russell conmigo?

—Has venido a buscarme. Sabía que podía contar contigo —dijo, y emitió una carcajada vacía.

Con el sonido de la lluvia, ¿podría oír Olinski lo que Russell me estaba diciendo? Porque si no me oía, jamás vendría en mi ayuda. Miré fijamente la pistola, que parecía haber adquirido el tamaño de un cañón. ¿Conseguiría arrancársela de las manos si lo intentaba? No, si quería seguir viva. Mi Luger había empezado a deslizarse por el interior del pantalón. Había sido una imbécil por esconderla allí.

—Apártate del señor Jones y date la vuelta. Pon las manos detrás de la cabeza y no te muevas.

Cerré la boca con fuerza, le di la espalda y enlacé los dedos a la altura de la nuca.

—No tienes por qué hacer esto, Russell.

De repente, noté el calor de su aliento en la oreja.

—Y ahora cuéntame, pequeña Houdini, ¿cómo conseguiste salir del río la otra noche?

Mi supuesto novio había intentado matarme. Me estremecí.

Russell siguió hablando:

—Tim no tuvo tanta suerte. Aunque él estaba muerto antes de caer al agua.

Cerré los puños con fuerza y apreté los dientes. ¿Cómo había logrado esconder tan bien aquel lado arrogante? La verdad es que el amor es ciego.

—¿Por qué lo mataste?

—Te oí preguntarle por mi colgante. Necesitaba recuperarlo y Tim se negó a decirme dónde estaba. ¿Pero sabes qué es lo más gracioso del caso? Que Tim estaba en lo cierto. Mi intención siempre fue matarlo a él, en el barco, no a Aletha. Para luego obligarla a elegir un nuevo beneficiario del premio. Yo. Esa es la razón por la que empecé a trabajar en la librería, para seducirla; sin embargo, Aletha nunca mostró el más mínimo interés hacia mí. Amaba a ese idiota que tenía por marido, solo Dios sabe por qué. Pero necesitábamos ese dinero para que Albert no fuera a la cárcel. Porque es un perdedor que seguramente acabaría arrastrándome a la perdición con él. —Agitó la cabeza y cerró la boca con fuerza—. Vamos. Cuéntame cómo te lo montaste para salir del agua. —Retrocedió un paso.

¿Cómo no lo había reconocido en el vídeo? La barba tupida era lo que había marcado la diferencia. Me volví, sin separar las manos de la cabeza.

—Antes cuéntame tú cómo acabó mi estilográfica en la escena del crimen.

Soltó una carcajada gutural.

—Un toque exquisito, ¿no te parece? Igual que lo del garrucho.

Russell había asesinado a Aletha, a Tim y a Craig por dinero. Se me revolvió el estómago.

—No, la verdad es que no.

—Eres una escritora sin imaginación. Es patético. Y ahora cuéntame de una vez cómo te lo hiciste en Savannah para escapar.

—¿Cómo me encontraste en el lago aquel día?

Russell arqueó una ceja.

—¿Te refieres a aquel sábado en el Cleavers'?

Se encogió de hombros.

—Fácil. Te seguí. Y ahora, basta ya de perder el tiempo. Responde a mi pregunta.

—No me conocías lo bastante bien. Por suerte para ti. Porque ahora te buscan solo por dos asesinatos, en vez de por tres.

—Aún no he terminado.

Me agarró por la nuca con dedos gélidos. El dolor me obligó a bajar los brazos. Deslicé la mano hacia la Luger escondida en los vaqueros, pero Russell me cogió la muñeca y me obligó a levantar de nuevo el brazo.

Contuve las náuseas cuando palpó debajo de mi cazadora y me quitó la pistola.

—Las niñas no deberían jugar con armas. Te la cojo por tu seguridad. No quiero que te hagas daño sin querer.

—No te preocupes. No te quitaría este placer.

—Eso no ha sido agradable. —El viento aporreaba las ventanas. Russell me obligó a girarme y a sentarme en la silla que había junto a la mesa. Con el movimiento, la silla se ladeó, pero no cayó al suelo. Cuando conseguí recuperar el equilibrio, Russell ya me había inmovilizado. Con una cuerda fina que sacó del bolsillo de la chaqueta, me até las manos detrás del respaldo y los pies a las patas—. Pero no me siento ofendido.

Meneé las muñecas para averiguar cuánto rango de movimiento me había dejado. No mucho. Debía de haber aprendido la lección. Los tobillos me daban tirones, doloridos aún de la última vez que habían estado atados. Me mordí la lengua y lo miré con desdén.

—Para eso necesitarías tener sentimientos. Que sepas que en cuanto te pongan la mano encima te castigarán por una cantidad tan grande de delitos que no cabrán ni en un libro.

Acababa de pronunciar la palabra clave para pedir ayuda. «Vamos, Olinski. Ha llegado el momento de hacer una aparición estelar».

El rostro de Russell se ensombreció. Levantó la mano que sujetaba la Luger y presionó la pistola contra el lateral de mi cabeza. Mi sien izquierda rezumaba agonía. El dolor adoptó la forma de un tamborileo constante, que acompañaba los giros que daba la habitación a mi alrededor. Un líquido pegajoso me cubrió las mejillas y mi cerebro quedó sumido en una neblina espesa. En el exterior, la tormenta bramaba rabiosa como la esposa de un mujeriego.

Mis párpados estaban soldados. ¿Sangre? Pestañeé a toda velocidad, pero ni aun así conseguí desprenderme de aquella sensación viscosa. Intenté concentrarme en una nueva forma que se había materializado al lado de la ventana. No vislumbraba detalles, pero cualquier niño lo habría reconocido como Santa Claus. Albert Sikazian estaba de pie junto a las cortinas.

Sujetaba una copa con la mano derecha y parecía estar estudiando la tormenta. Solo se movió cuando se llevó la bebida a los labios.

Intenté hablar, pero era como si tuviera la garganta llena de algodón. Logré acumular un poco de saliva en la boca, tragué y volví a intentarlo. El graznido que emití coincidió con la reaparición de Russell en mi línea de visión.

Cogió a Sikazian por los hombros y lo giró hacia él. El *whisky* se derramó.

—¡Idiota! No deberías estar bebiendo.

—Suéltame. —Sikazian se secó la mano en el pantalón—. Y cuidado con lo que haces.

—Eres un borracho y un imbécil. Y eso que pensabas que eras demasiado bueno como para declararme hijo tuyo. Lo que eres es un cerdo. Y el que manda ahora aquí soy yo. —Russell le arrancó la copa de la mano y lo que quedaba de contenido se derramó sobre las cortinas y la moqueta. Sacó entonces la Luger del bolsillo y comprobó el cargador—. Coge esto y vigílala hasta que estemos listos para irnos. Si intenta escapar, dispárale.

Depositó la pistola en manos de Sikazian y salió del despacho. Sikazian estudió el arma un momento, puso mala cara y la dejó en el alféizar de la ventana. Cogió entonces una botella de *bourbon* que había en el suelo y siguió contemplando la tormenta.

«¿Sikazian es el padre de Russell?». Aquello iba de algo más que de dinero. Russell quería su parte. Intenté ver cómo me salía la voz.

—Albert.

No obtuve respuesta. La tempestad seguía rugiendo. Lo intenté otra vez, aplicando a mi voz todo el volumen del que fui capaz.

Se volvió entonces hacia mí.

—¿Adónde vamos, Albert?

—Al infierno.

Se llevó la botella a los labios y bebió un trago largo. Tenía la frente empapada en sudor y el licor giró en el interior de la botella cuando la separó de su boca.

¿Nos ayudaría Sikazian a huir de aquí? Tenía que encontrar la manera de usar su agonía a mi favor. Pinchándole un poco el orgullo, quizá.

—¿Por qué permite que lo trate así? Parece un personaje sacado de un libro.

«Venga chicos, cuando queráis». No podía pasarme el rato diciendo libro, libro, libro. Supuestamente estaban escuchándome. Aunque también era posible que no pudieran oírme. O que la tormenta estuviera interfiriendo la transmisión. Volvía a estar sola. Como en Savannah. En aquella ocasión había conseguido salir adelante. Y lo conseguiría de nuevo si era necesario. Aunque estaría bien no tener que volver a pasar por un mal trago.

Sikazian seguía mirando por la ventana, con la botella en la mano.

—¿Quién?

—Russell. Su hijo. Ilegítimo, supongo. —Me vino a la cabeza el vídeo del pícnic. La mirada de adoración de una madre—. Y Edna Babbitt es su madre.

—Entonces, ya sabes por qué me trata tan mal. Se merecía tener un padre de verdad, no solo un cheque una vez al mes. El marido de Edna murió en un accidente de coche cuando volvía a casa después de haber estado destinado seis meses en el Pacífico.

Lo del orgullo no había funcionado. A lo mejor podía intentarlo con la autocompasión.

—Usted no tiene la culpa de que su padre muriera.

—Su padre soy yo.

Me había entrado sangre en el ojo. Intenté secármela con el hombro, pero era imposible llegar. La cuerda me mantenía sujeta firmemente a la silla.

—Fue una estupidez por parte de Edna tener una aventura estando su marido en alta mar.

Le dio otro trago a la botella y se volvió hacia mí.

—El marido de Edna era un hombre espantoso. Y no fue una aventura, sino más bien un momento de debilidad. En teoría, Babbitt tenía que volver a casa al día siguiente. —Se frotó los ojos con la mano que tenía libre—. Tuve una pelea con mi mujer. Edna se mostró comprensiva. No lo planeamos. Simplemente pasó.

Cogí el relevo del relato.

—Entonces, Babbitt tuvo ese accidente de coche cuando volvía a casa. Unas semanas después, Edna se enteró de que estaba embarazada. El bebé no podía ser de su esposo porque hacía tiempo que no se veían.

Otro trago largo.

—Ambas familias la rechazaron. No tenía adónde ir.

—Debió de ser terrible para ella.

—Sí, se volvió más dura, amargada. No siempre fue así. De hecho, era muy guapa. Yo colaboré a que fuera una mujer infeliz —dijo, mientras las lágrimas caían sobre su barba.

¿Cuánto tiempo teníamos hasta que Russell reapareciera? En ausencia de Olinski y compañía, necesitaba que Sikazian me ayudara a mover a Marcus.

—Albert, tendrá que ayudarnos a salir de aquí.

—Mi esposa nunca lo entendió. Teníamos dos niñas preciosas. Mi carrera iba viento en popa. Tenía todo que perder.

«Vamos, Albert, más adelante recorreremos el camino de los recuerdos. Pero ahora tenemos que irnos».

—Edna estaría al corriente de todo eso, ¿verdad?

—Empezó a chantajearme justo después de darme la noticia. Supongo que jamás se le pasó por la cabeza que yo haría lo correcto sin necesidad de tener que forzarme a ello. —Se encogió de hombros—. Pero ahora ya da igual.

Marcus gimió e intentó sentarse.

Saqué a Sikazian de su trance.

—Albert, ¿tiene la llave de las esposas de Marcus?

Sikazian miró a Marcus por primera vez, como si se hubiese olvidado por completo de su existencia.

—No.

—Desáteme, por favor, para que pueda ayudarle.

Dudó.

—No haga equipo con esos asesinos. Ha dicho que tiene dos hijas. ¿Qué será de las niñas de Marcus, Larissa y Latoya?

Las niñas tenían que ser las que Angus había visto en el coche, y Russell, el conductor. Marcus debía de estar ya en la casa, vigilado por Sikazian.

Sikazian gimoteó y dejó la botella de *bourbon* en el suelo. Se sujetó en el alféizar de la ventana para mantener el equilibrio.

—Nunca pretendí que las cosas salieran como han salido.

Marcus volvió a gemir.

Seguí moviendo las manos para intentar liberarme. La cuerda me abrasaba la piel.

—¿A qué se refiere?

—Todo se acabó antes de que me marchara a California hace diez años. Nos mostramos los dos de acuerdo en que ya había satisfecho mis obligaciones económicas con Russell, pero él no pensaba lo mismo. Se presentaron aquí de repente, hace tres años. Edna me chantajeó para que le diera un puesto de trabajo y dinero y él quería que lo reconociera, que lo hiciera parte de mi familia. Y quería además dinero, naturalmente. Yo tenía dos hijas en la universidad. No tenía dinero, de modo que empecé a desfalcar en la empresa. Quinientos mil dólares. Russell dijo que sería suficiente para poder empezar en la vida. Que ya no me pediría más. Y yo, que soy un idiota, me lo creí.

Mis esfuerzos habían conseguido crear un poco de espacio entre ambas muñecas. Manipulé la cuerda.

—¿Qué otra elección tenía?

Sikazian volvió a coger la botella.

—Sabía que disponía de cinco años para devolverle el dinero a la compañía. Y entonces, la señora Green tuvo aquel accidente fatídico y me hice pasar por su padre para poder hacerme cargo de la agencia de alojamiento de personas sin hogar que ella había puesto en marcha con el dinero del concurso. Era la solución a todos nuestros problemas. A mis problemas.

—Hasta que cambiaron la fecha de la auditoría.

Me miró fijamente.

—Hasta que cambiaron la fecha de la auditoría. El siguiente pago no estaría a tiempo.

—¿Fue usted, entonces, quien se hizo pasar por Kingsley Franklin? Sikazian asintió y bebió otro trago de *whisky*.

—¿Y fue usted el que dejó la nota en el coche para el encuentro en Savannah?

—No, fue Russell. —Se secó el sudor de la frente—. Todo fue Russell. Edna tuvo que ir a recogerlo.

—¿Por qué no volvió él mismo en su coche?

—No me lo dijo, pero sospecho que sabía que la policía estaría buscándolo y quería mantenerse completamente aparte de lo que pudieran encontrar en su coche.

La sangre en el maletero. Que claramente no era de Russell. Lo que significaba que lo más probable es que fuera de Tim. Mi siguiente pregunta casi se me queda atascada en la garganta por temor a pronunciarla.

—¿De quién fue la idea de matar a Aletha Cunningham?

—Edna me la planteó, pero creo que fue de Russell. Fuera como fuese, el caso es que cuando me la presentaron ya habían tomado la decisión. Solo me contaron lo suficiente como para meterme en esto hasta el cuello y así no poder impedírselo.

Tragué saliva. Aletha había muerto porque Santa Claus había tenido una noche loca hacía treinta años. Seguí vigilando la puerta, por miedo a que Edna o Russell reaparecieran. Quedaba pendiente aún encontrar a las niñas.

—Albert, únase a mí.

Sikazian dejó la botella en el suelo y miró por la ventana.

—Albert, por favor. Estoy segura de que no quiere estar implicado en esto. Usted no es un asesino. ¡Desáteme las manos!

Sikazian dejó caer los hombros, su rostro se contorsionó. Aflojó la cuerda. Me imaginé que llevaba mucho tiempo bebiendo sin medida tratando de olvidar lo que había hecho. El olor a alcohol de su aliento me invadió las fosas nasales.

Me volví hacia Marcus.

311

—Marcus, ¿me oyes?

Gimió.

—Marcus, despierta. Tenemos que salir de aquí.

—Te oigo —dijo, con un volumen lo bastante alto como para hacerse oír a pesar del estruendo de los truenos.

Con un tirón me liberé las manos. Me desaté rápidamente los pies y me froté los tobillos para que la sangre volviese a circular. Me levanté, aparté la silla de en medio y me volví hacia Sikazian.

—Ayúdeme a levantar el escritorio para que pueda sacar el brazo.

Sikazian carraspeó un poco y dijo con voz quejumbrosa:

—Yo nunca quise hacer daño a nadie.

«Tal vez, pero tu familia lo hizo, eso está claro».

—Lo sé. Pero a veces estas cosas pasan. —Utilicé las piernas para impulsar el mueble, pero el escritorio no se movió. Me preparé para hacer otro intento y levantar mi esquina con pura fuerza de voluntad. Funcionó, mínimamente—. Marcus, retira el brazo. Rápido. No podré aguantar mucho tiempo.

Marcus se movía a cámara lenta, pero consiguió liberar las esposas hasta que quedaron colgando de su muñeca. Solté el escritorio de golpe y cayó con un ruido sordo. Inspiré hondo y giré la cabeza hacia la puerta. Estaba segura de que Russell vendría a investigar el origen del ruido. Cuando me incliné para ayudar a Marcus a levantarse, un rayo tremendo rasgó el cielo. Se apagaron las luces. Me quedé paralizada.

Marcus se tambaleaba. Le pasé el brazo por la cintura para ayudarlo. Agarrados, nos dirigimos hacia la ventana. Marcus tropezó con sus propios pasos y yo sin querer le di un puntapié a la botella de *bourbon*. Cuando el alcohol de noventa grados empapó la moqueta, los senos nasales me ardieron.

Recuperé la Luger con la mano que tenía libre. Marcus siguió bamboleándose y lo guie hacia la puerta.

—Vamos, Marcus, pon un pie detrás de otro, hazlo por mí, ¿vale? Seguro que puedes hacerlo.

Cuando estábamos a medio camino de la puerta, Russell entró con dos velas en sendos candelabros cortos. Intenté apuntarle con la pistola, pero se me resbaló de entre los dedos. Russell dejó rápidamente una vela encima de un archivador y desenfundó su arma.

—¿Dónde te crees que vas? —Se volvió hacia Sikazian, que se había quedado inmóvil como una estatua al lado del escritorio—. ¿Qué demonios haces? ¿Pensabas dejar que salieran tranquilamente por la puerta? ¿Es que no sabes qué te pasará si van a la policía?

Sikazian se movió hasta quedarse en el centro de la estancia.

—Me da igual. Lo que me pueda pasar lo tendré más que merecido, igual que tú.

Russell avanzó hacia él.

—Pues mira, viejo, a mí no me da igual lo que pueda pasarme. Tengo grandes planes.

Tiré de Marcus hacia la puerta, pero me di un golpe en el hombro con la esquina del archivador.

Russell se abalanzó sobre mí.

—¿Dónde te crees que vas?

Sikazian saltó sobre él desde atrás. Cayeron los dos al suelo y aproveché para arrastrar a Marcus hacia el pasillo. Cuando volví la vista atrás, una de las velas había rodado por la moqueta y prendido en las cortinas. Sikazian tenía inmovilizado a Russell. Me miró y dijo:

—Vete, corre. No te preocupes por mí.

Marcus avanzó tambaleante hasta la habitación de invitados, que era la estancia contigua. Crucé la puerta. Marcus se inclinó sobre la cama y convenció a las niñas para que salieran del rincón donde se habían escondido. Cogió a Latoya, que le pasó los brazos alrededor del cuello y lo estrechó con todas sus fuerzas, y a continuación fue a por Larissa, que dejó que tirara de ella para levantarla.

Los sonidos de la tormenta estaban aminorando. Marcus intentó pasarme a Latoya, pero la niña no quería soltarse.

—Todo irá bien, cariño —dijo Marcus—. No dejaré que te pase nada. Enseguida vuelvo contigo.

La luz volvió justo en el momento en que la pequeña soltaba a su padre y me abrazaba. Guardé la pistola en el bolsillo y titubeé unos instantes al sentir sobre mí un peso desconocido. La maternidad. El programa

313

de puesta en forma más antiguo del mundo. Corrí hacia la puerta mientras Marcus cogía a Larissa. Lo conseguiríamos.

—¡Pero mira qué cosa más linda! Una familia feliz.

Russell estaba bloqueando la puerta.

Capítulo veintinueve

Se me formó un nudo en la garganta. Para acabar con aquello habría que pelear. Le devolví a Latoya a Marcus, que dejó a las dos niñas en el suelo, las acompañó hasta un rincón y se dispuso a montar guardia delante de ellas.

Me enfrenté a nuestro obstáculo.

—Déjanos marchar, Russell.

Me sonrió con desdén.

—Sabes perfectamente que no puedo hacerlo.

Su cara se había cubierto con la máscara de un maniaco. Su pelo, siempre perfecto, caía sobre su frente y del pantalón asomaba un faldón de la camisa manchado de sangre.

«¿Qué debí de verle a este loco?».

—No tengo por qué contarle a nadie lo que sé.

—Eres escritora, o eso crees ser. Se lo contarás a todo el mundo.

Ignoré la pulla e intenté ganar tiempo para pensar cómo quitarle el arma.

—No estoy escribiendo sobre esto. Es demasiado raro, incluso para una novela. No podría vender un «libro» así ni aunque quisiera.

«A ver si de una vez me oye Olinski».

Russell sonrió con suficiencia.

—Mira, Russell, si esta noche no llego a casa, todo el mundo se enterará de que asesinaste a Aletha para conseguir su dinero y cubrir de este modo todo tu plan de desfalcos. ¿Mataste también a Ida Green? ¿Y a Craig Marshall?

315

Russell arqueó las cejas.

—A Ida, no. Eso fue un accidente. Que no tuviera familia resultó de lo más conveniente. Craig averiguó lo que estábamos haciendo y no me quedó otra elección. —Entrecerró los ojos—. ¿A qué te refieres con eso de que «todo el mundo se enterará?

¿Acababa de encontrar la grieta en la armadura? Me acerqué un poco más a la puerta.

—Escribí una carta muy detallada y me la envié a mí misma. Si desaparezco, la policía la encontrará, junto con una nota en la que les doy autorización para abrir mi correo.

Era una mentirijilla de lo más perdonable.

—Te estás tirando un farol.

El sudor me chorreaba en cascada axilas abajo. Me quité la cazadora.

—¿Quieres apostar tu vida a que te estoy diciendo la verdad? —dije, porque tenía que tragarse obligatoriamente mi historia.

Russell levantó la pistola y me apuntó a los ojos.

—Para.

—Me estoy calentando —dije con falsa bravuconería, ignorándolo por completo.

—Sí, me da la impresión de que sí —replicó, con su sonrisa torcida.

Engullí una oleada de náuseas. Tan solo dos días atrás, antes de que intentara asesinarme, Russell podría haber hecho conmigo todo lo que hubiera querido.

Una imagen mental de Aletha me hizo pararme a pensar. Russell había asesinado a mi amiga. Sujeté la cazadora delante de mí, una hoja de parra de cuero que se deslizaba entre mis manos resbaladizas.

La sonrisa de Russell se esfumó. Y en el interior de mi pecho se formó una bola de hielo ardiente.

—Haz conmigo lo que quieras. Pero deja marchar a Marcus y las niñas.

Russell dio un paso hacia mí. Seguí sin moverme. No podía permitir que adivinase mi miedo. Porque sabía que el animal en que se había convertido se alimentaría de él.

Proyectó un brazo hacia mí y me rozó la mandíbula con el dorso de la mano.

—Podríamos haber formado un buen equipo.

Fui a coger la pistola.

Pero Russell me agarró por el brazo antes de conseguirlo y me estrujó la muñeca. Fue tanto el dolor, que me fallaron las rodillas.

Colocó el cañón del arma bajo mi barbilla.

—Te creía más inteligente.

La adrenalina me empujó a ser valiente.

—Pues no. Si lo fuera, no me habría encaprichado de ti.

—Nos lo pasamos bien.

Su sonrisa provocó que el café me subiera por el esófago. Tragué saliva.

—Me utilizaste.

Russell me empujó hacia Marcus, que me sujetó para que no cayera el suelo. Las niñas gimoteaban en el rincón, detrás de él.

—Déjalos ir, Russell. Esto es entre tú y yo.

—Marcus sabe demasiado.

Marcus replicó con voz temblorosa.

—No le contaré a nadie lo de Billy, te lo juro. Nadie tiene que saber de dónde sacaste el material. Creía que éramos amigos. ¿Acaso ya no recuerdas todo el tiempo que pasamos los tres juntos?

—Mira, colega, tú estuviste en la casa aquella tarde.

—En ningún momento me dijiste lo que pensabais hacer Bill y tú el viernes por la noche. No me enteré de nada hasta que hablé con Billy el sábado al mediodía. Intenté detenerte, pero ya era demasiado tarde. Estaba en el camino de acceso a la casa cuando la bomba explotó y me largué pitando. Pero nunca le dije nada a nadie. Ni se lo diré.

Russell se encogió de hombros con indiferencia.

—Aun así, no puedo dejarte salir de aquí.

Latoya lloriqueó y se abrazó a su hermana.

Marcus dio un paso hacia Russell.

—Mátame si es necesario, pero deja marchar a las niñas. Ya han cumplido su objetivo. Las utilizaste para hacerme venir hasta aquí. No tienen nada que ver con esto.

—Qué conmovedor. Papá oso sacrificándose por sus cachorrillos. Olvídalo. —Me apuntó con la pistola—. Rendíos.

Larissa gritó y señaló hacia donde estaba Russell. La luz anaranjada de las llamas se proyectaba en la pared de detrás de él. Me abalancé sobre Russell con la intención de embestirlo y le inmovilicé los brazos con la cazadora mientras caíamos al suelo.

—¡Corre, Marcus!

Russell cayó encima de mí. Los pulmones se me quedaron sin aire.

La pistola de Russell rebotó sobre la moqueta. Se separó un poco de mí para recuperarla, aunque siguió sujetándome con las piernas para mantenerme inmovilizada. Marcus empujó a las niñas hacia la puerta, les indicó la escalera y reapareció para quitarme a Russell de encima. Russell lo apartó de un manotazo y Marcus salió tambaleante al pasillo.

La Luger se me clavó al costado. Intenté sacarla del bolsillo. Russell, que estaba en cuclillas, se incorporó de un salto. Y yo me puse también en pie y le di un puñetazo directo a la barriga. Cayó hacia atrás con un gemido. Aproveché para sacar la pistola del bolsillo y enderezarme por completo. Russell se había quedado tumbado de costado en el suelo, con las rodillas dobladas contra el estómago.

Apunté a la cabeza de Russell con la antigualla de mi abuelo. Se volvió hasta quedarse bocarriba y recostarse sobre los codos.

—Se acabó, Russell.

Su mirada se movió rápidamente entre mis ojos y la boca de la pistola.

Retrocedí unos pasos y empecé a girar a su alrededor, manteniendo en todo momento una distancia de seguridad.

No me perdió ni un instante de vista. Sus ojos reflejaban el debate interno en el que estaba inmerso. De pronto, se levantó y avanzó hacia mí.

—Jamás apretarás ese gatillo. No tienes valor para hacerlo.

A cada paso que avanzaba él, retrocedía yo otro hacia las escaleras.

Me sequé las palmas en los pantalones, de una en una, cambiando el arma de mano cada vez.

—No te acerques ni un paso más o disparo.

—Seguro. Anda, venga, dame esa pistola antes de que te hagas daño. Jamás podrías dispararme.

—No te engañes a ti mismo.

Mi espalda chocó con la puerta de un armario.

Russell avanzó hacia mí, aunque muy lentamente.

—Vamos, Jen, dame la pistola. No estás hecha para estas cosas.

El humo se levantaba por detrás de su cabeza creando formas que recordaban los cuernos del diablo.

—Tú no tienes ni idea de para qué estoy hecha yo. Y no me obligues a demostrártelo.

Se detuvo a metro y medio de distancia. Lo bastante cerca como para poder echarse sobre mí.

—Última oportunidad. Dame la pistola o tendré que quitártela.

Me empezaron a temblar las manos. Pero mantuve la Luger a la altura de los ojos y seguí apuntándole a la cara.

Se abalanzó sobre mí como un maestro de esgrima.

Cerré los ojos y apreté el gatillo.

No pasó nada.

El rugido de las llamas que devoraban la pared de detrás superó la carcajada de Russell.

En aquellos momentos lo odiaba tanto como antes me había imaginado que lo amaba.

Fijé la vista en la pistola. La pieza de seguridad que se accionaba con el pulgar había cumplido su cometido.

Vi que Russell se disponía a abalanzarse de nuevo sobre mí.

Retiré el seguro y disparé. Mi mano sufrió una sacudida. El dolor me traspasó los oídos y la escena se transformó en una película muda a cámara lenta. Apestaba a pólvora quemada. Se me formó un nudo de bilis en la garganta.

Había errado el tiro.

Me enganchó por el brazo.

Conseguí liberarme y bajé los peldaños hasta el descansillo donde la escalera cambiaba de dirección.

Russell me empujó contra la barandilla. Un crujido potente reverberó a mis espaldas. Levanté una rodilla y el golpe impactó con sus costillas.

Russell gruñó y me soltó.

Corrí rápidamente hacia la pared.

Pero él me agarró por la camiseta y me levantó para acercarme de nuevo a la barandilla.

Dirigí un puntapié a su pierna izquierda.

Russell chocó con la barandilla, que cedió. El grito penetró mis oídos ensordecidos. Mi pecho subía y bajaba aparatosamente, mis pulmones necesitaban aire con desesperación. Me incliné para mirar por encima del borde de la escalera. Russell yacía en el suelo, con la cabeza ladeada en un extraño ángulo. Sus ojos vacíos me observaban. Mi estómago vomitó bilis en el descansillo.

Había matado a Russell.

Cuando llegué abajo, el fuego iluminaba la noche a través del cristal de las puertas. La luz había vuelto a apagarse. Inspeccioné mi entorno, pero no podía ver nada. ¿Habrían conseguido salir de la casa Marcus y las niñas?

Me dirigí hacia la puerta de entrada. Un humo negro y espeso ocultaba el techo, y a mis espaldas bailaba una luz estroboscópica anaranjada. El tejado se desplomó de repente con un gran estruendo y generó una oleada de aire caliente que me arrojó directa contra la puerta. La abrí. El pomo me abrasó la mano y caí de bruces hacia el exterior. Casi inconsciente, tosí y mis pulmones llenos de humo consiguieron aspirar aire fresco.

Eric me cogió por las axilas y me arrastró hacia la hierba. Mi cabeza se balanceaba y rebotaba contra el suelo al ritmo de sus pasos. Pero ya daba igual. La preciosa casa de Aletha estaba siendo consumida por el fuego. Russell había dejado de ser una amenaza. Y habíamos sobrevivido.

Capítulo treinta

Las luces del techo pasaban por encima de mi cabeza a toda velocidad, como las líneas discontinuas de una autopista, mientras los sanitarios empujaban mi camilla por el pasillo hasta un cubículo rodeado de cortinas. Me trasladaron con cuidado a la cama del departamento de Urgencias y las enfermeras se apresuraron a conectarme al oxígeno y los monitores.

—Intenta respirar por la nariz —me dijo una de ellas—. Así recibirás bien el oxígeno.

Mientras, otra enfermera se encargaba de recopilar la información sobre mi estado de salud que le estaba dando el sanitario.

Cerré los ojos para protegerme de aquel escenario confuso e hiperactivo. La adrenalina se había agotado y, uno a uno, mis músculos empezaron a relajarse. Me concentré en el reto de administrar oxígeno a mis pulmones y en combatir el anhelo de respirar por la boca. Perdí el conocimiento.

Cuando me desperté, Brittany me estaba dando la mano. Eric ocupaba una silla, al otro lado de la cama. Intenté sentarme, pero me dolía todo y me derrumbé de nuevo sobre la almohada.

—¿Cuánto rato he estado inconsciente?

Brittany me apretó la mano.

—Alrededor de una hora. La doctora ha intentado despertarte, pero seguías durmiendo. Has estado dormida incluso mientras te hacían las radiografías. O más o menos. Has abierto los ojos un par de veces.

—Me he quedado frita, por lo que veo. —Reuní la energía suficiente para esbozar una sonrisa y me volví hacia Eric—. Hola, colega. Ya era hora de que aparecierais.

Eric se ruborizó.

—La comunicación se cortaba continuamente. Solo podíamos captar la mitad de lo que pasaba, y en ningún momento oímos tu palabra de seguridad. Lo siento. Pero hemos ido corriendo en cuanto hemos visto el fuego. —Descansó una mano sobre mi hombro—. Blink me ha enviado para que recoja tu declaración, pero ha dicho la doctora que no te despertáramos.

Blink. Me seguía resultando gracioso, pero reír exigía mucha energía.

—¿Qué más ha dicho la doctora?

Brittany se sentó de nuevo en su silla.

—Que te pondrás bien, pero quiere que te quedes ingresada hasta mañana para asegurarse de que tienes los pulmones limpios y los niveles de oxígeno han vuelto a la normalidad.

Mi respuesta murió con un ataque de tos.

Eric me acercó una pajita a la boca y el agua fresca me calmó la garganta.

—Gracias.

Sacó una libreta.

—¿Te sientes con ánimos para responder a unas cuantas preguntas?

Hice un gesto de asentimiento que me tensó la musculatura del cuello. La imagen del cadáver de Russell estalló de repente en mi cabeza.

—He matado a Russell.

Eric se inclinó hacia mí.

—Lo sé, pero no tuviste otra elección. Él te habría matado de haber podido.

Noté la amenaza de una lágrima.

—Tal vez, pero...

—Nada de peros. Esa parte pudimos oírla. Fue en defensa propia.

Más lágrimas. Lágrimas lentas, pesadas, encharcadas en mis ojos.

—¿Conseguisteis lo que necesitabais?

Brittany volvió a apretarme la mano.

El rostro de Eric se iluminó con una sonrisa.

—Estuviste magnífica. Gracias a ti, tenemos lo suficiente para cerrar el caso.

Al menos algo bueno había salido de todo aquello.

«¿Podré vivir con esto?».

Una mujer morena con uniforme quirúrgico azul marino abrió una de las cortinas.

—Mira quién se ha despertado. ¿Qué tal te encuentras?

—Como si hubiese peleado doce asaltos con Muhammad Ali.

Nancy Miller, según indicaba la identificación que llevaba colgada al cuello, sonrió.

—Me lo imagino. Vamos a llevarte a tu habitación, para que puedas descansar un poco.

¿Cómo hice en Savannah?

—Dudo que pueda, pero estoy dispuesta a intentarlo.

La enfermera de planta me instaló en mi habitación, y justo empezaba a adormilarme cuando alguien llamó a la puerta. Emití un gruñido y me giré hacia allí.

Marcus estaba en el umbral, cargando con Latoya en brazos y con la mano que tenía libre descansando sobre el hombro de Larissa.

—Hola, pasad.

Larissa se acercó corriendo, pero se quedó dudando. Sin embargo, en cuanto di unos golpecitos a la colcha indicándole que se sentara a mi lado, se encaramó a la cama.

Marcus depositó a Latoya a su lado.

—Sé que deberías estar descansando, pero las niñas querían darte las gracias por haberlas rescatado. No nos quedaremos ni un minuto.

Me impulsé hacia arriba y subí la cabecera de la cama.

—Me alegro mucho de que hayáis venido. ¿Qué tal estáis?

—Bien. Yo aún un poco grogui, pero las niñas están bien. ¿Y tú qué tal?

—Bien, también. Tragué un par de bocanadas grandes de humo y por eso han decidido mantenerme un poco más en observación.

—Estupendo. Bueno, tienes que descansar, así que ya nos vamos.

Latoya lo agarró por el brazo.

—Pero, papá, ¡si aún no hemos podido darle las gracias!

Marcus me miró e hizo un gesto de asentimiento.

—De acuerdo, chicas, pero que sea rápido. La señorita Jen tiene que descansar.

—Gracias por salvarnos, señorita Jen —dijeron las niñas a coro.

—Y muy en especial, por salvar también a nuestro papá —añadió Larissa.

Parpadeé para evitar que asomaran las lágrimas.

—De nada.

Marcus y las niñas se fueron y volví a tumbarme de costado, esta vez con una sonrisa. Marcus había estado presente cuando Aletha murió, y había mentido al respecto, pero había intentado impedirlo en cuanto se enteró de los planes de Russell y Billy. Podría vivir con eso.

Conseguí acumular varias horas de sueño, a pesar de las frecuentes interrupciones, y me desperté hacia las cuatro de la tarde, muerta de hambre. Respiraba mejor y mis extremidades, aunque todavía pesadas, se activaban a la más mínima indicación. Señales positivas. El monitor cardiaco mostraba un latido regular y normalizado. Lo cual también era una señal positiva.

Vi que Brittany dormía acurrucada en un sillón situado al lado de la ventana, que daba a una pared de ladrillo. ¿Para qué preocuparse por abrir una ventana si no se podía ver nada desde ella?

Cuando Eric, de uniforme, entró en la habitación seguido de Leonard, Brittany se espabiló.

Eric se sentó a los pies de la cama.

—¿Qué tal te encuentras?

Leonard rondaba a nuestro alrededor como el guardia de seguridad de una tienda que sospechaba que habíamos robado algo.

—Mucho mejor, gracias. —Y lo dije en serio—. ¿Pero no se supone que deberíais estar trabajando, chicos? ¿Velando por la seguridad democrática de las calles de Riddleton o algo por el estilo?

Eric me dio unos golpecitos cariñosos en la rodilla, escondida bajo la colcha.

—Pasábamos para ver si te sentías con ganas de hacer tu declaración.

Brittany se levantó del sillón y se desperezó.

—Creo que voy a bajar al bar a tomar un café. ¿Alguien quiere uno?

Todas las manos se levantaron, de modo que Eric le pidió a Leonard que acompañase a Brittany para ayudarla. Todo un detalle, aunque sospechaba que su verdadero motivo era que quería algo de privacidad. En cuanto nos quedamos solos, dije:

—No sé muy bien qué más puedo añadir a lo que ya sabéis. Podría decirse que estuvisteis allí conmigo.

—Cierto, pero lo que sí puedes hacer es incorporar un contexto a lo que oímos. Tal vez llenar algún que otro vacío del relato.

Hice lo que pude para dar más sustancia a la complicada saga que había empezado tanto tiempo atrás. Eric fue tomando notas y me formuló preguntas un par de veces. Me confirmó que la sangre que habían encontrado en el maletero del coche de Russell era de Tim. Y me informó de que la autopsia había revelado que Tim había fallecido en el acto, de un golpe en la parte posterior de la cabeza, y que luego habían arrojado su cuerpo al río.

Cuando Brittany y Leonard aparecieron con los cafés, Eric cerró la libreta y se la guardó en el bolsillo de la camisa.

—Capturamos a Edna Babbit al final del camino de acceso, cuando intentaba huir. La tenemos encerrada como cómplice del secuestro de Marcus y sus hijas. Los retuvo a los tres en su casa hasta que llegó la hora del encuentro. Marcus va a testificar a cambio de la libertad condicional por su participación en el caso.

—Lo único que hizo fue cometer el error de entablar amistad con Russell y presentarle a su otro amigo, Billy. Marcus no tenía ni idea de los planes de Russell. Incluso intentó impedirlo cuando lo averiguó, pero ya era demasiado tarde.

Eric se encogió de hombros.

—Lo sé, pero esto depende del fiscal del distrito. Te recuerdo que en todo esto no soy más que un peón.

Apostaría a que no por mucho tiempo.

—¿Y Sikazian?

—Murió en el incendio.

Estaba demasiado borracho para poder salvarse. Albert había cometido algunos errores, pero no se merecía morir. Levanté la taza y brindé por él en silencio.

La bandeja con la cena llegó a las cinco y media, y Eric y Leonard se marcharon para seguir patrullando. Brittany se quedó a hacerme compañía mientras comía y luego la mandé a casa para que pudiera descansar. Me prometió que vendría a recogerme por la mañana.

Por primera vez desde aquella llamada a medianoche, me quedé a solas con mis pensamientos. El vacío que había tenido en el pecho estaba ahora lleno de paz y satisfacción. Había estado maniatada, me habían amenazado, había estado a punto de morir ahogada en el río y de asfixiarme con el humo del incendio. Y había pasado más miedo que en toda mi vida, pero había salido adelante. Había desenmascarado al asesino de Aletha. Tal vez, a partir de ahora, descansaría mejor.

Aunque no estaba convencida del todo. La mirada vacía de Russell me perseguiría en sueños. Sospechaba que en mi futuro inmediato habría muchas sesiones con el doctor Margolis. Pero lo superaría. Incluso cabía la posibilidad de que algún día convirtiera toda esta historia en una novela. De todos modos, estaba segura de que los gemelos Davenport habrían gestionado la situación de un modo mucho más eficiente que yo.

Domingo por la mañana. Brittany entró en la habitación justo cuando me disponía a coger el teléfono para llamarla y decirle que me acababan de dar el alta.

—¿Lista para volver a casa?

Casa. Desde la muerte de mi padre, nunca había considerado que Riddleton fuera mi casa. Pero en estos momentos no había otro lugar donde prefiriese estar. Otra lección aprendida en el transcurso de los últimos días.

—¿Me has traído algo de ropa?

Me entregó una bolsa y entré en el baño para cambiarme.

—Esta mañana te he abierto una página en Fund Me. Para recaudar dinero y poder pagar las facturas del hospital —me informó Brittany desde el otro lado de la puerta mientras yo intentaba introducir mis piernas de plomo en los vaqueros que me había traído.

—Gracias. Ni siquiera había pensado aún en el tema.

Me pasé la camiseta por la cabeza y me mordí el labio para acallar un gemido de dolor.

Cuando salí, vi que había llegado también Olinski. Estaba junto a la cama cargado con una caja grande de cartón. Entonces, le guiñó el ojo a Brittany, sacó de la caja un cachorrito de pastor alemán con el pelaje negro y marrón y me lo entregó ceremoniosamente.

El corazón me dio un vuelco. Cogí en brazos aquella cosilla nerviosa y la examiné. Era hembra.

—Pero ¿esto qué es?

Brittany se echó a reír.

—Un perrito, tonta del bote.

—No, en serio.

Froté el suave pelaje contra mi cara y la perrita me lamió la nariz. Inspiré hondo. Aroma a cachorrillo. Un perfume adecuado para todas las edades.

«¿Cómo voy a encargarme yo de un cachorro?». Ya tenía bastantes problemas con cuidar de mí misma. La perrita me olisqueó el pelo y me hizo cosquillas en la oreja. Conseguiría arreglármelas de alguna manera.

—¿De dónde la has sacado?

Olinski dejó la caja en el suelo.

—¿Te acuerdas de la perra que te encontró en el embarcadero?

—Por supuesto que me acuerdo.

—Pues es uno de sus cachorros. Su dueña quiere regalártela. Dice que necesitas un perro para no meterte en problemas. He ido a buscarla esta mañana.

Enterré la nariz en el pelaje de la perrita. Limpia y agradable.

—Es preciosa. La voy a llamar Savannah. —Le rasqué las orejas y la perrita me recompensó con otro beso—. ¿Estás diciéndome que has conducido hasta Georgia para ir a recogerla?

Brittany acarició la cabeza de Savannah y recibió un lametón en los dedos por la molestia.

—No, he quedado con el detective Edwards a medio camino. Ellos se han encargado de todo. Yo no tenía ni idea de nada hasta esta mañana.

Me volví hacia Olinski. ¿Volvía a ser mi amigo?

—Supongo que te debo un agradecimiento.

Olinski se quitó una gorra imaginaria.

—No hay de qué.

—Bueno, creo que esto es el máximo de caballerosidad que soy capaz de soportar. —Miré a Brittany—. ¿Podemos irnos ya a casa?

Brittany miró de reojo a Olinski.

—Antes tengo algo que decirte.

Me quedé paralizada mientras estaba rascándole la oreja a la perrita, que me acarició la barbilla con su nariz fría y húmeda.

—¿Qué?

—Que llamé a tu madre para explicarle lo que había pasado.

Me quedé boquiabierta, pero antes de que me diera tiempo a expresar mi consternación, se abrió la puerta y apareció mi madre, como si la mención de su nombre hubiera invocado su presencia. Me abrazó, con cuidado de no tocar el cachorro.

—¿Cómo estás? Te perdiste una fiesta estupenda.

—Lo siento. Estaba fatal, pero aun así podría haber llamado.

—No, lo que tendrías que haber hecho era dejar correr todo eso, como te dije. Algún día aprenderás a escucharme. —Hizo un intento de tocar a Savannah—. ¿Muerde?

—Tiene ocho semanas, mamá.

Savannah empujó la mano de mi madre con la cabeza.

Y mi madre la acarició.

—Pues bien, ¿te vienes a casa conmigo o me vengo yo a tu casa contigo?

Volví a quedarme boquiabierta.

—¿Qué quieres decir?

—Que pienso cuidar de ti hasta que estés mejor.

—¿Y Gary?

Mi madre se inclinó para que el cachorro le diera besos en las mejillas.

—Es un niño grande. Por unos días, puede cuidarse solo.

¿Que mi madre iba a cuidar de mí? Quizá aún había esperanza para nosotras.

Cogí a Savannah y le estampé un beso entre sus cálidos ojos marrones.

—Teniendo en cuenta esta bolita de pelo, creo que en mi casa sería mejor. Antes de nada, tendremos que parar por el camino para comprarle unas cuantas cosas.

Le pasé la perra a Brittany, que la metió de nuevo en la caja. Olinski recogió mis pertenencias y la enfermera Nancy entró en la habitación con una silla de ruedas. Al ver la caja, sonrió. Una conspiración con todas las de la ley.

Me dirigí renqueante hacia la puerta.

—No, de ninguna manera. —Nancy señaló la silla—. Ya conoces las reglas.

Mi réplica cayó en oídos sordos, y mientras me empujaba por el pasillo, Brittany dijo:

—Ah, sí, se me había olvidado. Te llamó Ruth. Me dijo que esos capítulos que le enviaste necesitan mucho trabajo y que quiere tres más para el viernes. Que, de lo contrario, estás *kaput*.

Vaya, ¿dónde habría oído yo antes esa frase?

Epílogo

Me senté en la que era mi mesa favorita de la librería, la del rincón, al lado de la ventana, con un juego de llaves nuevas y relucientes. El abogado de Aletha había hecho cambiar las cerraduras, porque no estaba seguro de haber recuperado todos los juegos de llaves antiguos. Y en cierto sentido me parecía adecuado. Llaves nuevas y relucientes para una responsabilidad nueva y reluciente. Con un poco de suerte, conseguiría funcionar tan bien como funcionaban aquellas llaves.

Miré hacia la calle, como había hecho tantísimas veces, pero no me embargó la habitual sensación de paz. Sabía que Aletha ya no volvería a acercarse nunca más a aquella mesa con su enésima taza de café. Russell los había asesinado a ella y a Tim por dinero, fingiendo además que yo le gustaba. Lectores Voraces no volvería a ser jamás ese refugio que fue en su día, aunque tal vez sí podría lograr construirme una nueva vida aquí. En honor a Aletha y a todo lo que ella representaba.

Mi madre se había quedado en mi casa una semana. Y justo esta mañana la había despedido antes de que la policía de Riddleton tuviera un nuevo homicidio que investigar. Aunque, a decir verdad, me sentía obligada a reconocer que mi madre se había desvivido por mí hasta verme recuperada por completo de mi feroz aventura. Físicamente, al menos. Porque podría haber vivido perfectamente sin que mi madre pasara el aspirador a diario. Esta mañana, después de que se fuera, me pareció incluso oír los gritos de la moqueta del salón pidiendo clemencia.

Mi madre, además, había empezado a sentir adoración por Savannah, que se declaró ama y señora de la casa en cuanto cruzó la puerta. La eficiencia de mi madre me había dejado maravillada y durante estos días me había estado preguntando a menudo dónde estaría escondida esa persona cuando yo era pequeña. Aunque daba igual. El pasado no tenía cabida en mi nuevo futuro.

La perspectiva de hacer juegos malabares con la gestión de la librería y la redacción de mi segunda novela había enviado mi cerebro directamente al Ártico: se había quedado congelado en el tiempo y parecía incapaz de funcionar. Brittany no podía ayudarme; mi mejor amiga tenía sus propias responsabilidades y preocupaciones. Pero, por primera vez en mi vida, disfrutaba de nuevos amigos dispuestos a echarme una mano hasta que terminara el libro. Por qué, no tenía ni la menor idea. Pero tal y como mi madre me había dicho cuando le comenté el tema: a caballo regalado no le mires el dentado.

A las nueve en punto, Lacey y Charlie cruzaron la puerta cargados con café y pastas y se sentaron a mi mesa dispuestos a celebrar la primera reunión oficial del personal de Lectores Voraces.

Una oleada de cariño me sacudió de los pies a la cabeza. Después de todo, algo bueno acabaría saliendo a raíz de la muerte de Aletha. Juntos haríamos realidad su sueño. Aletha se lo merecía.

—¡Hola, chicos! ¿Listos para empezar?

AGRADECIMIENTOS

Me gustaría reconocer y dar las gracias a todos los que me han ayudado a hacer realidad este sueño, entre los que destaco:

Mi agente, Dawn Dowdle, por la fe que depositó en mí y por lo duro que ha trabajado para que todo esto suceda.

Mi editora, Cara Chimirri, y todo el equipo de Avon, por su entusiasmo y dedicación al proyecto.

Cate Hogan, por ayudarme a convertir una historia que merecía la pena contar en una historia que merezca la pena leer.

Ann Dudzinski, Julie Golden, Liz Goldsmith, JJ Grafton, Arya Matthews y Suzanne Oldham, por sufrir borrador tras borrador sin quejarse nunca.

Y, por último, aunque no por ello menos importante, a mi mejor amiga peluda, Sadie, por estar siempre pacientemente a mi lado.